ADIEU THÉO

Le 16 déc 2007

Pour André + Pierre T

Merci d'avoir «voté»

pour Adieu Théo.

Bonne lecture.

Marc F.

Du même auteur

Ineffables saisons, poésie, Montréal, Studio 60, 1963.

La barrière, théâtre, Montréal, Éditions de l'Aurore, 1975.

Chien vivant, roman, Montréal, VLB éditeur, 2000.

chien vivant 2

ADIEU THÉO

Roman

MARC F. **GÉLINAS**

M-M éditeur

M-M ÉDITEUR
5355, avenue Durocher
Montréal (Québec) H2V 3X9
Tél. : (514) 279-9485
Courriel : mfgelinas@chienvivant.net

Catalogage avant publication de Bibliothèque et Archives nationales du Québec et Bibliothèque et
Archives Canada

Gélinas, Marc F., 1937-
    Adieu Théo : roman
    Suite de : Chien vivant
    ISBN 978-2-9810178-0-2
    I. Titre.
PS8563.E47A74 2007   C843'.54   C2007-942047-8
PS9563.E47A74 2007

POUR COMMANDER
    M-M ÉDITEUR
    5355, avenue Durocher
    Montréal (Québec) H2V 3X9
    Tél.: (514) 279-9485
    Courriel : mfgelinas@chienvivant.net
    Commandes en ligne : www.chienvivant.net

Remerciements

Merci aux lecteurs patients et amicaux du manuscrit d'*Adieu Théo*. Leurs silences, leurs commentaires et leur sévérité m'ont beaucoup aidé.

Merci donc à Michelle, Philippe, Antoine et Geneviève Gélinas. Merci à Monique Girard, Andrée Harvey, Gabriel Contant, Jean Salvy, Micheline Mongrain-Dontigny, Maryse Cantin, Sylvie Sauvé ; à Julien, Étienne et Jean-Pierre Brunet, à Marie Otis.

Merci à Fabrice Delafon pour la photo en quatrième de couverture.

Merci à Jocelyne Dorion, réviseure émérite.

Merci, en finale, à Victor-Lévy Beaulieu pour un petit mot dont il ne se souvient probablement pas, mais sans lequel je n'aurais pas écrit l'histoire de l'enfant soldat Cabot.

Note :

Les capsules en exergue des chapitres d'*Adieu Théo* reflètent un certain état du monde en 1992. Leur matière a été glanée sur Internet. Les données sont souvent de deuxième ou de troisième main et leur exactitude, quant au détail, difficile à vérifier. Tout de même, l'effarant constat d'ensemble demeure indéniablement vrai.

1

Une deuxième guerre civile se prépare en Algérie.

1992.

Montréal, rue Roy.

Nuit froide et noire. Ciel dégagé. Un mardi de février. Le logement en haut du dépanneur Chez Rosaire baigne dans l'obscurité.

Maurice dort. Il rêve qu'il fait sa glace à l'aréna aux commandes de la Zamboni. Soudain, deux machines obèses foncent sur lui. L'arbitre siffle. La charge continue. Mo les esquive : « Hey ! Sauvages ! » Ils arrivent. « Hey, hey ! » Le téléphone sonne. Maurice se réveille, puis comprend.

Driing !

« Pas encore ! » Il tend le bras. Tâtonne, trouve le combiné.

— Pour la pizza, c'est le trois-six-deux-un. Vous avez le MAUVAIS NUMÉRO !

Il raccroche : « Tiens, toué ! » Il se retourne. Remonte la couverture par-dessus sa tête. Ferme les yeux. L'aréna réapparaît. Les intrus ont disparu.

Driing !

« Saint simonaque ! » Mo reprend l'appareil.

— *Faure pizza, itse tri-sixe-tou-ouonne ! Rongne nommebeurre.* Quatre fois en deux jours, ça fera !

Il amorce le geste de raccrocher, puis :

— Maman !

Le voici aux aguets. Il se redresse sur un coude. Soudain, il a le cœur qui bat.

— Non, je suis pas assis, je suis couché.

Il s'assoit. Allume la lampe de chevet.

— Papa… Non ! As-tu appelé le docteur ?

Mo est maintenant debout à côté du lit.

— Hein ! Ça s'peut pas. Laisse-moi lui parler.

Il piétine. S'arrête.

— Non. Réveille-le pas.

Il se rassoit, désemparé.

— Qu'est-ce qu'on fait ?

Se relève.

— Tu lui dis que j'arrive. Je vais le mettre moi-même dans l'ambulance, s'il le faut. As-tu rejoint les autres ?

Il secoue la tête, fataliste.

— Bon. Le train est à six heures et quart demain soir. J'arrive jeudi matin.

Mo sera à Bonaventure dans trente et quelques heures. Une éternité.

2

En Somalie, guerre civile et sécheresse : la famine a décimé le quart des enfants de moins de cinq ans.

Maurice Rocket Tremblay, trente-huit ans, responsable de la glace à l'Aréna de Montréal, originaire de Bonaventure, en Gaspésie. Maurice à Théo. Petit Mo, pour sa mère Mary. L'aîné de cinq enfants. Élevé dans une maison qui pond des cailloux et qui frémit de plaisir, à sa façon, chaque fois que le train passe au milieu du salon. Une maison et du monde ordinaires chez qui, l'été, on mange de la tarte aux framboises de la montagne à Pépé. L'unique. L'incarnation de toutes les bontés de la terre. La tarte qui inspire des envolées quasi mystiques à Mo : « Voici ma tarte bien-aimée… » *Amen !* Goûter à la tarte — comme à la pomme pour Adam — change une vie, à cette différence près que la tarte, on en redemande encore et encore sans jamais le regretter. Marqué pour toujours.

Marqué par d'autres particularités de l'histoire familiale, aussi : les cailloux, par exemple. La maison les pond au hasard du logis. Des cailloux, des vrais ! Et cela encore aujourd'hui : dans le corridor, au pied de l'escalier, dans les armoires, à côté des lits. Chacun jette ceux qu'il trouve sur la montagne à Pépé, derrière la maison, en disant chaque fois « Tiens, c'est encore le dernier. » Exorcisme obligé mais vain.

Pour les enfants, Mo, Pio, Fanfan, Jeanne et Flo, l'envahissant phénomène a toujours existé. Il aurait à voir avec la mort du grand-père, qu'on aurait enterré sous le gros tas de pierres, au fond du jardin, dans un trou de poteau, la tête en premier. Les parents refusent d'en parler.

Marqué aussi par le train du salon. Oui, vous avez bien lu. Théo installait son monde en portrait de famille pour l'attendre et, parfois, le convoi fantastique passait devant eux au milieu de la maison. Lumineux, puissant. Beau comme le rêve de tout ce que l'on peut souhaiter. Avec des passagers aux airs princiers qui envoyaient la main. Et chaque fois, on se disait qu'il allait arrêter. Puis l'apparition s'évanouissait en laissant tout le monde ébahi.

Il y a longtemps que ce train-là est passé, mais, pour Maurice, son souvenir chevauche toujours l'image du train de la baie des Chaleurs qu'il prendra demain. Parfois, il ne sait plus lequel est lequel et ne sait plus séparer, dans tout ça, ce qui est vrai de ce qui est inventé. Depuis qu'il est à Montréal, le Rocket essaie de se convaincre que ces bizarreries appartiennent à l'époque de son enfance, avant que la famille se disperse, à une autre vie. Comme s'il n'en restait rien, malgré son respect démesuré pour les cailloux et son trop grand amour pour les trains.

On voit un peu mieux, avec ces histoires de train, pourquoi Mo a décidé de partir le lendemain en fin d'après-midi plutôt que de sauter dans l'autobus en pleine nuit ou que de louer une voiture pour se retrouver au chevet de son père à Bonaventure le lendemain vers midi. Mercredi au lieu de jeudi. Fatigué mais rendu.

Presque minuit à Montréal. Mo se recouche. Sans vraiment dormir, lui semble-t-il. Angoissé. Sa propre vie menacée. Du moins, c'est comme si.

3

En 1992, la torture systématique est pratiquée dans au moins soixante-cinq pays à travers le monde.

À Bonaventure, deux heures plus tôt, Théo avait eu une faiblesse en montant l'escalier ; un point dans le dos et de la difficulté à respirer. Il s'était affaissé à mi-étage. Mary l'avait trouvé affalé de travers sur deux marches. Elle s'était précipitée. Seule. Personne pour l'aider. Jeanne s'était enfermée, comme d'habitude, dans sa chambre de la tourelle et Jérôme P, le petit, dormait.

— *My God,* Théo !

L'échoué hochait doucement la tête, livide, comme incrédule devant ce qui lui arrivait.

— Je pense que ça y est.

— Non ! protesta Mary.

C'est impossible, on ne meurt pas tout bêtement comme ça, à propos de rien.

— T'es tombé ?

— Non.

Il indiquait l'étage en faisant signe de baisser la voix.

— Dis-moi où t'as mal.

— Ici, répondit-il en touchant son dos.

— On va appeler le médecin.

Il refusa de la tête, obstiné.

— Je veux monter.

Il tremblait. Il se redressa, s'assit plus d'aplomb sur une marche, puis se releva avec difficulté. Mary le prit par le bras.

— T'aimerais pas mieux qu'on descende ?

— Non.

Il pivota par petits pas crispés sur ses talons, puis fit un geste vers le haut. Inquiète, Mary le rejoignit sur sa marche.

— Accroche-toi bien.

Puis, ils se hissèrent jusqu'à l'étage. Toujours du pied droit. Une marche à la fois. Chacune un exploit.

Repos.

Ensuite jusqu'à la chambre. Théo soufflait fort. Il s'affaissa sur le lit.

Mary téléphona au docteur Champagne et le réveilla. Vingt longues minutes plus tard, elle entendit la voiture qui s'arrêtait à côté de la maison.

Le médecin monta voir Théo sans même enlever son paletot.

— Bonsoir, monsieur Tremblay.

Il observa les pupilles du malade, prit son pouls et sa tension artérielle. Il fit une moue inquiète.

— Il faut aller à l'hôpital, en ambulance, cette nuit, tout de suite.

— Jamais! lança Théo en se relevant avec difficulté sur son oreiller. Jamais.

Puis, il se laissa retomber, épuisé.

Le médecin hésita.

— Vous risquez de mourir, monsieur Tremblay.

— Vous aussi, docteur, siffla Théo.

Le médecin hocha la tête, impuissant. Le grabataire lui fit signe d'approcher.

— Lequel de nous deux fait le saut en premier?

Le médecin ignora la question, plia les tubes de son stéthoscope et rangea l'instrument dans sa trousse. Théo se tourna vers Mary.

— Pissou… pis sourd aussi.

D'un geste un peu brusque, le médecin lui retira le brassard du tensiomètre; la bande Velcro crépita comme une dernière rafale pour achever le condamné. Il ferma sa trousse.

— Je vous répète que vous devriez aller à l'hôpital, monsieur Tremblay.

Théo secoua la tête. Le médecin haussa les épaules.

— Bon… Vous allez pouvoir dormir avec ce que je vous ai donné. Je repasserai demain.

Mary redescendit avec lui.

— C'est grave, docteur ?

— À votre place, j'appellerais les enfants… s'ils veulent voir leur père encore vivant.

— Oh…

— Courage.

Le médecin partit. Mary verrouilla la porte derrière lui. Elle regarda sa cuisine, pensive. Elle fit bouillir de l'eau et prépara un bon thé, puis téléphona chez Maurice, chez Pio et chez Flo : « Ça y est. »

Dès la première phrase, chacun avait compris. Et chacun se dit qu'il aurait dû se rendre compte que cela se préparait. Mary d'abord. Depuis trois mois, elle trouvait que Théo se marinait une mauvaise fin de vie. Surtout depuis Noël et l'annonce du départ de Flo pour Gaspé en emportant sa tête de lit, son matelas, son sommier.

— Elle, je la comprends pas ! s'était indigné Maurice à l'époque.

— Moi non plus, avait ajouté Mary, elle a certainement ses raisons. Il y a des trous dans ce qu'on sait.

— Oui, avait dit Mo, il me semble qu'on a beaucoup de trous dans la famille.

Avec Jeanne, une disparition de cinq ans, après quoi elle était revenue squatter la maison de parents avec le petit Jérôme P. Le temps de se « revirer de bord ». Il y avait deux ans de ça déjà. Deux ans passés à vampiriser ses vieux.

Un trou avec Fanfan aussi, le petit frère, parti faire le tour de la terre, à pied, avec sa flûte et ses souliers. Pas une lettre, ni coup de téléphone, ni carte postale. Rien. Un vide de cinq ans qui ne cessait d'obséder Théo.

Et un dernier trou; celui de Pio, à Rimouski avec sa femme et ses deux enfants. Comme en exil de l'autre côté de la péninsule. Depuis qu'ELLE l'avait kidnappé, enlevé à sa famille.

— Il reste juste toi et papa, avait dit Mo. Pis vous, c'est pas pareil, je connais vos vies.

— Ah… Tu penses que t'as tout compris.

En effet. Et pourtant, Mo n'avait pas vu venir, ou plutôt il avait refusé de regarder ce qui arrivait à son père. Comme la dernière fois qu'ils s'étaient parlé au téléphone.

— Comment tu vas, p'pa?

— Moi? C'est le bas fixe…

— Très drôle. Mais pour vrai?

Pour vrai, Théo refusait d'en parler.

— As-tu des nouvelles de ton frère, le ménestrel?

— C'est long, le tour de la terre, p'pa.

— Vingt-cinq mille milles. Vingt-quatre mille huit cent cinquante-sept, exactement, à l'équateur; j'ai vérifié.

— À pied.

— Oui. Entre deux et trois milles à l'heure, ça prend dix mille heures. C'est pas tant que ça pour un gars habitué.

— Tu vois, tu t'inquiètes pour rien.

— Laisse-moi finir, insistait Théo. Mettons que — fainéant comme il est — il marche des petites semaines de quarante heures.

— Pis?

— Dix mille heures divisées par quarante: ça fait deux cent cinquante semaines. Il devrait être revenu; y est pas loin, j'en suis sûr. Je le sais.

— C'est pas comme ça que ça se passe, p'pa.

— Pis là, je calcule seulement cinquante semaines par année pour tenir compte du flânage, des vacances et des jours fériés. On peut pas dire que je pousse trop, que je le harcèle, que je joue au parent.

— C'est fou d'être obsédé comme ça.

— Il faut qu'il arrive. Bientôt, sinon je vais le rater.

Malgré la clarté des propos de Théo, Maurice n'avait pas compris alors l'annonce que son père lui faisait et celle, inattendue, de sa mère plus tôt cette nuit l'avait pris au dépourvu.

Minuit, à Bonaventure.

Mary s'assoit à la table de la cuisine avec sa tasse à la main. Elle se met à pleurer, tout doucement. Soudain, Jérôme P est là, en pyjama, à ses côtés.

— Pourquoi tu pleures, grand-maman ? demande-t-il en suivant la trace mouillée sur la joue de sa grand-mère.

— Tu dors pas, toi ?

Elle le prend dans ses bras.

— Grand-papa est malade, mon chou.

Elle se berce contre lui. Puis, le petit se dégage.

— Est-ce qu'il va mourir ?

— Probablement.

Elle hoche la tête, ayant l'air de s'excuser.

— Moi aussi, j'ai de la peine, reprend le gamin.

Ils se tiennent l'un l'autre. Longtemps. Puis, Mary se relève.

— Bon, mouche ton nez, Jérôme P.

— C'est pas mon vrai nom, ça.

— Oui, je connais l'histoire.

— C'est grand-papa qui me l'a donné.

4

En Algérie, un cas parmi d'autres, une femme a été violée en toute impunité sur ordre d'un sous-officier de l'armée djiboutienne. Il l'a ensuite fait arroser d'essence et brûler vive.

C'était il y a deux ans. Le grand-père avait pris l'habitude de se rendre au village à l'heure où l'autobus Voyageur s'y arrêtait. Fanfan en descendrait forcément un jour après son tour de terre. Puis, un après-midi, le retraité avait vu sauter du car un garçon de cinq ans. Agile et crotté. L'air gosse de rue de Mexico ou de New Delhi, mais certainement pas arrière-petit-fils de pêcheur de morue de Gaspé! Une grande femme suivait l'enfant. Une hippie, une vraie, tristement fagotée. Les cheveux poisseux. Le teint délavé. Le profil, les yeux…

— Jeanne!

La femme s'était retournée.

— Papa!

Le père et la fille étaient restés tout bêtes, chacun aussi étonné que l'autre de se voir là. Puis, Théo avait ouvert les bras.

— Viens ici.

Elle s'était approchée, mal à l'aise. Théo l'avait embrassée. Elle dégageait une odeur de tabac. Il sentait ses os sous la triple épaisseur de sa camisole, de son t-shirt blanc-gris et de sa veste de grosse laine tricotée.

— Laisse-moi te regarder.

Ses traits s'étaient durcis. Ses dents commençaient à se gâter.

— T'es venue nous voir?

— Toi, qu'est-ce que tu fais là?

— Je t'attendais, ma grande.

Elle avait secoué la tête, souri, puis dit :

— Toi, je te crois pas.

Théo s'était alors rendu compte qu'il disait vrai : pendant tout ce temps à attendre Fanfan, il avait espéré Jeanne aussi. Sans jamais se l'avouer. Autant le voyage du globe-trotter l'avait excité et maintenant l'exaspérait, autant la disparition de sa fille et du petit l'avait inquiété de façon continue et sourde à son insu.

L'enfant s'était approché. Il avait tiré sur la jambe du jeans de Jeanne.

— Maman, maman.

Elle s'était dégagée de l'étreinte de Théo. Le petit s'agrippait à elle en toisant l'homme d'un air inquiet.

— C'est qui, lui ?

— C'est grand-papa Théo.

— Ah.

Le petit ne ressemblait aucunement à l'idée que Théo s'en était faite. Le grand-père s'était accroupi.

— C'est toi, ça…, avait-il dit, se rendant soudain compte qu'il ne connaissait même pas le nom de son petit-fils. T'es grand. Ça fait longtemps que j'ai hâte de te rencontrer.

Théo avait ouvert les bras, mais le petit était resté figé.

— Comment tu t'appelles ?

— Jérôme Tremblay.

— C'est un beau nom, ça. Me donnes-tu un bec, Jérôme ?

— C'est un beau nom sauf que c'est pas le sien. Dis-lui ton *vrai* nom.

— Euh…

— Dis-lui.

Le petit secouait la tête de façon obstinée.

— Il l'aime pas, son vrai nom. Bon, bien, je vais te le dire moi : papa, je te présente ton petit-fils Pasdenom.

— Hein ?

— À l'hôpital, il fallait inscrire quelque chose sur le formulaire. J'étais pas décidée alors j'ai inscrit Pasdenom Tremblay.

— Eh bien. Je te comprends, mon garçon, moi aussi j'aime mieux Jérôme.

L'enfant eut soudain l'air moins effarouché.

— M'en donnes-tu, un bec, Jérôme Pasdenom Tremblay ?

Théo avait ramené sa fille et son petit-fils à la maison comme des trophées.

— Regarde ce que j'ai trouvé !

Mary était restée bouche bée. Assommée. Puis, le déclic s'était fait.

— Jeanne ! C'est toi…

— Maman.

Mary avait pris la grande dans ses bras. Avait sangloté un moment, puis l'avait éloignée d'elle.

— Laisse-moi te regarder. Je pensais jamais…

La mère s'était convaincue qu'elle ne reverrait plus sa fille.

— Des vrais revenants, avait-elle lancé en se penchant vers le petit. Et puis toi… Comment tu t'appelles ?

L'enfant semblait moins méfiant qu'à l'arrêt d'autobus, mais il hésitait. Regard furtif à sa mère.

— Moi, je suis grand-maman Mary. La maman de ta maman.

— Il s'appelle Jérôme. Jérôme P Tremblay. Pas vrai ? dit Théo en posant une main sur l'épaule de Pasdenom.

Le petit avait acquiescé timidement.

— *Amen*, avait conclu Théo.

Et c'est ainsi que, malgré les réticences de la mère, le grand-père avait baptisé le petit. C'était il y a plus de deux ans déjà. Et l'enfant était resté avec le sentiment d'avoir trompé sa grand-mère, jusqu'à l'aveu qu'il venait de lui faire.

— Il va falloir que je parle à ta maman dans sa tourelle, à propos de la maladie de grand-papa.

Elle le prend par la main et l'entraîne vers l'escalier.

Montréal.

Maurice regarde le plafond, les yeux grands ouverts dans la pénombre de sa chambre. Il s'en veut de ne pas avoir compris plus tôt la crainte de Théo de rater le retour de Fanfan. C'est le genre de message, à peine codé, dont le sens crève les yeux plus tard, mais qui n'est pas du tout évident sur le coup. Peut-être est-ce ainsi parce qu'on croit souvent que les autres sont restés tels qu'on s'en souvient ou encore qu'ils sont devenus tels qu'on les souhaitait; parce qu'à distance il suffit d'entendre la voix de quelqu'un pour dire «je vois». Ce qui est pourtant fort risqué.

Peut-être oublie-t-on que le décalage entre notre perception des gens qu'on a quittés et ce qu'ils sont devenus s'installe — par définition — hors de notre vue, dans un mouvement inexorable et fatal, sous la surface tranquille de nos certitudes. Comme sous une mer paisible, la dérive des continents peut provoquer un dévastateur raz de marée.

Peut-être aussi que Maurice n'a rien vu venir de ce qui arrive à son père simplement parce que les fibres du tissu familial sont trop écartelées entre Montréal, Bonaventure, Rimouski et Gaspé. Peut-être.

Venant de la bouche de quelqu'un d'autre, Mo aurait probablement accepté n'importe laquelle de ces hypothèses. Mais de la sienne, pour l'usage intime pour lequel il en a besoin, aucune ne le satisfait: il aurait dû se rendre compte de ce qui se préparait. Le processus était engagé depuis le printemps 1987, cinq ans déjà. Sa mère l'avait appelé, catastrophée, en prononçant à l'époque presque les mêmes paroles que plus tôt cette nuit:

— Ça y est, c'est fait.

— Hein? Quoi?

— Ton père prend sa retraite.

— Fiou! Tu m'as fait peur. Je dirais plutôt que c'est une bonne nouvelle.

— Non, avait rétorqué Mary. Depuis deux ans que la maison est vide, une chance qu'il avait sa job au moulin… Là, je crains ce qui va arriver.

Et — sans vouloir remonter jusqu'à Adam et Ève — «depuis que la maison est vide» signifiait depuis l'automne où Flo, la petite, avait quitté la maison paternelle de Bonaventure pour le cégep de Gaspé. Saison difficile pour les parents. Le soir du départ de la benjamine de la famille, Mary avait donné à Théo un caillou trouvé devant la porte de la chambre des filles. En d'autres circonstances, il l'aurait jeté en disant «Tiens, encore le dernier». Mais cette fois, il l'avait soupesé, comme prenant conscience d'une inéluctable destinée.

— Celui-ci, je pense que je vais le garder.

— Qu'est-ce que tu dis?

Mary avait pourtant bien entendu. Théo le savait. Il n'avait donc pas répété sa phrase. Elle n'avait pas insisté. Les vies de leurs enfants leur échappaient. *Game over!* Aux douches, les essoufflés!

Mo ne trouve toujours pas le sommeil. Il s'en veut et se rabâche qu'avec un peu de chance il n'est pas trop tard pour intervenir. Il trouvera les mots pour sortir Théo de sa léthargie et le ramener du bon côté des choses. Rassuré par ses bonnes intentions, Maurice se calme et ferme les yeux.

Bonaventure.

Théo gît sur le dos. La bouche ouverte, les bras le long du corps. Mary croit un instant qu'il est déjà mort. Puis, la poitrine du malade se soulève. Soulagement. Il expire en émettant une cascade de sons rocailleux avec des soufflets et des bulles qui crèvent. Puis rien. Moment d'immobilité

Mary approche avec Jérôme P, en silence, sur la pointe des pieds. Théo n'a pas encore rebougé. La crainte de Mary lui revient. L'enfant se colle sur sa grand-mère. Puis la machine repart; la poitrine se soulève, l'air s'engouffre en sifflant. Nouvelle cascade. Une caricature de vieillard qui dort. Presque. Un bruyant soulagement pour ceux qui l'observent.

Le malade, immobile de nouveau. On attend. Ça recommence. Puis le silence. C'est plus long cette fois. Trop long. Ça y est. La fin. L'horreur qui sourd dans la poitrine. Le petit se rapproche encore plus de sa grand-mère. Il ne dit rien, avance une main. Il hésite, puis touche l'avant-bras de son grand-père.

Sursaut du malade qui se propage à l'enfant et Mary. Le mort s'est réveillé. La machine repart. Gros efforts. Longue inspiration sifflée, suivie d'une expiration rocailleuse et grasse. Une fois. Deux fois. Trois fois. Mary chuchote :

— Dis bonne nuit, Jérôme P.

— Bonne nuit, grand-papa.

Ils sortent en silence, toujours sur la pointe des pieds. Mary laisse la porte entrouverte derrière elle.

— Il est tard, viens te coucher.

5

Au Cambodge, les mines antipersonnel menacent dix fois plus de civils que les combattants pendant les hostilités.

Théo avait cinquante-neuf ans au moment d'accepter l'offre alléchante de mise à la retraite des boss du moulin. Il aurait dû se méfier. Il se mit tout de suite à nommer les choses en disant que c'était les dernières. Comme le condamné son dernier repas, sa dernière cigarette, son dernier vœu : dernier mois au moulin ; dernière fois à décider des quarts des pressiers ; dernier ménage de son bureau surplombant la grande salle et la machine numéro un ; dernière heure avant le départ ; puis… réception officielle, cadeaux, bons vœux, poignées de main. C'était fait.

Jusque-là dans sa vie, aucun de ses gestes — même ceux que l'on appelait derniers — n'avait été irrémédiable. Comme lorsque sa mère disait : plus que trois dodos. Deux. Un, le dernier. Enfin, c'est aujourd'hui. Tout lui avait toujours semblé inséré dans un temps qui ne finissait pas. Tandis que maintenant, Théo sentait la fin imminente de son règne. Après quoi le vide et très, très long dodo. Vertige.

Le temps allait donc lui manquer. C'était vrai. Mais il en avait aussi de trop. « Gagner du temps » avait changé de sens. Le jeune vieux divisait maintenant les choses à faire au lieu de les regrouper ; il les séparait, les alignait à la queue leu leu, au lieu de les empiler ou de les imbriquer. Dorénavant, une seule à la fois. En comptabilisant le temps consacré à chacune non pas comme une dépense, mais comme un gain, un avancement dans la journée ou la semaine. L'idée étant de se trouver suffisamment de blocs pour remplir sa journée.

— Pourquoi t'as pas rapporté le pain aussi?

— Euh…

Théo avait le sentiment d'être pris en flagrant délit. Tout en espérant que ça ne paraisse pas trop.

— J'y retournerai après souper.

— Ma foi, on dirait que tu fais exprès…

Le retraité avait fini par prendre conscience de son stratagème. Il n'osait quand même jamais répondre «Oui, je fais exprès». Motus et bouche cousue. Comme à propos de Jeanne disparue et du petit ou de Flo qui n'était pas revenue une seule fois avant Noël du cégep de Gaspé la première année.

Deux sortes de temps, donc. La première que l'homme s'occupait de façon assidue à meubler et l'autre qui fuyait de partout et dont il allait bientôt manquer. À propos de cette dernière, il s'était mis à proclamer qu'avoir des enfants c'était greffer du temps nouveau sur le tronc de son temps ancien. Et que les enfants de nos enfants confirmaient que la greffe avait réussi. Et ainsi de suite pour l'éternité. Grande satisfaction. Viscérale. Mary s'était raccrochée elle aussi à la chimère d'immortalité de Théo. Au moment de la grossesse de Jeanne et de la naissance du petit, elle avait été sur le point de croire qu'ils avaient réussi. Puis, la grande était disparue en emportant le bébé avec elle. Retour au précipice. L'enfant leur avait donné des ailes. Ils étaient subitement redevenus vieux et mortels: «Elle me fait mourir», radotait Mary. L'agonie comme mode de vie. Théo hochait la tête et se taisait.

«Ça s'peut pas», pense Mary qui hésite maintenant dans la grande chambre devant son Théo endormi. Elle n'arrive pas à se décider à s'étendre avec lui. Malaise. Trahison. Culpabilité. Elle craint de se réveiller avec le corps froid et raide à ses côtés. Elle pose un court baiser sur le front de l'être aimé, avec une délicatesse qu'elle réserve d'habitude aux nouveau-nés. Elle serre ensuite la main de Théo. Elle l'attendait toute chaude. La chair est glacée. Son homme meurt déjà, par petits bouts, par les extrémités. Frisson. Elle se redresse et descend dormir sur le sofa du salon.

Lorsqu'on regarde d'un peu plus haut, on constate un étonnant synchronisme entre le lent déflaboxage de la vie de Théo à Bonaventure après sa mise à la retraite et la façon d'être de Maurice à Montréal. Comme si, malgré la distance qui les sépare, le fils avait subi le contrecoup de la fatigue et de la déprime du père.

Le Rocket a passé ses quinze premières années à l'Aréna à apprivoiser la machine et la glace. À en faire, avec une infinie patience, jour après jour, ses amis. À établir tous les records de la Ligue et probablement ceux de la terre entière chez les pros de la Zamboni. À consigner ses exploits dans un cahier d'écolier, noirci marge à marge :

Records individuels et fiche à vie de
MAURICE « ROCKET » TREMBLAY,
opérateur de Zamboni.

Quinze ans au bout desquels sa vie devait être une épopée, mais elle avait plutôt pris des allures de ronron petit patapon permanent. Point. Rien n'y avait jamais débordé au-delà des gradins de l'Aréna et des murs de son logement. Somnolence. Léthargie. L'hiver. Février. Puis, ce fut l'événement, la mise à la retraite de Théo et l'apparition des premiers signes d'usure chez Maurice. Rhumes et grippes carabinés. Rhumatismes de plus en plus insistants. Cette année, janvier avait été long. Levé chaque jour, non pas aux aurores, mais toujours en pleine nuit. Métro. Boulot.

Enfin février. Mo est fatigué comme jamais auparavant. Il tournoie ses heures sur sa machine dans la moiteur crue de la patinoire, sous un éclairage qui arrive de moins en moins à le réchauffer (une moiteur de cave baignant dans une lumière de pharmacie). Huit heures d'affilée. Mauvaise saison. Trop longue. Il n'arrive plus à imaginer l'été. Cela ne lui est jamais arrivé.

Pour l'instant, le Rocket n'est plus certain s'il veille ou s'il dort. Il sait qu'il a dormi. Sans se rendre compte du moment où il se serait réveillé. Il baisse le regard et fixe la citation de la chambre des joueurs des Fabuleux transcrite sur le mur de sa chambre par son ami Picasso : «Nos bras meurtris vous tendent le flambeau. À vous de le porter bien haut.» Aux petites heures du matin après cette longue nuit, ces paroles viennent le chercher comme une sentence. «Nos bras meurtris vous tendent le flambeau…» Il se dit que cela ne se peut pas. Il ne veut pas que ce soit vrai. Il est certain d'avoir rêvé. Il entend pourtant encore les mots de sa mère : «Ça y est…» Sa voix était blanche. Il va la rappeler, mine de rien, pour se rassurer. Pour parler à son père, aussi. Cinq heures et demie ; il est encore trop tôt. Surtout s'il a rêvé. Il se lève et commence sa journée.

6

En Haïti, la proportion des hommes et des femmes atteints du sida est passée de cinq hommes pour une femme en 1982 à un homme et demi pour une femme en 1992. Le mode de transmission de l'infection par le VIH est principalement sexuel.

Bonaventure.

Mary est réveillée par Jérôme P.

— Grand-papa veut te voir.

— Hein?

Elle se croyait en pleine nuit. Il est huit heures du matin. Le petit a déjeuné. Il a apporté un verre de jus et une toast à son grand-père. Il a aussi donné congé au malade pour la journée ; pas besoin de le conduire à l'école, il prend l'autobus scolaire aujourd'hui. Mary se lève.

— As-tu parlé à ta mère ?

Jérôme répond que Jeanne est malade et couchée. Son dos la fait souffrir. En temps normal, la mère serait accourue pour servir sa fille. Cette fois, non. « Il y en a qui sont plus mal pris qu'elle. » Mary se dirige vers l'escalier.

Jérôme empoigne son sac d'école.

— Tu diras à grand-papa de pas oublier sa promesse.

Mary trouve Théo assis dans son lit. Pâle. Livide. Gris. Mal appuyé sur ses oreillers. Il se redresse et sourit bravement. Il lève les bras en signe de victoire.

— Je me suis encore réveillé ce matin.

Ses bras retombent comme s'ils étaient plus lourds qu'il ne s'y attendait.

— T'as pas l'air de te rendre compte, Théo.

— Tchut.

Il secoue la tête d'un geste à peine perceptible. Bien sûr qu'il se rend compte, mais ce n'est pas ça qui va l'arrêter.

— J'ai encore rêvé à toi, annonce-t-il avec un sourire brave et un clin d'œil qui se veut coquin.

— Ce qui me désole, c'est que…

Il s'interrompt, grimace de douleur, reprend son souffle.

— … c'est que bientôt je pourrai même plus faire ça. Rêver.

— On peut encore appeler l'ambulance.

— Le petit veut pas me voir partir.

— Décide-toi.

— C'est non. Pour une fois que je prends une vraie décision.

Il enlève la couverture, réussit à s'asseoir jambes pendantes sur le bord du lit.

— Mon père a insisté pour mourir debout.

Il pointe un pied tâtonnant en essayant de chausser ses pantoufles.

— Moi, je veux juste pisser debout. Aide-moi.

— Toi pis ta «glorieuse».

— Jalouse.

Théo passe le bras sur les épaules de Mary. Ils sortent de la chambre. Il souffre et tient à peine sur ses jambes.

— Qui c'est qui a encore rallongé le corridor?

— Pio s'en vient de Rimouski, à midi. Flo aussi, de Gaspé. Maurice, demain matin.

— Il faut que je pisse avant ça. As-tu laissé la porte d'en arrière débarrée?

— Oui.

Elle vient de mentir. Il le sait.

— *Good.*

Ils sont parvenus à la salle de bain. Le téléphone sonne dans la chambre à l'autre bout du corridor.

— Oups. Veux-tu t'asseoir?

Théo dégage son bras des épaules de Mary. Chambranle et pose une main sur le rebord du lavabo.

— J'ai dit debout.

Sa femme hésite.

— C'est peut-être un des enfants.

Il la pousse vers le corridor.

— Dis-leur que j'ai hâte de les voir.

Elle sort. Il ferme la porte derrière elle. Se retourne et se poste au-dessus de la cuvette, détache le cordon de son pyjama. Attend. Urine. Longtemps. D'un faible jet. Intermittent. Il a mal sous l'omoplate gauche.

Montréal.

Maurice attend, debout devant sa table de travail à l'Aréna, le combiné du téléphone sur l'oreille. Il appelle seulement pour se rassurer, de plus en plus certain d'avoir rêvé. Théo n'est pas en train de mourir. Il ne peut pas leur faire ça. Mais il se passe quand même quelque chose. D'habitude, Mary répond après deux ou trois sonneries : cela en fait quatre déjà. Pour Mo, Bonaventure semble plus loin que jamais. Ça y est, on répond. « Maman ? » Il a rêvé, mais sa main tremble en posant son café.

— Dis-moi que t'as pas vraiment appelé la nuit dernière.

Non, c'était vrai. Sa mère redit ce qu'il sait déjà.

— Saint simonaque ! Pourquoi il va pas à l'hôpital ? Laisse-moi lui parler.

Mary semble en avoir long à raconter. Maurice se ragaillardit.

— Ben c'est pas si pire, s'il pisse debout. Je suis d'accord avec lui : assis, c'est pas mal moumoune, merci. Bon. Dis-lui qu'il se prépare à aller à l'hôpital.

Pour Mary, la décision appartient à Théo. Elle l'a laissé seul et là, il faut qu'elle y aille. Elle a hâte que Mo arrive, demain.

Bonaventure.

Mary pose le combiné, sort de la chambre et se dirige vers la salle de bain.

— Théo, as-tu fini ?

— Non.

— C'est trop long.

Elle ouvre la porte. Le malade est de dos. Face à la cuvette. Les fesses à l'air. En équilibre précaire. La culotte du pyjama empilée sur les chevilles. Toute sa maigreur étalée. Les jambes comme des piquets, noueux, poilus. Les testicules pendant dans l'entrejambe, fripés, fruits mauves séchés. Il s'appuie au mur d'une main ; de l'autre, il cherche à rattraper sa culotte.

Mary, sans dire un mot, remonte le pyjama. Elle rabat le couvercle de la cuvette. Fait pivoter son homme.

— Repose-toi un peu.

Théo s'assoit lourdement.

— Le père avait raison. Debout, je pense que c'est plus facile de mourir que de pisser.

Ce constat le désole.

Pio, le cadet de Mo, arrive de Rimouski vers midi. Stressé. Inquiet.

— Comment il est ?

— En sortant de la salle de bain, il a fallu s'arrêter trois fois pour le laisser souffler. À deux, ça va être plus facile.

— Jeanne aurait pu t'aider.

— Ta sœur est malade.

— Oh, que je suis tanné des hystériques, moi ! Vraiment tanné.

— T'es venu tout seul ?

— La petite a son école, le petit a la grippe…

Mary lève la main, elle a compris. Au-delà de l'agonie de son père, quelque chose ne va pas chez Pio. Mary le sent. Le fils continue :

— On voulait pas courir le risque que papa l'attrape. ELLE t'embrasse.

Il fouille dans son paquet de cigarettes.

— Wo! T'en as déjà une qui brûle dans le cendrier.

— Oups!

— Ça t'énerve, ton père.

Elle pose une bise sur le front de son garçon en espérant le calmer.

— L'important, c'est que tu sois là. Pis tu diras aux enfants que je les embrasse. Tiens.

Elle lui plante deux autres becs, un de chaque côté.

— Merci, échappe Pio, déconcerté, eux aussi t'embrassent.

Il se remet à bouger sur place.

— Qu'est-ce que je peux faire?

— Rien.

— Ça se peut pas…

Il a l'air complètement désemparé.

— Juste attendre avec lui.

Pio ferme les yeux, serre les lèvres comme s'il faisait un gros effort de compréhension. Puis il expire, semble se détendre un peu.

— Où est-ce qu'il est?

Montréal.

Maurice arrive dans le bureau de son patron. Il est entré sans frapper. Laporte est surpris et amusé.

— Qu'est-ce qui se passe?

— Mon père se meurt.

Le boss se lève, change d'air. Maurice part et ne sait pas quand il sera de retour.

— Peut-être lundi, si tout va bien.

— Ah oui? Lundi.

Le Rocket a dit «si tout va bien» sans trop se demander ce que cela signifie. Son père sera-t-il déjà mort? Aura-t-il déjà été exposé et enterré? Ou sera-t-il hors de danger, guéri et tout le monde se sera énervé pour rien?

— Prends tout ton temps. Perdre son père, ça n'arrive qu'une fois. Essaie de pas le manquer.

— Wo! C'est pas un show. Il veut mourir, mais moi je vais l'empêcher.

Laporte sourcille. Il trouve Maurice téméraire, ou innocent, ou en plein déni. Mais ce n'est pas à lui de juger.

— Bonne chance.

— Euh…

Maurice ne pensait pas que Laporte puisse être si gentil.

— Euh. Merci boss. Merci.

Soudainement très vulnérable.

— Ça se peut que j'en aie besoin.

Bonaventure.

Pio arrive au haut de l'escalier. Il hésite sur le palier, hors de la vue du malade. Théo a reconnu son pas.

— Pas besoin de faire tes prières, tu peux entrer.

Le Rimouskois est soulagé de l'entendre. Il craignait de trouver son père mort; comme Mary l'a craint la veille et le matin même; comme chacun qui monterait l'escalier sans éclaireur pour le rassurer. Le vieux est vivant et sa voix, bien qu'un peu fatiguée, est quand même assez claire et forte. Pio prend une grande inspiration, se redresse, se plaque son sourire de gérant chez Fellers et entre dans la chambre. Les yeux de Théo pétillent.

— Grande visite!

Le malade est appuyé sur deux oreillers, pas vraiment assis, mais pas couché non plus. Il soulève l'avant-bras pour offrir sa main. Pio la prend. À court de mots.

— Salut p'pa.

— T'es le premier.

Il secoue la main de Pio.

— Tout le monde s'en vient: Flo va être là après-midi, Mo demain matin. Je pense que je devrais mourir plus souvent.

Il ferme les yeux en souriant.

— Dis pas ça.

— *Joke*. Manque juste ton petit frère collé dans son orbite autour de la terre. Je sais pas ce qu'il faudrait que je fasse pour le voir, lui aussi.

— Ressusciter peut-être.

— Ha!

Théo n'a pas vu venir la réplique. En vérité, Pio non plus; c'est sorti tout seul. L'alité commence à rire, puis coupe sec:

— Ouille!

Son dos lui fait mal. Grimace. Pio ne sait plus sur quel pied danser.

— Je m'excuse.

— Non, non.

Théo tente de se redresser. Il a mal. Plus mal qu'il ne veut le laisser paraître.

— Résurrection; bonne idée. Donne-moi trois jours; si c'est pas fait, c'est que c'est raté.

— Promis.

Théo lève le regard sur son fils, souffle court.

— Suis content que tu sois là.

— Moi aussi.

— Les petits?

Pio répète l'histoire de l'école de la petite et celle de la grippe du petit.

— Je voulais pas que tu l'attrapes.

Théo hoche la tête, incrédule.

— C'est vrai. Sage précaution. Le dernier jour du restant de ma vie.

— Euh…

Théo tient toujours la main de son gars et ne semble pas près de la lâcher. Il met son autre main sur les deux réunies.

— J'ai une grosse faveur à te demander.

Pio se sent privilégié d'avoir ce moment avec son père. Même qu'il le garderait tout entier pour lui. Au diable ses sœurs et ses frères.

Montréal.

La journée de Maurice n'en finit plus. Futile. Chacun de ses gestes exacerbé par le sentiment de n'avoir pas agi à temps pour être là où il devrait. Il aurait dû partir tout de suite après l'appel de Mary. À pied s'il le fallait. Prendre l'autobus. Louer une auto. Tout mettre en branle pour gagner la course contre la Faucheuse et convaincre Théo de changer d'idée. Comme si cela ne dépendait que de leurs seules volontés. Maintenant, il est trop tard. Mieux vaut attendre le train. Même si ça fait long à ressasser les mêmes idées.

Bonaventure.

Début d'après-midi. Mary n'a pas encore trouvé le courage d'annoncer à Jeanne, dans la chambre de la tourelle, que son père se meurt et que le restant de la famille s'en vient. Elles s'évitent depuis trois mois: la mère par usure et panne d'énergie, la fille par hostilité envers tout ce qui bouge autour d'elle. Tout, sauf Jérôme P dont elle a trop besoin. La disposition de l'étage des chambres permet qu'il en soit ainsi. Il y a le territoire de la famille: l'escalier, la grande chambre d'un côté du corridor et de l'autre, les anciennes chambres des filles et des gars. Puis il y a la salle de bain, aire commune et frontière entre les deux camps. Ensuite, c'est chez Jeanne jusqu'au fond du corridor et la chambre de la tourelle.

La grande ne sort de son repaire que si elle y est obligée. Le petit lui monte ses repas, ses cigarettes et passe les messages tant de la fille que de la mère. Mary est devenue la quasi-servante de sa fille par petit-fils interposé. C'est sa façon à elle d'acheter un semblant de paix dans son logis. Une paix de maison hantée avec son silence toujours en attente de hurlements et de fracas de chaînes qui peuvent éclater à toute heure du jour et de la nuit. La mère se convainc qu'elle fait bien de se soumettre ainsi. Elle se répète que sa Jeanne est malade, que ce n'est pas de sa faute et qu'il faut l'aider. Elle a cependant de plus en plus de difficulté à tenir son rôle. Mary ne s'aventure donc que rarement, seulement lorsque vraiment obligée elle aussi, dans le corridor au-delà de la salle de bain. C'est plus simple comme ça. Chaque contact est un affrontement.

Mary a l'impression de jouer à qui perdra en parlant en premier. Elle décide finalement d'affronter la musique. Elle passe devant la chambre de Théo. Le père et le fils semblent en grande conversation. La porte de la salle de bain est ouverte. Il y flotte une odeur de gros tabac avec un mégot frais dans le cendrier. Territoire marqué. Envahi. Annexé. Jeanne est passée par là. Mary vide le cendrier dans la cuvette, le rince au lavabo et le replace tout propre sur la tablette comme s'il n'avait jamais servi. Territoire reconquis. Elle tire la chasse d'eau et sort.

La porte de la tourelle est fermée. Mary frappe trois petits coups.

— C'est ouvert.

Jeanne a sa voix de martyre. La mère prend une profonde inspiration et pénètre dans la chambre. La fille est penchée sur sa table de travail. Occupée. Mary s'approche. L'autre continue à dessiner. Petites touches fébriles et saccadées.

— Je croyais que t'étais malade au lit.

— Ça fait moins mal comme ça.

Sur la feuille surgit l'esquisse d'une maison avec une tourelle qui s'effondre dans un sinistre champ désert. Mary frémit.

— T'es pas descendue déjeuner ?

— Le petit m'a monté une toast.

Sur la table de chevet se trouvent, comme chez Théo, un verre et une assiette souillés. Mary prend une autre grande inspiration.

— Il faut que je te parle.

Elle attend une réaction. Jeanne dessine.

— Si c'est à propos de papa, Pasdenom me l'a dit.

Elle continue son travail.

— C'est tout ce que ça te fait ?

Le crayon s'arrête. La fille relève la tête vers sa mère.

— Qu'est-ce qui va m'arriver ?

Mary est scandalisée.

— C'est lui qui meurt, Jeanne. Pas toi.

— Je perds mon père.

— Moi, mon mari. Grouille-toi un peu, avant de succomber toi-même. Il serait sans doute très content de te voir.

Jeanne secoue la tête et reste figée devant son dessin. Mary se dirige vers la porte.

— Ne compte plus sur moi. Jusqu'à nouvel ordre, il va falloir que tu t'arranges toute seule.

— Mais…

— Y a pas de mais.

Jeanne se repenche sur sa table. Sa mère sort en fermant la porte derrière elle. L'artiste donne deux coups de crayon, s'arrête, relève la tête, puis crie assez fort pour qu'on l'entende jusqu'à Gaspé :

— Maudite vache !

Mary, dans le corridor, reçoit l'insulte comme un coup de marteau. Elle titube. S'appuie au mur. Sent monter en elle une grande colère et une urgente envie de hurler. Elle se mord les poings. À un autre moment, de la part de quelqu'un d'autre, elle serait retournée étriper celui ou celle qui aurait proféré pareille insulte. Elle expire profondément pour reprendre la maîtrise de ses émotions. À l'autre bout du corridor, Pio sort de la chambre de Théo. Il s'engouffre dans l'escalier sans voir sa mère. Mary attend que son cœur se calme. Dilemme : elle pourrait mettre sa fille à la porte. La renvoyer au chemin d'où elle vient. Mais on ne fait pas ça à un chien. Et… il y a le petit.

Tout le reste, l'inexplicable, l'inexpliqué, l'inexprimable, l'inexprimé, demeurera tel quel.

Quelques instants plus tôt, Pio avait cru qu'il deviendrait le dépositaire exclusif de quelque grand secret de la vie de son père.

— Tout ce que tu voudras, p'pa.

Et Théo avait formulé sa requête.

— C'est tout ? T'es sûr ?

— Dis-le pas tout de suite à ta mère. Elle va s'énerver.

Pio était coincé. Il avait promis. Même s'il n'était pas d'accord. Même s'il n'y croyait pas.

— Oui, p'pa.

Jeanne ne s'est pas manifestée après le cri que l'on sait. Mary est plus calme maintenant. Elle se dirige vers l'escalier. Elle s'arrête devant la chambre du malade. Théo dort déjà. Du moins le semble-t-il, bien que Pio vienne à peine de le quitter. Elle observe sa respiration. Elle s'approche doucement, prend l'assiette et le verre du petit-déjeuner et sort en laissant la porte entrebâillée. En arrivant au pied de l'escalier, elle entend un ravaudage au salon, comme si on y déplaçait des meubles.

— Pio?

Le bruit cesse immédiatement et l'interpellé apparaît, l'air empressé, dans l'embrasure de la porte du salon.

— Je suis ici.

Il pousse presque sa mère vers la cuisine.

— Qu'est-ce qu'on mange pour dîner?

Mary connaît son gars. Il cache quelque chose. Elle le contourne et revient vers le salon. Le tapis a été roulé et placé le long du mur. Le *lazy-boy* a été tiré de son coin et trône au milieu de la pièce.

— Qu'est-ce que tu fais?

— Euh, répond Pio en hésitant, c'est un jeu.

— Pis encore?

— C'est un secret.

— Tu montes pas le fauteuil dans la chambre.

— Non...

Mary attend une explication. Pio capitule.

— Il savait que t'aimerais pas ça.

— T'as raison, je sens ça.

Elle le dévisage. Elle attend.

— Il veut veiller au salon pour attendre le train.

— Non...

Mary reste bouche bée.

— Oui. Il insiste.

— C'est un signe, dit-elle. La fin approche. Tu feras ce qu'il te demande.

— Mais c'est fou.

— Tu le feras jusqu'au bout.

Montréal.

Maurice sait qu'il devrait surveiller l'équipe d'entretien dans les gradins plutôt que de contempler le mur sans fenêtre du bureau des contremaîtres. Il n'est pas là où il devrait se trouver. Tiraillé entre l'image glorieuse de Théo pissant debout et l'idée que l'homme s'est peut-être levé seulement pour être certain, comme le Pépé, de ne pas mourir couché. Mo se réjouit quand même — comme d'une ultime et frêle bouée — à la pensée que son père a encore du chien et du territoire à marquer.

Le train du Rocket part dans quatre heures. Mieux vaut l'Aréna que les couloirs du métro pour attendre ; le bureau des contremaîtres que la cuisine déserte de son logement ; l'enceinte de la patinoire et son éclairage dru que la gare et la morosité de la salle des pas perdus. Quelqu'un pose une main sur son épaule. Sursaut. C'est Laporte.

— Hé, Maurice, t'es pas parti ?

— Oups. Euh…

Le Rocket est déjà debout.

— Euh, mon train est à six heures et quart.

— Va-t'en. De toute façon, t'es bon à rien ici aujourd'hui.

Encore une gentillesse de Laporte. Maurice l'a bien compris. Il l'entend quand même presque comme une sentence.

— Oui boss. Merci. Je vais y aller.

Bonaventure.

Jérôme P revient de l'école. Il s'immobilise en gardant une main sur la poignée de la porte de la cuisine. Comme prêt à fuir au premier signe de danger. Mary épluche des pommes de terre pour le souper. Elle se tourne vers lui. Sourire.

— Ah, c'est toi…

Elle attendait Flo qui vient de Gaspé. Elle commence à croire que sa fille fait exprès pour arriver le plus tard possible.

— Enlève tes bottes ; tu vas mettre de la gadoue partout.

— Grand-papa ?

— Tu vas aller lui porter une bonne tasse de thé.

— Ah.

L'enfant semble soulagé.

— Avec des biscuits.

Pio a terminé le réaménagement du salon au meilleur de ses souvenirs. Dans le temps, son père alignait la tribu en portrait de famille le long du mur pour attendre le train comme au bord d'une voie ferrée. Il demandera à Théo où exactement il veut placer le *lazy-boy*. Il revient à la cuisine et s'excuse auprès de sa mère en disant qu'il va chercher des cigarettes au village.

Jérôme P apporte le thé et les biscuits à son grand-père. Le petit est content. Théo aussi. Ils sont ravis de se voir, malgré l'essoufflement du malade. Quinte de toux. Le gamin est inquiet. Le malade se calme.

— Tu sais, Jérôme, je pense que je pourrai pas tenir ma promesse très longtemps.

— Je sais.

Théo hausse les épaules et sourit bravement.

— Bon, j'ai faim.

Les deux compères partagent le dernier biscuit. Le petit va ensuite parler à sa mère dans la chambre de la tourelle. Il la trouve installée à sa table de travail. Elle dessine, comme lors de la visite de Mary. La table est jonchée d'esquisses dont une capte l'attention du petit : on y voit l'intérieur de la maison, la chambre des grands-parents, le lit *queen* avec un homme couché dedans et un trou béant au mur qui s'ouvre sur le paysage de la baie : vagues étincelantes, quelques mouettes, un voilier qui danse à l'horizon. Paysage comme la bulle d'un rêve que ferait l'alité.

— Est-ce que je peux le prendre ?

— Si tu veux.

— Je vais le donner à grand-papa.

7

De 1986 à 1992, à Abidjan, en Côte d'Ivoire, vingt-cinq mille personnes sont mortes du sida et des maladies opportunistes qui l'accompagnent.

Montréal.

Rue Sainte-Catherine. Fin d'après-midi. Il neigeote. Tout est au ralenti. Maurice piaffe d'impatience. Les piétons emmitouflés attendent que le feu passe au vert. Ça y est. Il suit le troupeau et trouve un bon pas. Mais il piétine toujours dans sa tête. Malgré ses grandes enjambées. C'est comme ça depuis le téléphone nocturne de Mary.

Le Rocket se rappelle avoir arpenté cette même rue, il y a un peu plus de cinq ans, avec son petit frère Fanfan. Fin septembre 86, l'année précédant la retraite de Théo. Maurice n'a pas revu son frère depuis. Ce souvenir l'emplit tout entier.

Ce jour là, Maurice revenait du travail. Le métro s'arrête à la station Guy, les portes coulissent, un air de flûte traversière inonde la voiture : *Oh when the saints...* Une seule personne au monde joue *When the Saints* de cette façon-là. Le Rocket se précipite de son siège et descend. Le convoi repart. La musique se perd, noyée par le vacarme du roulement du train. « Saint simonaque ! Ça se peut pas. » Il se dirige vers le corridor de la sortie. La musique recommence : *Oh when...* Il hâte le pas, tourne le coin et arrive face à face avec un grand bonhomme, l'œil luisant, hirsute, barbe longue, en salopette bleue, jouant de la flûte traversière debout devant une casquette renversée débordant de billets verts. Le gars arrête de souffler, sourit. Maurice ouvre les bras.

— Fanfan !

— Mo !

— Qu'est-ce que tu fais là ?

Le barbu indique la casquette.

— Je m'en vais à Vancouver.

Maurice croyait son petit frère installé à Québec où il jouait aux coins des rues. Exact. Mais l'hiver approchait. Le ménestrel avait décidé de lever le camp. Et tant qu'à partir, il ferait le tour de la terre. Premier arrêt, Vancouver. Mo avait donc hébergé le globe-trotter débutant pendant une semaine, le temps de faire ressemeler ses souliers. Il voyageait à pied.

— Ça me donne le loisir, quand il fait beau, de pratiquer mes chants d'oiseaux.

Le lundi suivant, les deux frères avaient quitté le logement de Maurice aux aurores. Fanfan avec sa flûte, sa casquette, son sac à dos et ses souliers rechapés. Prochaine pause — technique — à Toronto, ou Fort Williams, ou Winnipeg. Il ne fallait pas se tromper.

— Ça prend une ville avec un bon cordonnier.

Les gars avaient marché dans Montréal qui se réveillait, de la rue Roy à l'Aréna. Ils s'étaient arrêtés devant l'entrée principale. Très brève accolade.

— Tu donneras des nouvelles.

— Oui, oui. Certain. Promis. Merci pour la paillasse, le café, les souvlakis.

Et Fanfan était parti. Vers l'ouest. Comme ça, faire le tour de la terre. Maurice n'en croyait ni ses oreilles ni ses yeux. Il l'avait regardé s'éloigner. Le marcheur avait attendu le feu au coin d'Atwater. Il s'était tourné vers Maurice. Il lui avait envoyé la main, avait traversé la rue. Un autobus avait bloqué la vue de Mo. Puis le véhicule était reparti : Fanfan avait disparu.

Quelques jours plus tard, Mary avait appelé Maurice en l'abordant comme à son habitude :

— Qu'est-ce que t'as encore oublié de me raconter ?

— Rien. Euh… Oui, en fait, Fanfan est passé par ici.

— Quoi! Ça fait plus d'une semaine, pis c'est moi qui suis obligée d'appeler.

En raccrochant le combiné, Mary avait fait un signe de croix et adressé une prière à la Vierge.

Théo avait ouvert de grands yeux étonnés.

— Vancouver. Le tour de la terre!

Pas du tout déconcerté. Il avait déroulé une mappemonde sur la table de la cuisine et tracé du doigt, sans hésiter, l'itinéraire glorieux du voyage de son gars: «Wow!» Rempli deux grandes pages de destinations.

— Te rends-tu compte?

— Oh oui!

Mary craignait de ne jamais revoir son enfant. Théo avait ramassé la carte d'un geste ample. Comme pour embrasser la terre entière. Il avait épinglé la grande feuille multicolore sur le mur du salon. Juste au-dessus de la petite table de travail, qu'il appelait son bureau. Ensuite, il s'était plongé dans son encyclopédie. Il n'en émergeait que pour consulter l'itinéraire ou continuer le trait rouge qui allait sortir par la gauche de la carte et réapparaître à droite pour venir aboutir à Bonaventure.

Le père s'adonnait à ce jeu avec un enthousiasme constant. Avide. Comme s'il s'agissait du vrai voyage de Fanfan. Sans douter une seule fois des destinations. Comme si c'était lui — le père — qui était parti. Mais en fait, c'était une curieuse inversion par rapport à l'ordre ordinaire des choses; il marchait dans les pas de son fils. Pathétique et glorieux.

— Il est sorti par la porte d'en avant; il va faire le tour de la terre et revenir par la porte d'en arrière.

— Simple comme ça? disait Maurice.

— Oui. J'en suis certain.

Théo bourlinguait à sa table de travail au lieu de s'inquiéter comme auparavant du sort de Jeanne et du petit. Il avait perdu sa morosité. Maurice en était ravi, même s'il trouvait que son vieux exagérait. En effet, le voyageur sédentaire avait lu dans ses bouquins toutes les pages et rubriques des pays, océans, continents, montagnes, déserts, plaines, pampas, toundras, contrées, villes, cathédrales, mosquées et *tutti quanti* que Fanfan, disait-il, allait découvrir, escalader, visiter au cours de son périple. Six mois intenses. Mais voyager en mode encyclopédie a ses limites. Maurice n'osait le rappeler à son père de peur de briser son erre d'aller.

N'empêche, on a beau posséder la toute dernière édition de l'ouvrage, celle qui parle de la couche d'ozone et de son trou, de la fonte de la calotte glaciaire et du rehaussement du niveau des mers, marcher avec les doigts sera toujours différent de voyager avec les pieds. Les manœuvres ne sont pas les mêmes. Avec l'encyclopédie, on joue du poignet et des bras. Quatorze gros pavés à manipuler. Ça manque de fluidité. J'exagère à peine. Il ne s'agit plus de faire marcher ses doigts. C'est attention aux entorses, aux tendinites, aux hernies. Et tant qu'à faire : gros pavés mais petits caractères : attention au glaucome, aux cataractes aussi.

Autres différences que Théo semblait ignorer avec assiduité. Il se déplaçait de droite à gauche sur la mappemonde. Linéaire, facile, rapide : Québec, Montréal, Vancouver, Hawaii. La logique Mercator. Un exercice de projection. Un rêve éveillé. Omnipotent. Ni cher ni fatigant. « Voyons donc, p'pa, insistait Mo, le tour du monde, c'est pas si simple que ça ! » Fanfan sur le terrain ne pouvait avancer qu'un pied devant l'autre : U.P.D.l'A. Il avait toujours un horizon court. Même avec la main en visière, les yeux plissés et le regard au loin. Rien ou presque comme portée — ou tout, ce qu'il prétendrait plus tard — comparativement aux continents, aux hémisphères, à la terre entière de la mappemonde de Théo et à son bout de mur sur lequel elle était épinglée.

À pied, Fanfan pouvait se trouver très précisément en plein milieu du *o*, du *ou,* du *cou* de Vancouver et être complètement perdu. Théo, en voyageant Mercator, savait toujours où il était. En apparence du moins. Facile. Exactement là, ou ici, en plein milieu du *o*, du *ou,* du *cou* de Vancouver. « Erreur », disait Maurice.

L'homme était debout devant son mur ou assis à sa table pointant du doigt. Et, malgré cette évidence, Théo était prêt à jurer sur tous les évangiles (gros livres pour gros livres) qu'il était allé au lieu dont il parlait. Piège. Que le vrai voyageur se lève.

Dernière chose. Tenez-vous bien. Perte d'innocence assurée pour ceux qui seraient tentés de faire comme Théo. La révélation l'a frappé, elle peut bien vous frapper aussi. Voici : il est faux de dire, comme le laisse entendre la mappemonde, que le Canada est peint en jaune, *a mari usque ad mare,* que les États-Unis sont verts et le Mexique, violet. Faux. Ça, vous le saviez. Bien sûr. Tout le monde le sait. Même Théo, maintenant, qui venait d'y penser.

— En réalité, la couleur dépend de l'heure du jour. Du temps. De l'humeur de l'âme et de la saison aussi.

— Très drôle, avait répliqué Mo sans vraiment savoir si son père était sérieux.

Le fils n'avait pas insisté.

Mary, tout comme Maurice, était heureuse de voir son mari occupé. Mais il l'exaspérait. Il finissait ses journées en annonçant, par exemple, « J'ai fait l'Alaska… » à la loupe. Au propre comme au figuré.

— Pose-moi une question.

— Où est Jeanne ? Où est le petit ?

— Euh.

À chaque fois, elle se disait qu'il allait éclater. Mais il n'entendait pas la question.

— Savais-tu que le grizzly pêche le saumon d'un coup de patte, comme ça ?

— Toi, Théo, sais-tu vraiment où est ton gars ? Ta fille et son petit ?

Il replongeait dans l'encyclopédie.

Maurice, à sa façon, s'inquiétait lui aussi. Chaque fois qu'il appelait sa mère, il entamait la conversation de la même façon : « Pis ? Alors ? » Et Mary savait que le fils parlait de son père :

«C'est le beau fixe, a-t-elle souvent répété. Il est un peu exalté, mais ça n'arrête pas.» Théo avait dévoré *Les aventures de Marco Polo*; s'était tapé *Pélagie la Charrette*, la *Relation originale du voyage de Jacques Cartier au Canada en 1534*, le *Voyage au centre de la Terre*, le *Tour du monde en quatre-vingts jours*, le *Guide du Routard*, *Vingt mille lieues sous les mers*, *On the Road*, *Easy Rider*, *Le voyage de Babar*, *L'Iliade* et *L'Odyssée*. D'une semaine et d'un mois à l'autre, la liste s'allongeait. Sans fin, on eût dit.

«Pis?» Cette fois, ça n'allait plus. Théo s'était dégonflé: il avait fait sa part; le garnement aurait pu faire la sienne en se manifestant. Il y avait plus d'un an que Fanfan s'était volatilisé. «On n'est plus aux antiquités, disait-il, c'est pas comme s'il était obligé de faire ça à pied.» Pas obligé. C'est cependant ce que le randonneur au long cours avait annoncé. «Je le sais», répétait Théo. Mais aujourd'hui, un gars pressé fait le tour de la boule en quarante-huit heures. Les astronautes facilement quinze fois en vingt-quatre heures. Alors une personne ordinaire, même à pied, après plus de douze mois, aurait dû avoir le temps en masse d'aller au bout de son voyage et de revenir le raconter. Théo trouvait que son gars gaspillait ses réserves alors que lui-même sentait qu'il allait bientôt en manquer. C'était avant le retour de Jeanne et du petit qui allait le relancer et lui donner du répit. Mais ce n'était que ça, un répit de deux ans, l'enfant prodigue n'étant toujours pas revenu entre-temps.

8

**Dans la province du Hénan, en Chine, des cen-
taines de milliers de personnes sont infectées par
le VIH à cause de pratiques insalubres dans le
commerce du sang par des centres appuyés par
le gouvernement.**

Montréal.

Maurice est toujours en route vers son logement pour chercher son bagage avant d'aller prendre son train. Il a marché
pendant presque une heure vers l'est, de la rue Closse à la rue
Saint-Denis. Il remonte maintenant vers le nord et la rue Roy. Il
trouve, finalement, comment il va aborder son père pour le
convaincre de remettre son grand départ à plus tard : s'il aban-
donne maintenant, il perd tout ce qu'il a investi dans le retour
de Fanfan. Il ne peut pas avoir fait tant d'efforts pour rien. Si
près du but, ce n'est pas le temps de lâcher. Il lui parlera du petit
aussi. Il est quatre heures. Il reste à Mo à ramasser ses affaires.
Manger. Puis se rendre à la gare. Ou l'inverse. Se rendre à la gare
et prendre une bouchée. L'un ou l'autre. Trop compliqué. Il
verra.

Chez lui, Mo se sent tout à coup pressé. Il bourre son petit
sac et quitte le logis. Rue Roy, rue Berri. Enfin, c'est parti. Il
vient de basculer en mode voyage. Métro. Il est à la gare avec
presque une heure d'avance pour le départ. Comme si cela aug-
mentait ses chances d'être à temps à l'arrivée. Puis, il se sent ridi-
cule. Son départ est aveugle et précipité, malgré les dix-huit
heures écoulées depuis l'appel de Mary ; malgré tout ce temps
qu'il a pris de façon délibérée depuis qu'il a quitté l'Aréna. Le
voici sans brosse à dents ni vrai bagage. Un petit sac, très léger. Il

a tout oublié. Comme s'il allait mourir — malgré ce qu'il se raconte pour se rassurer — et qu'il ne serve à rien d'apporter quoi que ce soit.

Bonaventure.

En arrivant au village, Pio descend à la Conque au lieu d'aller tout de suite au dépanneur chercher ses cigarettes. La barmaid le reconnaît.

— Oh! La belle visite!

— Bonjour, Beauté.

Jackie est depuis toujours la grande oreille des âmes désœuvrées de Bonaventure. Une bière. Deux bières. La reine des lieux apprend avant la famille Tremblay ce qui se passe dans la vie de son client.

— Mon père se meurt, je voudrais pas lui faire de peine avec ça.

Jusqu'à maintenant, Pio croit que c'est réussi. Il veut que tout ait l'air normal. Mais sa situation ne l'est pas et il n'a personne à qui parler de sa vie: de ce qui s'y passe, de ce qui s'y casse. De ça, il n'ose pas parler. Ni à sa mère. Ni à son père mourant. Ni à personne à Bonaventure. Il le dira après. Question de jours. Ou d'heures peut-être.

— Je comprends, dit la grande oreille.

Vers six heures et quart, il quitte les lieux en laissant un gros morceau de son secret derrière lui. Il ramasse une cartouche de cigarettes au Chouette de Nuit, passe devant l'arrêt de l'autobus Voyageur. Personne. Il entre souper à la maison. Mary l'attend.

— Pis, l'autobus?

— Personne.

La table est mise. Six couverts, plus la place habituelle de Théo, vide. Sa chaise poussée à fond sous la table, le dossier appuyé sur le rebord. Pio fait le décompte.

— Attends-tu de la visite?

— Une mère a le droit d'espérer. Je croyais que tu reviendrais avec Flo. Jeanne pourrait descendre, on ne sait jamais. Un de ces jours, Fanfan va arriver.

Bref, elle attend et souhaite sa famille au complet.

Montréal.

Maurice monte dans le train avec vingt minutes d'avance sur l'heure du départ, son anorak bleu blanc rouge aux couleurs des Fabuleux sur le dos. Avec son petit sac de voyage et son gros sac d'épicerie contenant sa provision de chips, de chocolat et de Pepsi pour passer la nuit. Rien à lire sinon *Le Journal de Montréal* qu'il a déjà feuilleté le matin. Il choisit un siège dans un wagon presque désert.

Si le train peut partir maintenant. La nuit sera longue. Inconfortable. Mo le sait.

Bonaventure.

Le souper est prêt. Plus tard que d'habitude. Mais c'est une journée dont Mary ne veut pas prendre l'habitude. Elle monte le repas à Théo. Une portion d'oiseau. Jérôme P se charge du plateau de sa mère qu'il lui apporte dans la chambre de la tourelle, puis il se rend auprès de son grand-père.

— Le petit va manger avec moi.

— Est-ce que je peux, grand-maman?

— Si ça te fait plaisir.

Pio mange donc seul à la cuisine avec sa mère. Face aux quatre couverts vides du restant de la famille espéré en vain par Mary. À propos de ELLE et des enfants, il donne des explications vraies mais décalées dans le temps; qui auraient été exactes quinze jours plus tôt. De façon hésitante au début. Puis il s'habitue au jeu. Mary n'y voit que du feu.

Le petit redescend.

— Grand-papa veut te voir, mon oncle.

Pio cale une dernière gorgée de bière. Il monte sans terminer son assiette.

Théo attend, assis sur le bord de son lit. Posture précaire.

— Je veux descendre.

— Au salon?

— Je suis prêt.

43

Le malade ne s'est pas levé depuis son expédition du matin à la salle de bain avec Mary. C'était sur le même étage. Facile. Cette fois, il devra affronter l'escalier. Dix-sept marches d'une seule volée. Théo le sait. Il les compte depuis au moins un an. Il se rassure à l'idée qu'il va descendre plutôt que de monter. Et qu'il n'aura à le faire qu'une fois. C'est du moins ce qu'il anticipe. Sans morbidité ; un énoncé de fait, tout simplement, ou plutôt de très forte probabilité. Ses pieds ballottent au-dessus du plancher.

Pio et Pasdenom l'observent.

— Veux-tu que je demande à grand-maman de nous aider ?

— Non, répond Pio.

Il est assez grand et fort pour soutenir son père tout seul. Il pose la robe de chambre sur les épaules de Théo. Il insiste pour que le malade enfile les manches. Pasdenom glisse ensuite les pantoufles sur ce qui lui semble être de très vieux pieds, avec des orteils et des ongles plus vieux encore. Des pieds plus vieux que le grand-père auquel ils sont attachés. Pio place maintenant le bras de son père sur son épaule et le tient par la taille.

— On y va ?

Théo est prêt. Pio aussi.

— Attention !

Le fils se redresse en soulevant le malade dont les fesses quittent le lit. Il sent son père très tendu tout contre lui.

— Ça va ?

Le vieil homme répond par un signe de tête et fait un premier pas en direction de la porte de la chambre. Pio le suit. Rendus dans le corridor, ils s'arrêtent — accord tacite — au haut de l'escalier. Ils semblent hésiter. Pio se demande s'il ne serait pas plus simple de monter le *lazy-boy* à la chambre plutôt que de descendre son père au salon.

— Tu changes pas d'idée ?

— Toi ?

— Non.

Théo flageole sur ses jambes. Il halète.

— Es-tu fatigué, grand-papa?

— Un peu.

L'enfant disparaît dans la chambre. Il revient en poussant une chaise droite presque aussi grosse que lui. Il s'arrête derrière son grand-père juste en haut de l'escalier.

— Tiens.

Le malade s'assoit immédiatement et Pio se dégage. Soulagement de Théo. Grand soupir de Pio.

— Si on attendait l'arrivée de Maurice, à deux on pourrait te palanter.

Théo secoue la tête. Buté. Il respire avec difficulté. Le fils s'incline.

— *You are the boss.* Veux-tu quelque chose? Un verre d'eau? T'es certain que tu changes pas d'idée?

Théo se redresse sur sa chaise.

— Bon!

Il fait un signe de la tête vers l'escalier.

— Lève.

Il tend le bras pour que Pio le passe sur son épaule. Pio se glisse dessous. Il prend ensuite le poignet de son père pour le tirer au moment où il se redressera.

— Un, deux, trois!

Pio soulève le malade en geignant comme un haltérophile au moment de l'arraché. Théo, très faible, s'agrippe du mieux qu'il le peut. Puis il semble à Pio que l'autre lâche prise.

— Papa, aide-toi.

Le vieil homme fait un dernier effort, se crispe, s'effondre. Le fils a le pied en l'air au-dessus de la première marche. Il rattrape son père de justesse, perd l'équilibre, manque la marche et se retrouve — boum! — durement assis avec le vieux, tout flagada, inconscient ou mort — à tout le moins, corps mort —, affalé par-dessus lui. *Shit!* Il va l'échapper de nouveau. Il se sent glisser vers le bas. Non! Ils dégringolent les dix-sept marches — boum, boum, baboum, baraboum —, Pio, le corps de son père qui ballotte comme une grosse poupée désarticulée par-dessus lui : « Ayoye ! » Moment d'immobilité. Silence irréel.

Jérôme P se précipite dans l'escalier à la suite des deux autres.

— Grand-maman !

Il galope vers la cuisine.

— Grand-maman !

Pio a mal partout, aux fesses, aux bras, aux coudes.

— Papa ? Es-tu correct ?

Ils sont enchevêtrés comme des enfants dans la neige après une descente en traîneau.

Pasdenom arrive face à face avec Mary, qui se dirige, affolée, vers le brouhaha.

— Mon oncle Pio a échappé grand-papa dans l'escalier !

— *My God !* Théo !

Pio essaie de se relever pour montrer à sa mère qu'il n'a rien. Son père est tout flasque sur lui. Il s'en rend compte.

— Papa ?

Pas de réaction. Panique de Pio.

— Non, non !

— Théo ?

Mary, très inquiète, lui tapote la joue.

— Théo ! M'entends-tu ?

Elle lui secoue la tête :

— Théo, *by God.*

Le père entrouvre les yeux. Le fils soupire :

— Fiou ! Ayoye.

Sa cheville droite lui fait encore plus mal que le reste du corps.

— Je pensais que je l'avais tué.

Mary est penchée sur son vieux :

— Comment tu te sens ?

Il marmonne :

— C'qui se passe ?

Elle est soulagée, sourit.

— Pio t'a descendu. Pour veiller au salon.

— Ah, oui…

L'échoué ferme les yeux, comme s'il se souvenait. Mary continue :

— Un peu pressé, comme d'habitude, dans l'escalier.

Le fils ne la trouve pas drôle. Il grimace. Il pose la main sur le front de son père.

— As-tu mal en quelque part ?

Le malade ouvre les yeux, sourit bravement, haletant.

— Pas plus qu'en haut de l'escalier.

Pio ne sourit pas.

— Bouge le pied droit, p'pa… Le gauche… La main droite. Le bras. La gauche. Tout a l'air correct. J'ai eu peur.

— Mon oncle Pio t'a échappé dans l'escalier.

Le fils croit voir un pli espiègle aux commissures des lèvres du malade. Le vieil homme soupire en direction de Pasdenom :

— Il a laissé tomber son père.

— Théo !

Pio a un air de chien battu. Mary lui passe une main protectrice sur le front.

— Écoute-le pas. Il se trouve drôle.

Théo respire avec difficulté. Pio implore presque :

— J'ai pas fait exprès.

Mary lui remet la main sur la tête.

— Toi ? Le cou ? Les mains, les bras, les jambes, les pieds ?

— Ayoye !

Sa cheville est très douloureuse.

— Le restant, je pense que ça va.

Il secoue doucement son père :

— Attention, p'pa, je vais essayer de me lever.

Il commence à s'extirper de sous Théo. Ouille ! Il se laisse retomber. Mary se redresse.

— Je devrais appeler le docteur.

— Je pense que c'est cassé…

Il essaie de bouger son pied.

— Fait mal… C'est cassé, certain. Maudite marde!

Une vague monte, l'envahit; il est pris au dépourvu et ne peut la réprimer, son visage se transforme, il se met à sangloter. Des gros sanglots de grand garçon qui a de la grosse, grosse peine. Incontrôlable. Mary lui caresse le front.

— Doux, doux.

— Maudit…, hoquette-t-il entre deux sanglots. Tout va mal.

— C'est un accident, mon grand. Un accident.

Pio arrive à peine à parler.

— Tout… tout…

Théo, couché de travers sur son gars, est secoué à chacun de ses sanglots. Il pose sa main sur celle de son compagnon de naufrage.

— La vie, mon grand, la vie…

— Je sais, p'pa, je sais.

Il semble s'apaiser.

— À Rimouski…

Il n'arrive pas à finir sa phrase. Une seconde vague monte en lui, puis il se remet à sangloter de plus belle:

— Maudite marde! TOUTE va mal.

Jusque-là, Pio avait réussi à jouer le jeu. À garder Rimouski à Rimouski et Bonaventure à sa place au bord de la baie. Mais il n'en peut plus: sa dégringolade dans l'escalier avec son père mourant dans ses bras, la crainte de l'avoir achevé, sa cheville qui lui fait terriblement mal, tout cela l'a désarçonné. L'embâcle s'est rompue et le courant l'emporte malgré lui; malgré ses quatre longues heures de répétition des beaux mensonges du bonheur de son couple et de sa vie de famille, en route pour se rendre au chevet de son père. Il essaie de dire quelque chose.

— ELLE…

Il étouffe. Gros morceau à passer.

— Ma femme est partie… Avec les enfants.

Il sanglote plus fort.

— Oh *shit!* échappe Mary.

Elle n'ose en dire plus. Le moment est mal choisi. Pio s'apaise. La mère se relève. Elle considère ses deux éclopés, puis appelle le médecin.

Montréal.

Le convoi s'ébranle enfin. Il sort en cahotant de la Gare centrale et traverse le pont Victoria jusqu'à Saint-Lambert avec une lenteur délibérée. De là, il accélère, puis s'engage dans la plaine blanche. C'est parti. Maurice retourne chez lui. Après dix-sept années d'absence. Presque la moitié de sa vie. Pourquoi avoir tant attendu? À chaque année, aux questions de Mary, aux insistances muettes de Théo, il avait une réponse qui semblait justifiée. Mais laquelle au juste? Lesquelles? Il ne le sait plus. Un vague sentiment de futilité face à ses justifications passées. Un regret aussi. Le train atteint maintenant sa vitesse de croisière. Demain, Mo sera auprès de son père.

Bonaventure.

Au ton de Mary Tremblay, le vieux docteur croit qu'elle va lui annoncer le décès de son mari.

— Pio a déboulé dans l'escalier avec son père.

— Quoi!

— Ils sont empilés dans le corridor.

— Ne les déplacez pas, j'arrive.

Théo est encore vivant; le médecin n'en revient pas. La descente cahoteuse de l'étage ne semble avoir rien ajouté aux maux du malade. À l'examen, l'homme est plus faible que la veille, un point, c'est tout. Il s'est probablement évanoui avant de tomber et n'est revenu à lui qu'une fois la cascade terminée. Sa faiblesse l'a sauvé. Il n'a pas eu peur, ne s'est pas crispé, mais tout simplement laissé porter par son gars qui a encaissé les coups à sa place.

— À l'hôpital, ça ne serait pas arrivé.

— Mais j'aurais manqué le voyage.

— Tête de cochon, marmonne le doc.

Il se relève.

— Bon. Fiston maintenant.

Contusions multiples, fracture probable de la cheville. Rien d'irréparable. Le jeune en aura pour quarante jours de plâtre et quelques séances de physio. Pour le restant, il sera courbaturé, endolori de partout pendant un jour ou deux, ou trois.

Mary est d'abord soulagée par le diagnostic du médecin. Puis découragée. Elle attendait du renfort en ce moment difficile et se retrouve avec un invalide de plus : Jeanne depuis un bon moment déjà, puis Théo et maintenant Pio. Lourde charge. Elle s'occupe aussi de Jérôme P, un îlot de joie dans une mer de soucis.

Le médecin contemple les deux naufragés au pied de l'escalier.

— Beau désastre.

Il demande à Théo s'il a la force de se relever. Le patient se tourne avec difficulté sur le côté, se met à genoux et — après y avoir réfléchi tout le temps qu'il faut pour retrouver son souffle — se hisse debout en tirant et poussant sur une chaise de cuisine. Aussitôt sur ses pieds, il se rassoit sur la chaise.

Jérôme P va chercher une deuxième chaise et c'est au tour de Pio de se lever, en sautillant sur une patte : « Ouille ! Ouille, ouille ! », et de se rasseoir aussitôt lui aussi.

Mary et le docteur poussent la chaise de Théo jusqu'au seuil de la porte du salon. Ils rapprochent ensuite le *lazy-boy* sur lequel Mary a posé un drap. Ils relèvent Théo, le soutiennent et le guident vers le fauteuil.

— Échappez-le pas.

Pio s'inquiète de ce qu'il connaît.

Théo, à bout de force et de souffle, s'affale dans le fauteuil.

— Ça va, monsieur Tremblay ?

Le malade hoche la tête, mais garde les yeux fermés. Mary le couvre et le borde. Le médecin se relève.

— Reposez-vous.

Il ramasse sa trousse.

— Il n'y a rien d'autre à faire, madame Tremblay. Toi, Pio, il faudrait que tu passes une radio. Viens à la clinique avec moi.

L'éclopé dit qu'il s'y rendra avec sa voiture. Il conduira en utilisant son bon pied. Le médecin et le patient se dirigent vers la sortie, le docteur avec sa trousse et Pio sautillant d'un meuble à l'autre.

Jérôme P veut raconter les événements à sa mère. Il disparaît dans l'escalier.

Mary revient au salon auprès de Théo. Il ouvre les yeux. Elle secoue la tête :

— Toi pis ton idée de fou de train, aussi.

Il pose une main flasque sur son bras, esquisse un sourire :

— Veilles-tu avec moi ?

Elle l'entend à peine, se penche plus près de lui :

— Pas toute la nuit.

— Il va passer, va s'arrêter.

— T'as toujours dit ça.

— Pis souvent, il passait.

— Jamais s'est arrêté.

Théo fait signe à Mary de se rapprocher. Sa voix est réduite à un mince filet :

— Cette nuit, oui.

— J'ai hâte de voir ça.

Elle est fatiguée. Elle se redresse.

— Repose-toi.

Elle remonte la couverture et le borde de nouveau. Il ferme les yeux. Il dort déjà. Elle sort sur la pointe des pieds.

9

Mille cinq cent soixante-quinze scientifiques de soixante-neuf pays publient un «avertissement à l'humanité» dans lequel il est déclaré que «l'être humain et le monde naturel risquent d'entrer en collision».

Jérôme P est couché. La maison est paisible. Mary est fâchée contre Flo qui se fait toujours attendre. La petite a dit qu'elle descendrait de Gaspé. Mary l'a espérée vers midi. Puis pour le souper. Il est neuf heures du soir et elle n'est toujours pas arrivée. Son père se meurt, le message de sa mère avait pourtant été clair, sa fille ne peut pas avoir oublié. Mary a envie de prendre le téléphone et de l'appeler. Elle entend déjà la colère qu'elle lui ferait si jamais Flo n'était pas encore partie. Petits enfants, petits problèmes, grands enfants... Le sort s'acharne sur elle. Puis, elle se ravise : le sort n'a pas de visées particulières à son égard. Son monde lui manque et elle trouve tout simplement la vie pénible. Pio qui se casse un pied. Débouler l'escalier avec son père mourant dans ses bras, quelle idée! Il n'y a que lui pour se payer ce genre d'exploit. Et sa femme, partie avec les enfants. Quelque chose n'allait pas chez Pio, Mary le sentait. Encore des pots cassés. Il n'était pourtant pas nécessaire de faire un si gros fracas pour l'annoncer. Un foyer qui se défait, c'est grave; un couple qui sombre aussi. Une grand-mère qui s'inquiète de ne plus revoir ses petits-enfants, ça aussi, c'est très grave et d'une grande tristesse. Pas nécessaire d'en rajouter. Et maintenant, si Maurice peut arriver. Il doit être en route déjà, dans son train, à l'heure qu'il est.

Mo voit surtout du noir par la fenêtre du wagon, puis de la neige sombre, bleutée comme une mauvaise image de vieille télé. À l'horizon, petites lueurs de fenêtres de maisons. Une chaleur, un appel. Le voyageur s'imagine s'approchant de chacune d'elles, accueilli, réchauffé, conforté. Il n'a jamais fait le trajet de Montréal à Bonaventure en hiver. Il pense à l'affiche du *Train de midi* de Jean-Paul Lemieux (le seul tableau, mis à part *Mona Lisa*, comme il dit, dont il ait jamais retenu le nom) taquée sur le mur blanc de son salon, en face de la murale de son ami Picasso. On y voit un personnage qui pourrait être un enfant debout dans la plaine enneigée ; un train surgit, comme un mira-cle, à l'horizon, en diagonale derrière lui. Ce soir, le personnage est dans le train et l'étendue, que Maurice devine par la fenêtre, crie une immense désolation. Il y cherche, sans trop s'en rendre compte, le fantôme errant d'un garçon.

Mary s'assoit à la table de la cuisine. Maurice est en route. Assurément. Sinon, il aurait téléphoné. Demain matin il sera là, demain elle le verra, demain elle l'embrassera et se sentira moins seule avec son désarroi. Elle entend le ronflement moribond de Théo qui vient du salon. Elle allume la télé en espérant se dis-traire, mais cela n'efface pas tout à fait la présence de l'autre. Pour ne plus l'entendre, il faudrait mettre le son assez fort pour le réveiller. Elle préfère qu'il dorme. Même en sachant que la fin est proche. : « Qu'avez-vous fait en apprenant que c'était le der-nier jour de la vie de votre mari ? — J'ai regardé la télé. Lui a dormi. — Ah… » Mais personne n'a posé la question. Théo vou-lait du répit. Mary en souhaite aussi. Qu'on fasse le moins de chichi possible autour de tout ça. Ils se sont déjà tout dit. Tout ce qu'il y a à avouer entre gens qui cherchent, malgré leur adieu imminent, à garder une certaine dignité. Fragile. Parce que, au fil des ans, il y a des sujets et des événements que l'on convient plus ou moins de ne pas aborder. C'est la rançon du bonheur, le prix de la sérénité. Mary pense à sa vie. Elle imagine Théo rêvant à la sienne. À tout ce qu'ils ont partagé. À ce qu'elle a gardé pour elle, à ce qu'il a sûrement gardé pour lui. Aux trois ou quatre questions qu'elle souhaiterait quand même lui poser. Ah... Et maintenant, si Flo et Maurice peuvent arriver, avant qu'il soit trop tard. L'idée de Théo de s'installer au salon n'augure rien de bon.

Dans le train.

Le Rocket a épuisé sa provision de chips. Il lui reste un Pepsi. La banquette est d'un inconfort total. Rien ne semble avoir vraiment changé depuis la dernière fois qu'il a fait le trajet, sauf la saison : même odeur un peu âcre, même suspension raide de tombereau. Comme si tout le wagon bougeait d'un coup, pas de suspension du tout.

La dernière fois, c'était l'été. Juillet. Il avait vingt ans. Ses premières vacances après sa première saison à l'Aréna : un retour qu'on voulait triomphant. Théo avait installé la famille pour attendre le train au salon. Flo avait tendu une grande banderole à travers la pièce : « Bienvenue Maurice ». Fanfan avait collé l'oreille au plancher à la Lucky Luke pour l'entendre venir de loin. Jeanne avait fait un dessin de Mo, lumineux, vêtu d'un chandail des Fabuleux, qui descendait du train arrêté sous la banderole. Mais le train n'était pas passé, Maurice n'en était pas descendu. Cela va de soi, mais il faut quand même dire ces deux choses si l'on veut rendre compte de la façon dont les événements ont été vécus. Tout le monde s'était endormi en attendant le glorieux retour. Puis, chacun s'était réveillé en pleine nuit et, constatant l'état des lieux, avait quitté le salon, était monté se coucher, déçu, sur la pointe des pieds.

Maurice était arrivé le lendemain par le train de la baie. Personne à la gare pour l'accueillir : ni Lucky Luke, ni banderole, ni dessin. Rien. Lui aussi, déçu et frustré. Il était rentré à la maison, seul, à pied. Cette fois-ci, il a beau essayer de se rassurer, il se demande quand même ce qui l'attend vraiment. Plus de huit ans qu'il n'a pas vu ses parents.

Bonaventure. Dix heures passées.

Mary se résigne. Il est trop tard, Flo ne viendra pas, du moins pas ce soir. Elle cesse d'attendre sa fille, mais laisse quand même la porte débarrée pour Pio qui tarde à revenir de la clinique. Pourvu que tout se soit bien passé.

Au salon, Théo dort toujours d'un sommeil bruyant. Mary le reborde. Puis elle sort en se disant qu'elle se trompe peut-être. Maurice a sans doute de grosses chances de voir son père vivant. Elle monte à l'étage en comptant les marches. Dix-sept. Pauvre Pio. La grande chambre a des allures d'hôpital : le plateau de service, la carafe d'eau avec son verre, la petite desserte, l'urinal, les cinq oreillers pour relever la tête du malade. Mary reprend possession des lieux. À demi. Elle refait le lit. Se prépare pour la nuit, puis entend une auto qui s'immobilise à côté de la maison. Une portière qui claque. C'est sans doute Pio qui revient de la clinique. Mais la voiture repart. Mary entend des pas sur le balcon d'en arrière. Elle descend en robe de chambre. En tenant la rampe ; un malheur par jour suffit. Théo ronfle au salon. Elle entend fermer la porte de la cuisine. Puis une voix :

— Maman ?

C'est Flo. Enfin ! Mary lui fait signe de parler bas. Elle indique en direction du salon. Elles s'étreignent longuement.

— Je commençais à croire que tu nous avais oubliés.

— Pierre-Luc, un ami, m'a donné une *ride*. Il a un meeting demain à Carleton.

Mary accepte l'explication. Flo montre la cuisine vide.

— Où est-ce qu'ils sont, tout le monde ? Papa…

— Il dort. Au salon.

— Tout seul ?

Flo est perplexe.

— T'as dit qu'il était mourant.

— Il l'est.

— Ça se peut pas. Il a pas le droit de nous faire ça.

— Tu le lui diras.

— Je veux le voir.

Elle se dirige d'un pas décidé vers le salon. Elle passe le seuil, puis s'arrête dans la pénombre. Elle discerne le *lazy-boy* parqué au milieu de la pièce. Le dossier est basculé à l'horizontale, l'appui-pieds relevé. Son père est couché dans le fauteuil. Il dort. Semble tout petit. Bordé serré sous sa couverture. On dirait un lit d'hôpital, refait par-dessus le patient qui l'occupe. Seule la tête dépasse. Presque une momie. La petite s'approche doucement, émue, curieuse et craintive. Mary se poste à côté d'elle. La jeune femme secoue la tête.

— Ça se peut pas.

Elle avance la main et touche celle du gisant. Mary passe un bras sur les épaules de sa petite. Elle chuchote :

— Oui, ça se peut.

Flo n'en revient toujours pas. Mary non plus.

— Il voulait veiller au train.

La petite sourit.

— Ça fait longtemps tout ça.

— Il prétend qu'il va s'arrêter.

— M'man, ce train-là passe, mais il n'arrête pas.

Elle hoche la tête.

— Je vais rester avec lui.

— *Good.*

Mary semble soulagée.

— Moi, je couche en haut.

Elle sort. La petite s'approche encore plus du *lazy-boy*. Une dernière veillée au train avec son père. L'occasion est solennelle. Toute son enfance parade devant elle. L'homme est fidèle à son personnage et à son rêve. Tel on vit, a lu Flo quelque part, tel on vieillit. Et voici qu'elle pense : tel on meurt aussi. Comme dans un roman. Elle va chercher une couverture et un oreiller.

Mary, à l'étage, se demande à quand son tour. Elle se couche de son côté du lit, tout au bord du précipice ouvert par l'absence de Théo. Elle a peur de tomber. Elle tend une jambe pour se rassurer, puis un bras. Elle sent la rugosité propre et fraîche du lit

57

qui vient d'être fait. Le vertige disparaît. Elle se recroqueville et s'endort.

Flo s'installe sur le sofa. Son père ne s'est pas encore réveillé. Il ignore qu'elle est là. Mais quelque chose en lui sûrement le sait. Elle en est convaincue. Elle ferme les yeux. Veillée d'armes. Elle s'en souviendra. Lui aussi, peut-être, malheureusement pas longtemps ; juste assez pour se rendre compte qu'elle y était. Elle cherche le recueillement de circonstance, ce qui lui semble aller de soi. Mais Théo ronfle et Flo — même en essayant d'oublier la solennité dont elle revêt le moment — ne pourra jamais dormir avec les décibels que le moribond émet.

Ironie toute bête. Elle se dit que son père, en s'installant au salon, s'est programmé une manière d'adieu poétique et grandiose à la vie. Mais le glorieux personnage ronfle, pâle comme ses draps, bouche ouverte, barbe longue, une coulée de salive glaireuse à la commissure des lèvres, et cette vision est insupportable. Un ratage total de l'effet escompté. Une indécence. Un naufrage dans l'insignifiance auquel la petite se refuse. Le principal intéressé lui-même ne semble pas trouver l'événement digne de sa présence. Peut-être agit-il comme Woody Allen qui prétend ne pas avoir peur de mourir, mais qui préférerait ne pas être là quand cela va arriver. Flo sourit. Son père n'aurait jamais pensé une chose comme celle-là. Elle s'approche, chuchote :

— Papa, tu ronfles.

Elle touche le bras du malade et le secoue doucement. Théo a un léger sursaut. Le vacarme cesse, il ouvre les yeux.

— Flo.

— Tu ronfles, p'pa. Tu dors, si le train passe, tu le verras pas.

Il referme les yeux. Sourit d'un sourire tout intérieur comme s'il se souvenait. Elle pose un baiser sur son front.

— Je veille avec toi.

Il acquiesce. Il a compris.

— Repose-toi.

Elle retourne sur le sofa, s'étend et remonte la couverture sur son visage. Elle met une main en coquille sur une oreille pour entendre déferler la mer. Mais Théo ronfle de nouveau. Déjà! De plus belle! «*Merda!*» Ça ne marchera pas. Elle compte les secondes entre les ronflements: «Un hippopotame, deux hippo..., trois...» Le bruit des vagues. Une main sur chaque oreille. Elle entend toujours son père. Elle a de plus en plus de difficulté à compter. Impossible de passer la nuit comme ça. Théo l'a vue. Il sait qu'elle est venue. C'est l'essentiel. Elle se lève, prend sa couverture et son oreiller, s'approche, contemple le grabataire, se souvient d'un film où un homme étouffait son vieux qui n'en finissait pas de mourir avec un oreiller. Elle serre le sien, se secoue: «Ça se peut pas.» Elle hoche la tête, puis sort.

Où sont les autres? Ses frères, sa sœur, sa mère? Elle, Flo, est descendue de Gaspé pour répondre à l'appel de Mary. Et aussi parce qu'elle ressentait un urgent besoin de retrouver son clan. Pour qu'ils franchissent ensemble ce difficile passage. Son père se meurt. Lui qui a toujours été là ne le sera plus. Flo est sonnée. Un trou béant et noir s'ouvre soudain dans le paysage de sa vie. Sans avertissement ni explication qui tienne. Vertige. Cela défie l'entendement. Elle n'aura plus personne pour lui tenir la main. Plus personne vers qui lever le regard. Plus personne... Wo! Elle a quitté la maison depuis cinq ans. Personne ne lui tient la main. Elle ne lève plus le regard vers qui que ce soit. Du moins pas de cette façon-là. Pas avec la même vénération qu'avant. Pas avec ce sentiment d'invulnérabilité, de sécurité absolue. Il lui a fallu cinq ans pour se sevrer de ce besoin-là. Elle a fait ses classes sinon ses preuves. Elle s'y est habituée. Qu'est-ce que ça change que son père meure? Rien! Tout! Des tas de choses. Probablement beaucoup... Il est facile de prendre la route lorsqu'on a toujours sa maison, quelqu'un qui attend, qui ne nous laissera pas tomber. Mais orpheline. Le mot est nouveau chez elle. Elle ne s'est jamais imaginée dans ce rôle-là. Cela existe dans des histoires de misérables, d'enfants, dans des contes de fées. Mais à son âge? Le mot est là. Il s'impose. Bien sûr, elle a toujours Mary. La veuve et l'orpheline. Sa mère est trop jeune et elle, trop grande; les mots ne leur vont pas. Vilains habits de mascarade. Mais ce sont les seuls qu'elle a. Cela ou rester toute frissonnante et nue sans rien pour nommer ce qui lui arrive. Sa mère n'est pas du même rang qu'elle dans ces événements. Elles ne vivent pas la même mort. Comment compatir? Comment secourir? Consoler? On n'y peut rien, on y peut tout. Les deux à la fois. Encore une fois. Comme jamais. Comme dans tout. Si le restant de la famille avait été là, tout le monde aurait pu s'agglutiner, se sentir, se tâter. Au moins cela.

Pio va revenir de la clinique avec son plâtre. Maurice sera là demain après le déjeuner. Jeanne dans sa tourelle ne pourra pas les ignorer beaucoup plus longtemps. Flo va la tirer de là par le chignon s'il le faut. Et Fanfan? Dieu seul sait où est Fanfan. Dans un pays appelé rancœur, peut-être. Flo a toujours cru qu'il avait déserté la maison très fâché contre ses parents, contre son père du moins. Elle ne sait pas ce qui s'est passé entre eux, ni pourquoi. Quel dommage.

Quel gaspillage, se dit-elle. Comme si la vie n'était pas surtout faite de ça. De gaspillage. Et d'une absolue économie aussi. Comme si elle pouvait demander à quiconque autre chose que ce qu'elle a, en termes stricts, à lui demander. Flo monte à l'étage avec sa couverture et son oreiller. La porte de la chambre des parents est entrouverte. Mary dort, recroquevillée, tournée vers le mur du côté éloigné du lit. La nouvelle arrivée s'avance en tâchant de ne pas la réveiller. Elle se glisse sous les couvertures du côté habituellement réservé à Théo. Elle s'immobilise. Passagère clandestine. Aux aguets. Enfant, elle venait aux aurores dans la chambre des parents et grimpait à la place encore chaude de son père parti au moulin. Cette nuit, le lit est froid. Presque humide. Il sent le « vieux ». Mary n'a pas bougé. La petite se ramasse en boule, met une main sur son oreille, entend la mer, le bruit des vagues. Cette fois, ça y est.

Quelque part entre Montréal et Gaspé.

Le train s'arrête. Maurice se réveille. Il a mal aux genoux. Il avait posé les pieds, les jambes droites au bout de leurs articulations, sur la banquette libre devant lui. C'est ce qui l'a réveillé. Ou l'arrêt du train. Ou les deux. Il ne sait trop. Il plie les jambes. Doucement. Une à la fois. La douleur s'estompe. Il se lève. Arpente la voiture. Se demande comment il va faire pour tenir bon jusqu'au matin. C'est toujours noir dehors. On y voit mal. Impossible qu'il soit déjà rendu à Matapédia. Onze heures vingt. Trop tôt. C'est Montmagny, un arrêt à demande. Quelqu'un veut descendre ici, en plein hiver, en pleine nuit. Ou monter à bord. Inconcevable ou presque. Maurice revoit des images de western avec un train qui s'arrête au milieu du désert pour laisser descendre un passager solitaire, hirsute. Il frissonne, pourtant la voiture est surchauffée. Il est enfermé dans son voyage. Il a l'impression d'y être depuis cent ans. Que cela ne se terminera jamais. On le porte. On le tire. On le pousse. Obligé. On l'a bousculé. On l'a mis entre parenthèses. Dans une capsule de vitre et d'acier imprégnée d'une odeur âcre de renfermé ; d'un air de caveau de cimetière par temps sec et chaud en été. Mais c'est l'hiver, la nuit, dans un train arrêté à Montmagny. Il se rend aux toilettes. « S.V.P. n'actionnez pas la chasse d'eau en gare. » *So what!* Futilité.

Théo se meurt, mais c'est comme si ce n'était pas vrai. Le Rocket s'est mis en attente. Cela est probablement un effet du train. Autant cet après-midi, à l'Aréna, il se répétait qu'il aurait dû partir plus tôt, aurait pu, mais ne l'a pas fait, autant il se sent maintenant aux limbes, quasi léger, déconnecté, flottant quelque part entre vie et mort, Montréal et Gaspé, souhait et fatalité. Il reprendra les rênes de sa vie à Bonaventure demain matin en mettant le pied sur le quai de la gare. D'ici là, coma.

Bonaventure.

Pio sort de la clinique et traverse le stationnement enneigé à tout petits pas en faisant attention de ne pas glisser sur ses béquilles. Son plâtre neuf est encore humide et coiffé d'un gros bas de laine gris. Il entre à la Conque. Jackie le reçoit avec une hilarité mal retenue :

— Toi, quand ça va mal…

Une cheville ou un bras cassé, cela fait partie des malchances sympathiques. Presque un trophée. Prise de micro, temps de parole assuré. Il s'agit de ne pas en abuser. Ici, Pio se sent compris. Une bière, deux bières. Plus les analgésiques du bon docteur. Vers minuit et demi, notre homme a beaucoup de difficulté à remonter dans sa voiture. Entravé par ses béquilles, son paletot, son unique botte, son plâtre. Ralenti par le froid, l'alcool et les pilules aussi. Il n'arrive pas à s'installer derrière le volant. Il contourne la voiture et monte en se glissant l'arrière-train en premier par la portière du passager. Il traîne par petits coups son pied blessé. Ouf! Repos. Mais on ne peut pas conduire une voiture comme ça, le dos dans la portière, le volant sur le côté, les deux jambes de travers sur la banquette, les reins cassés. Un habitacle de Honda Accord, ce n'est pas logeable plus qu'il faut. Contorsions. Coincé. Il conduira avec le pied gauche, valide, pointé vers l'avant et le droit, plâtré, endolori, encombrant, posé sur la banquette du côté du passager. Il réussit à sortir ses clefs. Puis se rend compte que la portière du côté passager est encore ouverte. Il tend le bras. Trop court. Et de beaucoup. «Ah non!» Il empoigne une des béquilles. Il tire en accrochant le rebord de la portière avec le caoutchouc de l'instrument. Enfin! Portière fermée. Il range l'outil. Démarre. Il conduit lentement. Trop. Comme en reprise à la télé. Sur la route enneigée.

La voiture s'immobilise à côté de la maison. Une heure du matin. Pio sent ses bleus, ses bosses, ses éraflures partout. Sa cheville endolorie. Il ouvre la portière du côté du conducteur ; il n'a plus d'appui pour le dos. Il se pend à deux mains à la poignée au-dessus de l'ouverture en craignant de l'arracher. Se hisse l'arrière-train. Pousse pour essayer de sortir le corps, derrière en premier, comme il y est entré. C'est le vide sous les fesses. Un gouffre. Il fait froid et noir. Ça ne marchera pas. Il réussit à se rasseoir. Nouvelle stratégie. Ressortir par où il est entré. Mais il n'arrive pas à atteindre le loquet du côté du passager.

Coincé.

Il pourrait toujours klaxonner comme un débile au milieu de la nuit. Réveiller les morts et les vivants. Ceux qui s'apprêtent à changer de camp, aussi. Mais, à sa connaissance, il n'y a que Mary dans la maison qui pourrait peut-être le secourir. Il craint qu'elle ne soit pas assez forte pour le soulever. Un échappé, une fois par jour, suffit. Il appuie la tête. Ferme les yeux. Il fait vraiment noir. Il a froid à sa cheville blessée. Il met le moteur en marche. La chaufferette. Pourvu qu'il ne meure pas asphyxié. Il paraît qu'on s'endort tout doucement. Qu'on ne se rend compte de rien. Fini la cheville qui fait mal, le père qui meurt, la femme qui s'en va en enlevant les enfants. Fini tout : la job, le boss, les mensualités, la marge de crédit. Juste un long tournoiement paisible noyé dans le néant, les yeux fermés. Fatigué. Pio allume la radio : « Vous syntonisez l'Oiseau de nuit, le fidèle compagnon de vos insomnies. »

10

En Inde, cinq Indiens sur dix, six femmes sur dix et dix aborigènes ou personnes des castes inférieures sur dix ne savent ni lire ni écrire.

À bord du train nommé *Chaleur*.

Maurice se réveille en sursaut comme si le cœur lui manquait, en proie à un vertige qu'il n'arrive pas à nommer. Puis, il se souvient : son père est malade et lui, en route pour le convaincre de se soigner. Le train roule toujours. Soudain, il entend un autre convoi qui vient de loin sur sa gauche, le roulement grandit, l'accapare, le saisit. Mo se lève, bondit à la fenêtre. La silhouette noire — cyclope à l'œil jaune — fonce vers lui dans le ciel qui pâlit. Elle semble le chercher. Vacarme d'enfer. Danger. Souffle coupé. Le Rocket lève les bras pour se protéger. Secoué par le tumulte métallique mécanique qui déferle au-dessus de sa tête. Puis… le bolide est passé. Le train s'éloigne. Tonnerre qui roule et meurt au loin. Maurice est sonné. Abasourdi. Le gars sur la banquette de l'autre côté de l'allée s'est réveillé. Mo l'interpelle :

— As-tu vu ça ?

— Quoi ?

L'homme le regarde d'un air perplexe. Il n'a aucune idée de ce dont il s'agit. Le Rocket est vidé. Il se laisse tomber dans son siège. Il est certain de n'avoir pas rêvé. Inquiet. Ce train-là ne passe pas pour rien. Pendant ce temps, le *Chaleur* ralentit. Les freins émettent une plainte aiguë et sèche. Un frisson métallique cascade de l'avant à l'arrière du convoi. Un puissant soupir d'air comprimé s'échappe, tout près, sous le plancher. Puis, le silence.

L'immobilité. On remonte l'éclairage dans les voitures. Quatre heures cinquante-six. Matapédia.

Bonaventure.

Jeanne se réveille en hurlant : «Le train!» Elle se précipite hors de la chambre de la tourelle. Pieds nus. En jaquette. Échevelée. Elle court dans le corridor. Pénètre dans la chambre des parents. S'arrête près du lit.

— Papa, maman, le train!

Elle secoue le premier corps à sa portée. Flo se tourne vers la nouvelle venue :

— Wo! On dort.

— Flo!

Mais la surprise de voir sa sœur n'arrête pas Jeanne.

— Où est papa?

— En bas.

— Flo! dit Mary en allumant la lampe de chevet, t'avais dit que tu restais avec lui.

— Il ronflait comme un cochon.

Mary est déjà levée. Elle enfile sa robe de chambre en se dirigeant vers l'escalier. Jeanne la saisit par la main, la suit.

— Le train!

— Tchut, ton père dort.

La mère et la fille arrivent au salon, s'arrêtent. Pénombre. Moment. Leurs yeux s'habituent. Silence. Théo a cessé de ronfler. Jeanne regarde à droite, à gauche. Elle ne comprend pas.

— Il est parti.

Elle avance vers le mur du fond qu'elle fixe comme si elle regardait un train qui s'éloignerait du bout du quai.

— C'est de ta faute, dit-elle, je l'ai manqué.

Mary est à côté de Théo. Le dossier du *lazy-boy* est relevé. L'homme est assis. Bien droit. Les yeux grands ouverts. Immobiles. Vitreux. Avec, on dirait, un léger sourire aux lèvres.

— Théo?

Mary lui touche l'épaule. À peine un effleurement. Le corps s'affale sur lui-même comme elle l'a vu cent fois dans les films de peur à la télé.

— Théo !

Le visage est encore chaud. Les mains aussi. Jeanne est maintenant revenue auprès de sa mère.

— Ton père est parti.

La grande regarde ailleurs. Elle marmonne quelque chose. Mary espère avoir mal compris.

— Qu'est-ce que tu dis ?

— Chanceux.

La mère fait pivoter sa fille vers elle. Elle la saisit par les bras.

— Toi, fais-moi jamais ça !

— Chanceux pareil.

— Au lieu de dire des niaiseries, va chercher Flo et réveiller Pio.

Jeanne sort du salon. Elle grimpe à l'étage et se rend directement à la grande chambre. Elle secoue sa sœur, qui s'est remonté la couverture par-dessus la tête.

— Flo.

Une main apparaît. Puis la tête. Puis elle ouvre les yeux.

— C'qu'y a ?

— Papa est mort.

— Ça se peut pas.

Jeanne hoche la tête.

— Je l'ai vu.

— Mais j'ai rien senti.

Incrédule, la petite s'assoit sur le bord du lit. Les choses ne se passent pas du tout comme elle les avait imaginées.

— Maman veut te voir, dit la grande en sortant.

Elle se dirige vers la chambre de la tourelle. Y pénètre et ferme la porte derrière elle.

Flo arrive au salon. Sa mère est debout dans la pénombre. Elle contemple son mari. La petite lui passe un bras sur les épaules.

— Ça se peut pas.

Mary fait signe que oui.

— Le sourire aux lèvres.

— On voit rien, ici.

La petite allume le plafonnier. Théo en perd la douceur de ses traits. Mary sort de sa contemplation. Elle s'affaire.

— Aide-moi, on va l'étendre.

Elle actionne le levier sur le côté du fauteuil.

— C'est-y toi qui a relevé le dossier?

— C'est peut-être lui, pour mieux voir le train.

— Je pense qu'il voulait pas mourir couché.

Le dossier bascule à l'horizontale. Flo retient le corps qui semble vouloir rouler sur le côté. Une fois Théo bien étendu, Mary lui croise les mains sur le ventre et lui ferme les yeux. Flo place un petit coussin brodé sous sa nuque. Puis, elle lui remonte la mâchoire qui s'est affaissée pendant la manœuvre.

— Ferme la bouche, papa, c'est plus joli. Plus poli, aussi.

Elle lui fait ensuite une bise sur le front.

— Repose-toi bien, mon papa.

Personne encore n'a pleuré. Ni Jeanne, qui est allée se cacher. Ni Flo. Ni Mary.

— Maurice va être déçu.

Flo l'est déjà.

— J'aurais dû rester avec lui.

— C'est la vie.

— Belle famille. Personne a été capable d'être là. Ni moi, ni toi, ni Jeanne, ni Pio.

— Jeanne était sensée le réveiller, lui.

— J'y vais.

Elle sort.

Les lits n'ont pas été défaits dans la chambre des gars. Il n'y a pas la moindre trace de Pio. Flo revient à la chambre de Maurice.

Le lit est occupé. Elle croit avoir trouvé l'éclopé. Elle s'approche. Oups! C'est son neveu qui dort. Le Pasdenom que sa mère et son père appellent Jérôme P. Elle se penche et l'embrasse.

— Hé, *niño*.

L'enfant ouvre les yeux.

— Ma tante Flo.

Elle s'assoit sur le bord du lit. Le petit est à moitié relevé, appuyé sur son coude.

— Qu'est-ce qu'il y a?

— C'est grand-papa.

— Est-ce qu'il est mort?

Flo fait signe que oui.

— Est-ce que grand-maman le sait?

— Oui.

— Ma maman à moi?

— Oui.

— Je veux le voir.

L'enfant saute du lit. Flo l'intercepte:

— As-tu vu ton oncle Pio?

— Il a échappé grand-papa dans l'escalier.

L'*Océan* et le *Chaleur* roulent ensemble depuis Montréal. C'est à Matapédia qu'ils se séparent. Le *Chaleur* partira pour Gaspé à cinq heures trente et Maurice sera à Bonaventure à huit heures moins deux. Dans moins de trois heures. Il est encore secoué, inquiet. Ça fait plus de vingt ans qu'il n'a vu un train comme celui de tout à l'heure qui fonçait sur lui.

Cinq heures cinq: une demi-heure à tuer avant que le train reparte. Mo pourrait téléphoner à la maison, confirmer à sa mère qu'il arrive. Lui parler de son étrange apparition. La rassurer. Oui, il appelle. Non. Oui! Il chausse ses bottes, passe son anorak, ramasse son sac, se dirige vers la plate-forme du wagon. Il ouvre la lourde porte, met le pied sur la première marche. C'est vraiment noir dehors. Trop tôt pour réveiller la maisonnée. Et froid. Trop froid. De toute façon, il n'y peut rien. À quoi? À tout, à rien. Encore trop loin. Maurice frissonne. Il remonte sur la plate-forme, referme la porte et revient à sa place.

Mary est seule avec son Théo. Elle lui prend la main. La chair est encore tiède.

— J'ai un message pour toi, mon beau. Ton ami Gilles Sainte-Marie a appelé. Je lui ai dit que t'étais parti à la pêche, mais j'ai oublié de lui dire que c'était avec lui… Quatre jours plus tard, t'es revenu en disant que vous aviez mangé tout votre poisson. Ça fait vingt ans que je me retiens de te faire ce message-là. Je ne voulais pas mourir avec ça en travers de la gorge.

Mary s'arrête. Soulagée. Attend. Elle branle la tête. Puis, Flo et Jérôme P sont à ses côtés.

— À qui tu parles, grand-maman?

— Euh… À grand-papa. Je lui racontais une histoire de pêche. Je lui en devais une.

— Ah…

Quelque chose inquiète l'enfant.

— Es-tu certaine qu'il nous entend?

— Oh, oui, tu peux lui parler. Il nous répond dans notre cœur.

L'enfant sourit. Mary se tourne vers Flo :

— Pis, Pio?

— Il est pas rentré, maman.

— *Dear oh dear me.*

Les bras lui tombent. Ses épaules se voûtent.

— Je suis fatiguée.

Elle sort du salon à petits pas traînants et se dirige vers la cuisine.

Le petit examine son grand-père d'un air perplexe. Il lève les yeux vers sa tante :

— Est-ce que je peux lui toucher?

— Oui.

Il pose sa petite main sur la grande main de Théo.

— Je vais rester avec toi, grand-papa. Moi aussi, je vais te raconter une histoire. C'était une fois... Euh.

Il ne trouve pas les mots. Puis il sourit.

— C'était une fois, il y avait une maison, un grand-papa et un petit garçon...

Mary commence à rédiger une liste des choses à faire tandis que son eau chauffe sur le poêle: appeler le docteur Champagne (lui, il va mal prendre ça.), Gilles Sainte-Marie, M. le curé, les cousins, les amis. Elle pose le stylo. Épuisée. La courte agonie de Théo a été précédée d'une longue année où elle l'a vu décliner. Devenir au physique et au moral l'ombre de ce qu'il avait toujours été. «Bon, c'est terminé.»

Dans l'auto garée à côté de la maison.

Pio se réveille. Prend conscience d'où il est. Rouge, vert, jaune: les témoins du tableau de bord sont allumés. Le moteur est arrêté. Premier réflexe, remettre le moteur en marche pour se réchauffer. L'engin tourne, mais ne démarre pas. Deuxième essai. Plus long. Toujours rien. «Qu'est-ce qui se passe, donc?» L'aiguille de l'indicateur d'essence est à *E*. «Non, *shit!*» Panne sèche. L'éclopé grelotte. Plutôt que de mourir asphyxié, il a failli partir congelé. La radio joue toujours: «Insomniaques, le jour se lève, vous pouvez maintenant aller vous coucher.» Mon œil! Nuit noire. Six heures du matin. Il a très mal à la cheville. Il n'a plus d'eau, ni de café, ni de bière, ni rien pour avaler une autre pilule. Puis, il voit la lumière allumée dans la cuisine, quelqu'un est levé. Il klaxonne. Jérôme P se pointe à la fenêtre.

— C'est l'auto de mon oncle Pio, grand-maman.

— Il était temps. C'est curieux, je l'ai pas entendue arriver.

L'eau bout sur le poêle. Flo met deux poches de thé dans la théière et la remplit d'eau. Jérôme P prend son verre de jus et s'éloigne en direction du salon.

— J'ai pas fini mon histoire à grand-papa.

L'enfant disparaît. Mary se lève et se dirige vers la fenêtre du côté.

— Qu'est-ce qu'il fait, donc, qu'il rentre pas?

La voiture de Pio est stationnée devant la porte de la cuisine. On voit mal à l'intérieur. Mary allume la lumière du balcon. On voit mieux l'auto, mais toujours pas dedans. La mère retourne à la table. Nouveaux coups de klaxon : trois courts, trois longs, trois courts.

— Bon, du code astheure.

Flo va à la fenêtre. Elle ne voit rien. Puis, un bras apparaît du côté du conducteur et fait signe d'approcher.

— Je pense qu'il veut quelque chose. Je suis en pyjama, moi, là.

Encore le klaxon : trois courts, trois longs. Mary regarde.

— Il veut quelque chose, certain.

Elle ouvre la porte, sort la tête :

— Pourquoi tu rentres pas?

La main signale d'attendre un instant. Il fait à peu près jour maintenant. Puis, Mary entend la voix exaspérée de Pio :

— Je suis coincé.

Elle revient dans la cuisine.

— Ton frère a besoin d'aide.

— O. K. Je vais y aller.

Flo enfile son anorak, chausse ses bottes, remonte son capuchon.

— Il est mieux de pas me niaiser, lui.

Elle sort. Il fait moins vingt. Pas de vent, juste du froid. Elle contourne la voiture. En arrivant du côté du conducteur, elle découvre une grande tache jaune sur la neige ; Pio est sorti de l'auto pour pisser, pourquoi n'en sort-il pas pour entrer dans la maison? Elle croit un instant qu'il a peur. Mais de quoi? Pourquoi? Personne en dehors de la maison ne sait que Théo est décédé. Peur de cette mort qui, pour lui, n'est pas encore arrivée? Flo s'apprête à servir à son frère une volée de sarcasmes. La vitre du côté du conducteur s'abaisse. Pio a l'air hagard, barbe longue, yeux cernés. Il se tord le cou pour parler à sa petite sœur :

— Flo! Il était temps que t'arrives.

Il est aligné de biais dans l'auto, une jambe allongée sur le siège du côté du passager. Vêtements fripés. Comme s'il n'avait pas dormi de la nuit.

— Je suis venue quand j'ai pu.

Elle indique la flaque jaune :

— C'est toi qui as fait ça ?

— Aide-moi à sortir d'ici.

— Si t'es capable de pisser à côté de ton char…

— Non.

Il montre sa grosse tasse isotherme Tim Hortons :

— Une chance que j'avais terminé mon café. Je suis coincé.

— Comment t'es monté ?

— Du côté du passager. Mais je rejoins pas la poignée de la portière.

— Si t'avais rabaissé les dossiers, tarlais, t'aurais eu toute la place qu'il fallait pour tes acrobaties.

Pio ferme les yeux. Se donne un coup sur la tête avec la paume de la main.

— *Shit!*

— Toi, ça fait trop longtemps que t'es marié ; pas se souvenir qu'on peut baisser les dossiers !

Pio dévisage sa sœur. Grave.

— C'est pas si drôle que ça.

Flo ne comprend pas ce qui se passe.

— Maman t'a pas appris la nouvelle ?

— Je vais t'aider.

Elle fait le tour de la voiture, ouvre la portière.

— Oui, papa est mort.

— Non !

Pio n'attendait pas cette annonce-là. Coup de masse. Impuissance. Désarroi.

— Ça se peut pas. Je te jure, je voulais être là.

— T'aurais pas vu une âme qui s'échappait par la cheminée ?

— Tu me niaises. Non.

— Ça vient d'arriver.

— Ah.

Pio passe son pied valide avec l'autre vers le côté du passager. Flo a le frisson.

— Il faut que je rentre.

— Merci.

La petite est déjà partie. La porte de la cuisine se referme. Pio cesse ses manœuvres. S'affaisse. «*Shit, shit, shit.*» Puis, il a froid de nouveau. Il s'extirpe de l'auto avec difficulté. Il lève le regard vers la masse de la maison, le grand toit sombre, la cheminée. Une volute de fumée bleue s'en échappe. Il la suit des yeux un moment. Elle se perd. Pio se secoue: «Non…, ça se peut pas.» Il se dirige vers la maison en sautillant avec ses béquilles.

Jeanne est enfermée dans la chambre de la tourelle. Couchée, cachée sous les couvertures. Store baissé. Théo refroidit toujours au salon. Jérôme P finit de raconter l'histoire du grand-papa et du petit garçon. Flo arrive de dehors et secoue ses bottes sur la carpette de la cuisine.

— Il fait frette. On est comme coincé au tréfonds de la nuit des temps.

Elle ignore ce que cela veut dire au juste, mais sait que c'est vrai. Et Mary aussi.

— On dirait que ça finira jamais. Qu'est-ce qui se passe avec Pio?

— Une niaiserie. Il s'en vient. Je lui ai dit, pour papa.

— Pauvre lui.

La porte s'ouvre. Un gros bloc d'air froid envahit la cuisine. Pio apparaît.

— Maudite marde!

Son plâtre et ses béquilles l'embarrassent.

— Ça serait bien si quelqu'un donnait un petit coup de pelle sur le balcon. Trouvez pas qu'un estropié et un mort par jour, c'est assez.

Jérôme P s'amène, venant du salon.

— J'ai fini mon histoire.

Pio avec ses béquilles, son plâtre, son anorak, hésite près de la porte. Mary s'est levée pour l'accueillir.

— Ton père est décédé.

L'accidenté serre les lèvres, acquiesce de la tête, puis baisse les yeux.

— Où est-ce qu'il est ?

— Au salon.

Pio s'y dirige en laissant des grosses traînées de neige sur le plancher derrière lui. Mary le suit.

— Où est-ce que t'étais ?

— Dans mon char. J'ai pas fait exprès pour le manquer.

Flo a rallumé le rond sous la bouilloire.

— Il est encore parmi nous, je le sens, il n'est pas loin.

Mary le croit aussi. Pio s'arrête.

— Il est mort, m'man. Il est parti, c'est fini.

Il se tourne vers Flo :

— Je l'ai vu s'en aller.

La petite se redresse.

— Hein ?

— Oui, par la cheminée.

Flo ne sait plus si son frère se moque d'elle ou quoi. Jérôme P s'agite.

— Comme le Père Noël ?

— Ouen. Tout un cadeau.

Pio disparaît au salon.

Maurice est encore ébranlé par le fantomatique passage du train qui l'a réveillé avant Matapédia. Surgi en direct de son enfance. « Ce train-là ne revient pas pour rien. » Il change de banquette de façon à mieux voir la baie et le jour qui se lève. Il ne dormira plus jusqu'à Bonaventure. Il se répète qu'il aurait dû appeler à la maison. Confirmer son arrivée. Il a hâte d'avoir parlé à son père, de l'avoir convaincu. Hâte que tout soit réglé. Hâte de revoir sa mère. Sa Mary. Et les autres aussi.

Il a hâte, mais trouve son sentiment presque indécent. Il faut comprendre; on ne se déplace pas de Montréal en Gaspésie, en semaine, en pleine saison de hockey, pour des événements heureux. Il faut un malheur. Ou du moins, une menace qui oblige à recourir aux grands moyens. Aussi bien en profiter. Cependant, son dialogue intérieur laissé à lui-même dérive vers le pire. Si sa mère avait raison? Comment dit-on ça? «Bon, maintenant que je t'ai vu et parlé, ça va, tu peux t'en aller.» Non. Il repousse encore la question. Optimisme obligé. Décrété. Depuis le début qu'il le dit: ce matin même, son père part pour Chandler pour se faire soigner.

Il est vrai, bien sûr, qu'à la fin, la mort gagne. Toujours. Mais on n'est pas rendu là. Il faut résister, combattre jusqu'au bout. Selon Mary, au moindre regain d'énergie depuis un an qu'il sombrait, Théo retrouvait son regard pétillant, se voyait avec dérision et proférait des énormités à propos de ce qui lui arrivait. Il narguait sa fin prochaine. Comme l'effronté, tout petit, qui se débat contre un ennemi trop grand ou trop fort. David affrontant son géant de haut avec une fronde qui ne lance que des mots. Le soleil se lève. Maurice a faim. Ah! Un jus d'orange, du bacon, des œufs, des toasts, un bon café. *Big time.* Le déjeuner du dimanche matin chez les parents. Ou des grandes occasions au restaurant. Il lui manque ça. Après avoir laissé sa vie en plan à Montréal, après quatorze heures pour se rendre au chevet de son père mourant pour le convaincre, de toute urgence, de se faire soigner, voilà l'homme obsédé par un beau jaune d'œuf, du bacon salé croustillant sous la dent, l'odeur réconfortante du café. S'il avait le moindre doute — un vrai — sur le résultat de sa démarche, ce serait bye-bye l'appétit. Voilà bien une preuve, qu'il se dit, s'il lui en fallait une, qu'il croit ce qu'il dit. Ou, peut-être, sa fringale est-elle une façon de narguer cette mort qu'il sent si proche. Malgré lui. D'affronter la sienne aussi. Ou de célébrer la vie. Façon parmi d'autres qui semblent souvent vulgaires ou inappropriées alors qu'on les voudrait solennelles et sanctifiées: je baise, je bouffe, je vis! Instinct de survie.

Bonaventure. Le salon de la maison paternelle.

L'éclopé est écrasé sur ses béquilles. Il se relève sur sa jambe valide. Il a mal aux aisselles. Il pose une main sur l'accoudoir du *lazy-boy*. «*Shit, shit, shit!*» Mary chuchote :

— C'est la vie.

— Non. Il est mort.

— Le sourire aux lèvres.

— Ça s'peut pas, m'man.

— Je l'ai vu.

— Moi aussi, ajoute Jérôme P., je lui ai donné un dessin.

Pio passe une main affectueuse sur la tête de son neveu.

— C'est un beau cadeau.

— On peut lui parler, tu sais.

— Ah oui ?

— Je lui ai raconté une histoire.

Pio hoche la tête, doucement.

— Toi, t'es un vrai chanceux, Jérôme P.

Il dézippe son anorak.

— Il fait chaud ici. Bon.

Il se tourne lourdement vers la porte.

— J'ai faim.

Il se dirige déjà vers la cuisine. Comme si c'était automatique. Comme s'il suffisait de s'asseoir à table pour que la nourriture apparaisse. Mary le suit.

— Va falloir quérir Maurice au train.

— Moi, j'ai plus de gaz.

— C'est vrai que tu dois être fatigué.

— Mon auto est en panne sèche, maman.

— Ah…

11

Selon une enquête norvégienne, cent mille enfants seraient prostitués à Taïwan, recrutés par les réseaux de tourisme sexuel en Asie, parfois même avec la complicité de la police. Les églises demandent au gouvernement de réagir.

Sept heures cinquante-huit, c'est Bonaventure, comme prévu à l'horaire Matapédia-Gaspé. Mais il n'y a personne sur le quai de la gare. Les bancs de neige bloquent la vue du stationnement. Mo se hisse sur la pointe des pieds. Il discerne le toit bleu d'une auto. Il tressaille. Son père est venu lui-même le chercher. Un mort, un mourant — ou du moins un grand malade — ne se déplace pas comme ça. Ouf! Soulagement. Suivi d'un doute : les choses vont très bien ou ne vont plus du tout. Le Rocket ramasse ses bottes, son anorak, son sac de voyage. Il a encore plus faim qu'avant. Puis, il descend.

Superbe matin de février, ciel bleu, pas un souffle de vent. Belle lumière cristalline. On se sent vivant. Malgré le froid, on a chaud en dedans. Même très énervé. Maurice contourne le petit bâtiment gris du CN et voit l'auto. C'est bien celle de Théo. Nouvelle euphorie. La portière s'ouvre du côté du conducteur. Une silhouette en sort. Féminine. C'est sa mère. Elle marche en direction de Mo d'un pas hésitant. Sourire un peu forcé. Quelque chose ne va pas. Elle envoie un petit salut de la main.

— Maman?

Mary s'arrête. Elle semble s'effondrer. Son regard se tourne tout en dedans. Quelque chose monte en elle. Maurice la voit se remplir, déborder. Elle sanglote maintenant. Secouée de très, très loin. Il est pris au dépourvu.

— Maman.

Il laisse tomber son sac et accélère le pas en ouvrant les bras.

— Qu'est-ce qui se passe.

Mais il le sait déjà, et Mary pleure à gros bouillons. Avec abandon.

— J'ai tellement de peine.

Maurice l'étreint. La tient tout contre lui. Sa mère, sa Mary, figure gigantesque dans sa vie, lui semble tout à coup petite, rétrécie, fragile aussi.

— C'est papa?

Mary acquiesce en reniflant. Elle n'arrive pas à parler, finit par balbutier:

— Tout le long en m'en venant, je me suis dit que j'allais pas pleurer.

Maurice la serre de nouveau contre lui. Elle se dégage.

— Il voulait tellement te voir.

— Moi aussi. J'étais sûr qu'on pouvait le sauver. Saint simonaque!

Elle sanglote de plus belle, entraînant Mo dans ses pleurs.

— Il est parti vers cinq heures à matin.

— J'ai failli t'appeler. J'aurais dû. Où est-ce qu'il est?

— Dans son *lazy-boy*.

— Tu l'as laissé tout seul?

C'est presque une accusation. Puis, il se rend compte de l'absurdité de la question. Théo ne va sûrement pas s'en offusquer, pas dans l'état où il est. Mais tout autant le reproche est absurde, tout autant il est justifié: on ne laisse pas ses morts seuls sous peine de voir leurs âmes prendre la poudre d'escampette de façon prématurée.

— Pio est là. Flo et Jeanne aussi.

— Pis aucun de ces gnognons-là pouvait venir me chercher?

— Je voulais te le dire moi-même.

— Je veux le voir.

— Viens.

Mary se laisse guider jusqu'à l'auto. Elle s'arrête. Elle tend les clefs à Mo :

— Tiens. Ton père est pas là ; profites-en pour chauffer.

— Maman !

Puis, il voit le sourire qui se dessine sur son visage malgré les derniers soubresauts des sanglots.

— C'est le genre de niaiserie qu'il aurait dite.

Elle insiste avec les clefs devant elle. Maurice hésite. Les prend.

Quelque chose vient de se passer. La transmission des clefs, non pas du royaume — bien grand mot pour une si maigre contrée —, mais d'un certain pouvoir, l'attribution d'un rang et d'une responsabilité à Maurice, qui vient de les accepter. Il referme la portière pour sa mère avant de s'installer au volant. Il se dirige vers le village plutôt que vers la maison.

— Je t'emmène déjeuner.

— Je pensais que tu voulais voir ton père.

— J'ai faim.

Gros déjeuner tel que Maurice l'avait souhaité dans le train. Le café Chez Lyna est désert, mis à part Maurice et Mary à la table du fond. La mère sirote un thé. Elle contemple son fils maintenant devenu un homme. Toujours égal à lui-même. Et aussi, presque un étranger. Leurs vies se chevauchent de moins en moins. Elles se croisent comme aujourd'hui, mais à intervalles de plus en plus éloignés.

— Hier soir, ton père voulait veiller au train.

Mo fige avec la fourchette en l'air.

— C'est ça ! Il est passé à Matapédia. Il m'a réveillé.

— Théo était sûr qu'il s'arrêterait.

— Pis ?

— On le saura jamais.

Mo a l'air déçu.

— Mais…, ajoute Mary, je l'ai trouvé le sourire aux lèvres.

— C'est un signe.

— Pio dit que ça se peut pas, un mort qui sourit. Moi, je l'ai vu.

Elle hoche la tête de haut en bas pour le confirmer.

— Jérôme P aussi.

Maurice lui touche la main.

— Essaies-tu de dire qu'il est parti content?

— J'essaie, je pense, mon grand…, de nous consoler.

Moment de silence. Elle pose sa main sur celle de Maurice. Elle sourit, presque timide. Elle hausse les épaules. Fatalité.

— Bon.

Maurice avale son fond de café. Mary repousse sa tasse devant elle en grimaçant:

— Le mien est meilleur.

Ils rentrent à la maison.

Maurice hésite devant la porte fermée du salon. À l'époque de son enfance, avant celle du train, la pièce était réservée aux grandes occasions. Comme aujourd'hui. Il ouvre la porte. L'air est frais. L'espace est occupé par une masse oblongue qu'il voit à contre-jour dans la lumière blanche de la fenêtre. C'est Théo, couché dans son *lazy-boy*. Maurice approche. Le corps est étendu bien sage, les mains croisées sur le ventre. Entre les doigts, une feuille de papier. La tête soulevée par un petit coussin. Les yeux fermés, l'expression et la bouche aussi. Muet de partout, et… il ne sourit pas. Mary a-t-elle fabulé? Ou peut-être est-ce le défunt qui a changé d'idée? Maurice s'étonne de penser de telles absurdités. Mais cette réserve lui vient dans un deuxième temps. Le fruit d'un gros effort de rationalité. Sinon, il agit comme si son père n'était pas encore tout à fait parti.

— Salut, p'pa. J'aurais voulu te parler. Te convaincre.

Maurice avance la main, hésite, puis la pose sur celles de Théo. La chair est froide. Plate fatalité: «La Vlimeuse a gagné.» Maurice dégage le papier d'entre les doigts de Théo. C'est un dessin de Jeanne. Il reconnaît la manière. On y voit un homme couché dans un lit. Le mur de la chambre s'ouvre sur la mer derrière lui avec des voiliers et des goélands. Une inscription : «Pour mon granpapa Téo», et c'est signé Jérôme P XXX. Un cadeau pour le voyage. Que va-t-il laisser, lui, à son père pour le consoler d'être séparé des siens? Il aurait souhaité pouvoir lui donner sa vie. Non pas «pour» son père comme les héros à la guerre pour la patrie. Plutôt une manière de procuration sur ce qu'il est devenu, sur ce qu'il a accompli, pour qu'il en profite lui aussi. Mais il est trop tard. Le temps s'est déroulé à Montréal et à Bonaventure comme si chacun portait l'autre à distance, validait sa vie, ses rêves, sa réalité. Garant de l'existence même de l'autre. Et tout cet échafaudage vient de s'écrouler sans qu'ils aient eu le temps d'en faire le bilan. Maurice hésite, confus. Tout bête devant le corps. Impuissant. Anéanti. Puis, la bulle qui l'entoure éclate. C'est la voix de sa mère :

— Maurice ? Ça va ?

— Euh, oui.

En fait, plus rien ne va. Des grands pans de son univers s'effondrent et, pendant ce temps, la vie continue comme si cela ne la regardait pas. Mo embrasse son père sur le front. Chuchote comme s'il avait peur de le réveiller : «Attends-moi, je reviens.» Il sort du salon et referme sans faire de bruit.

Maurice pénètre dans la cuisine. La glorieuse demeure de son enfance lui paraît tout à coup fatiguée, défraîchie, mal aimée. De partout. Comme un vieux vieux (sur une échelle qui va de «jeune vieux», à «vieux vieux», en passant par «vieux» tout court) laissé à lui-même et qui sent le négligé. Les vêtements élimés et tachés. Mary lève les yeux de sa liste de choses à faire.

— Il va falloir choisir la tombe.

Son grand ne semble pas l'écouter. Il a ouvert la porte du frigo et fixe le dedans. Hypnotisé. Sous le choc. Non pas par l'image d'abondance de ses souvenirs, mais par la vue d'une, deux, trois tablettes remplies de petits pots de restants empilés. Et de contenants de plastique recyclés. La mère continue :

— Les funérailles, samedi ? C'est ça ou lundi.

Mo est encore tout à sa vision.

— Oui, m'man.

— Oui, quoi?

— Euh…, tout. Je vais y aller, choisir la boîte.

Mary tressaille. Elle trouve le langage de son fils un peu cru. Il continue:

— Lundi, les funérailles.

Il revient vers la table.

— Où sont les autres?

— Je pense que tout le monde est remonté se coucher.

— Je veux les voir.

— Attends.

Mary lui fait signe de s'asseoir.

— Les gens d'Arseneault Funérarium s'en viennent. Ton père s'en va. Reste un peu avec moi.

Mo se tire une chaise. S'assoit. Moment où chacun s'installe dans son cocon.

— Ton frère Pio a déboulé l'escalier avec son père dans ses bras.

— Hein!

— T'aurais dû les voir: un vieux film de Laurel et Hardy.

Elle glousse au souvenir de la vision. Puis, elle est secouée par un fou rire qui tourne vite aux larmes. Après quelques secondes, elle sourit, triste, se calme.

— Mais le pire, c'est pas l'escalier.

La mère a l'air de se sentir coupable d'avoir à annoncer encore un malheur à son fils.

— Une patte cassée, c'est facile à réparer, mais sa femme… sa femme est partie, ça…

— ELLE?

— Avec les enfants.

— Ah non!

— Oui.

Mary hausse les épaules.

— Si tu savais comme je suis fatiguée.

Elle semble tout à coup totalement vulnérable. Maurice se lève.

— Dire que j'ai failli t'appeler à matin. J'aurais dû.

— T'aurais juste eu ta peine plus tôt.

Mo pose un baiser sur la tête de sa mère.

— Tu devrais te reposer.

Mary acquiesce. Maurice sort.

12

En Thaïlande, près de quarante pour cent des prostitués et prostituées ont moins de seize ans. Depuis que le danger du sida est connu, les hommes cherchent des victimes toujours plus jeunes dans l'espoir insensé d'être moins exposés à la contamination.

Mary est seule à la cuisine. Elle n'a pas bougé depuis que Mo est monté à l'étage. On frappe à la porte. Quelqu'un entre. C'est le docteur Champagne. Il vient constater le décès. Elle se lève, se secoue, va à sa rencontre :

— Donnez-moi votre paletot.

— Je vous offre mes condoléances, madame Tremblay.

Le vieux docteur s'arme, dans ces circonstances, de tout le détachement clinique dont il est capable. Surtout lorsque la personne décédée est plus jeune que lui.

— Où est le défunt?

— Au salon.

— Permettez.

Il va directement vers le salon, hésite, le teint gris, devant la porte fermée. Mary le suit.

— C'est ouvert.

— Je sais.

Obligé, il pénètre dans la pièce. S'arrête devant la dépouille. Touche le front. Soulève une main, la laisse tomber. Met le pouce et l'index sur le poignet, s'immobilise, attentif. Fait une petite moue fataliste. Relâche la main.

— Bon. C'est bien vers cinq heures ce matin?

Mary fait signe que oui. Ils sortent du salon et s'installent à la table de la cuisine.

— Thé ?

Mary pose la théière toute prête devant lui. Et une tasse.

— Merci.

Il se sert. Sa main tremble. Dix heures et demie le matin. Trop tôt. Tout le monde le sait. Au quatrième scotch, vers deux heures, plus rien n'y paraît.

— Je ne croyais pas qu'il survivrait si longtemps. Bon.

Il tire un formulaire de sa trousse.

— Nom, prénoms du défunt. Noms du père et de la mère. Date de naissance.

Il transcrit les réponses en pattes de mouche, ayant de la difficulté à maîtriser son stylo. Il relève la tête, fixe Mary d'un air désolé.

— Je comprends toujours pas pourquoi il a refusé l'hôpital.

Mary, elle, comprend.

— En autant qu'on puisse comprendre quoi que ce soit à la vie d'autrui.

Le médecin la regarde, étonné.

— C'est vrai qu'on n'a jamais été dans ses souliers.

En acceptant d'être hospitalisés, les gens croient souvent signer leur arrêt de mort plutôt que de mettre les chances de leur côté. Théo semblait plutôt craindre qu'on le guérisse.

— Pourtant, il n'était pas plus déprimé qu'un autre, constate le médecin.

— Juste déprimé ordinaire, explique Mary.

L'homme lève un sourcil.

— Comme quiconque sait que c'est fini, continue-t-elle. Théo considérait qu'il avait eu son temps de glace et n'avait plus d'affaire ici. Il refusait que je devienne sa dame pipi. Il trouvait indécent de s'accrocher.

Sur ce point, le médecin est d'accord. La veuve s'est tue. Elle garde pour elle le restant de ce que pensait Théo de la mort. Il trouvait présomptueuse et délirante notre insistance à supposer notre prolongement dans l'au-delà. Pour lui, à l'évidence même, le «grand saut» n'en était pas un. Un crapeautage qui ne mène nulle part. Beaucoup de sparages, mais peu d'action. Comme un lanceur au baseball, disait-il, qui s'installe au monticule, masse sa balle, ajuste la visière de sa casquette, scrute les signaux du receveur, lève un bras à l'arrière et une jambe à l'avant, exécute une très, très grande motion et — plutôt que de lâcher son projectile — s'écrase, se dégonfle. Crevaison. Pfffuitt! C'est la fin. Adieu monsieur Michelin. Mourir, pour Théo, c'était ça.

Et nous aimons mieux ne pas y penser, répétait-il (obsédé malgré lui, peut-être), parce que tout ce que nous savons de ce qui nous arrive après est très laid : la carcasse fermente, pue, suinte ; attire des vers, des mouches et des fourmis. Personne ne veut voir ça. D'où maquillage, encens et cérémonies ; tout pour se faire croire que le périple n'est pas vraiment terminé. Théo en rajoutait à chaque fois, malgré le dégoût de Mary. Réaction d'évitement naturelle. Autant nous ne nous souvenons pas de n'avoir pas été, autant nous ne concevons pas de ne plus être. La question nous laisse tout à fait démunis. Et ce n'est pas d'avoir connu des morts, d'avoir vu mourir des gens, d'avoir tâté leurs carcasses ni même de les avoir disséquées qui va nous renseigner sur ce qui nous attend. Si ce n'est de marteler ce que nous savons déjà, et que nous faisons tant d'efforts pour oublier.

Mary ne dit rien de tout ça au docteur. Il la trouverait sûrement très déprimée. Elle ne veut pas de ses pilules.

— Souhaiteriez-vous une autopsie, madame Tremblay?

— Non merci.

Le médecin coche une dernière case, puis signe le formulaire. Il en donne une copie à Mary et lui exprime de nouveau ses condoléances. Soulagé.

— Comment va l'éclopé aujourd'hui?

— Il a passé la nuit dans son auto.

— Bien, dit-il, comme si cela n'avait rien d'incongru, il faut qu'il repose son pied. Pour les prochains jours, ça ne sera pas facile.

Sur ce, il prend congé.

Presque aussitôt, Candide Arseneault et son assistant se présentent à la porte de la cuisine : fourgonnette grise, civière à roulettes anthracite, chapeau noir, paletot noir, gants noirs ; main flasque, sourire cireux, discret et désolé.

— Entrez.

Mary indique en direction du salon :

— C'est par là.

Elle monte en vitesse réveiller Pio et Maurice.

— Ils sont arrivés.

Elle redescend avec Flo. Le croquemort intercepte les deux femmes. Il leur demande d'attendre dans le corridor, hausse les épaules, navré, et disparaît au salon avec son assistant et la civière.

La mère et la fille jonglent, chacune seule comme une île, en silence au pied de l'escalier. Puis, elles s'accrochent aux bruits des pas décidés de Maurice à l'étage qui se dirige vers la chambre de la tourelle suivis de la traînée fatiguée de Pio avec ses béquilles qui s'arrête à la salle de bain.

— Bon. Les gars se grouillent. Il est temps.

De nouveau le silence, l'embarras, chassé par une longue déchirure de fermeture éclair provenant du salon. Flo frémit.

— J'haïs ça. Il nous appartient plus, déjà.

Maurice hésite à peine devant la porte de Jeanne. Il ouvre sans frapper. Il entre. La grande est assise à sa table. Elle écrit avec de petits gestes acharnés. Elle a le teint gris. Amaigrie. Décrépite, comme figée aussi, rancie dans son odeur de renfermé. Un choc pour le nouvel arrivant, malgré les avertissements de Mary.

— Bonjour, ma sœur.

La gribouilleuse l'ignore. Il approche de la table. Se penche pour mieux regarder ce qu'elle fait.

— Si tu veux voir papa une dernière fois.

Le papier est couvert d'une écriture minuscule, serrée. Illisible ou presque : « C'est en remontant du Mexique que je me suis rendu compte… »

Le restant se perd.

— Qu'est-ce que t'écris ?

Elle regarde l'intrus pour la première fois, hostile, cachant sa feuille avec ses mains.

— C'est de ta faute si y est parti.

— J'étais pas là. Je viens d'arriver, plaide Mo.

La grande pointe son frère. Sa voix frémit :

— Vous vous êtes engueulés au pied de l'escalier.

— De quoi tu parles ?

— Il est monté dans le campeur Volks, pis toi tu l'as laissé aller.

Maurice comprend soudain. Toujours la même rengaine. Le chum de Jeanne a déserté. Il y a plus de huit ans de ça. Mo n'en revient pas.

— M. Arseneault est venu chercher le corps. Si tu veux voir ton père, descends, sinon tu risques de le regretter.

— T'as raison, il faut pus jamais le voir, sinon on va le regretter.

— Wo !

— Va-t'en !

— T'es vraiment folle, Jeanne.

Il se dirige vers la porte. S'arrête.

— Tu devrais descendre.

Elle secoue la tête, butée.

— C'est de ta faute, essaie pas de te sauver.

Maurice hausse les épaules, sort, referme derrière lui. Soulagé, il se dirige vers l'escalier.

Mary et Flo trouvent le temps long. La porte du salon s'ouvre. Candide Arseneault apparaît, tenant le dessin de Jérôme P.

— J'ai pensé que quelqu'un voudrait peut-être garder ça.

Flo prend le dessin. Elle entre dans la pièce. Une forme gît sur la civière dans un long cocon de plastique noir. Le dossier du *lazy-boy* est relevé, le drap plié et posé sur le siège. Mary fige derrière Flo. La petite dépose le dessin sur le fauteuil et se tourne vers sa mère :

— C'est fait.

Maurice arrive dans l'embrasure de la porte. Il ne voit que le fauteuil vide, le drap plié et le dessin. Il s'en approche, incrédule ; son père est disparu. Il aperçoit la momie. Fige. Son frère Pio s'arrête à son côté. Mo touche le plastique noir.

— Trop tard.

— Je peux vous le montrer.

M. Arseneault s'apprête à ouvrir le cocon.

— Non, dit Pio.

Sa cheville lui fait moins mal. Comme si la fracture était presque guérie. Devant la dépouille, plus tôt ce matin, il se disait que l'âme et le corps de son père ne s'étaient pas encore tout à fait quittés. Mais emballé de plastique noir, il n'existe plus. Une marchandise, un colis. F-i fi, n-i ni. Maintenant c'est vrai. Définitivement parti. Candide Arseneault revient vers Mary :

— Ça va nous prendre une photo, même si je le connaissais bien.

Elle acquiesce de la tête.

— Des vêtements propres aussi, pour le salon.

— Les garçons vont vous apporter tout ça.

Les deux étrangers dirigent la civière jusqu'à la porte de la cuisine. Mary, Flo, Pio et Mo suivent en cortège. Mary s'avance :

— Prendriez-vous un café ?

Elle contourne la civière, se plante devant la porte. Les hommes arrêtent de pousser.

— Juste un petit.

L'assistant se tourne vers son patron. Candide Arseneault s'approche de la veuve :

— Euh… Merci, c'est gentil, madame Tremblay.

Elle a ouvert les bras et bloque la sortie aux paletots.

— Un thé peut-être? J'ai des biscuits.

L'homme est pris au dépourvu.

— L'eau bout déjà…

Il se tourne vers le restant de la famille. Maurice prend sa mère par l'épaule.

— Viens.

Elle résiste. Il l'entraîne sur le côté. Pio, tête baissée, pose une main sur la momie. On dirait qu'il prie.

— Un verre d'eau, d'abord? Restez un peu.

Les deux hommes en noir mettent leurs couvre-chaussures, endossent leurs paletots en ayant l'air de s'excuser.

— Une autre fois, peut-être, madame Tremblay.

Puis, ils reprennent leurs positions.

Pio laisse tomber sa main. Recule d'un pas: «*Shit.*»

Le croquemort fait un petit signe de tête. Il est prêt. Mo ouvre la porte. La civière sort de la cuisine. Mary a un mouvement de recul.

— Il fait tellement froid.

Elle se tient à bras-le-corps comme si elle avait peur de s'échapper.

— Je veux pas. Je veux pas.

Elle sanglote. Flo retient sa mère, qui la berce en retour, et Pio et Maurice aussi. Tous agglutinés. La porte reste ouverte. La civière disparaît à l'arrière de la fourgonnette. Claquement de portières. Une vague d'air froid déferle dans la cuisine. Flo frissonne.

— Bon.

Elle ferme la porte.

— Un suffit. Après le mort, le coup de mort. Non merci.

Les autres la dévisagent sans vraiment comprendre.

— Excusez-la

Maurice reconduit sa mère à la table.

— Veux-tu un bon thé?

— Bien oui, m'man, dit Pio, il paraît que l'eau bout.

— Non, merci.

Elle annonce qu'elle va préparer les vêtements à apporter au salon.

— Je veux pas qu'en arrivant au ciel il fasse peur au portier.

— C'est pour mettre dans le trou, m'man. Oublie le portier.

Pio semble faire exprès pour narguer sa peine.

— C'est ton père, Pio.

Mary se dirige vers le corridor.

— Pis j'ai toujours fait ses valises; un beau petit « baise-en-paradis ».

13

Un cadeau de la Russie à la Pologne : Boris Eltsine offre à Lech Walesa le document contenant l'ordre de Staline (printemps 1940) d'exterminer vingt-cinq mille sept cents combattants polonais prisonniers.

Il neigeote. La noirceur approche. La petite accompagne ses frères au village. Maurice est au volant, Pio à la place du passager, Flo sur la banquette arrière avec l'habit propre et la photo de Théo. Elle les quitte en arrivant au funérarium.

— On se retrouve à la Conque.

Pio et Mo s'engouffrent sous le porche, collets relevés, avec l'habit et la photo. Ils passent directement à la salle d'exposition. L'éclopé lorgne un cercueil en acajou à quatre mille dollars. Mo ne comprend pas.

— Wo ! C'est juste pour enterrer. C'est toi qui l'as dit.

— Il mérite ça.

Pio se tourne vers le vendeur qui se frotte déjà les mains :

— Acceptez-vous les cartes ?

— Euh… Désolé.

— Ah… Bon, bien, j'ai essayé au moins. Quelle boîte voulais-tu qu'on prenne déjà ?

Jérôme P dépose son sac d'école à côté de la porte de la cuisine et secoue ses pieds sur la carpette.

— Grand-maman ?

Silence partout. Suivi de pas pressés à l'étage.

— Je suis en haut, annonce Mary.

L'enfant est rassuré. Il enlève ses bottes et son anorak, puis se dirige en ligne droite vers le salon.

— Grand-papa. J'ai une histoire…

Il s'arrête net, la main sur la poignée de la porte entrouverte : le *lazy-boy* est vide, son grand-père est parti. Le gamin s'approche, prend son dessin, ne comprend pas.

— Grand-maman !

Il tourne sur ses talons, sort de la pièce, grimpe l'escalier.

— Grand-papa a oublié son dessin.

Mary accueille l'essoufflé dans le corridor devant la chambre :

— M. Arseneault est venu le chercher.

L'enfant semble déçu.

— Pour le préparer pour le salon.

— Je croyais qu'il était monté au ciel.

Mary retient son émotion.

— Grand-papa est au ciel, mais son corps est chez Arseneault. Tu pourras lui remettre le dessin au salon.

— Ah.

Jérôme P est soulagé.

— Bon, viens, on descend, tu vas m'aider. Tout le monde est là pour le souper.

Les gars en ont fini avec l'achat du cercueil. Ils font le plein d'essence. L'éclopé attend sagement dans l'auto. Mo revient.

— C'est seize dollars et trente-sept.

— Euh.

Pio semble embêté.

— Je suis un peu à court, j'ai un petit problème avec ma carte.

— Pis c'est toi, dit Maurice, qui voulais payer un cercueil en acajou à papa ?

— Toi, tu sais pas ce qui se passe.

— Parle, tout à coup que je comprendrais.

— Personne peut comprendre.

Personne, en effet, ne comprendrait. Pio, à vrai dire, croit en la magie. Il attend le coup de dés miraculeux. Au propre comme au figuré. Son intelligence supérieure lui permettra de déjouer la loi des probabilités. Il va se refaire. Pour l'instant, il en bave. Plus sa vie dérape, plus il délire. Tout l'establishment de Rimouski se ligue contre lui. Broyé par le système, harcelé par ses commis, petits et grands : patrons, gérants de caisse, chargés de compte, agents de recouvrement. Victime de l'incompréhension générale. Marges de cartes de crédit, arriérés d'impôt, paiements d'hypothèque, réparations d'auto. Pourchassé par les percepteurs de sa vie cachée aussi. Il doit cinq mille dollars à ses «amis» du mercredi. On l'a banni de la table. Comment se refaire si on n'a personne avec qui jouer? Personne ne veut l'écouter. On le persécute. Maurice est trop cave, trop *straight* pour comprendre ce genre de choses là.

Pour Pio, donc, son père qui meurt, sa cheville cassée, sa femme qui déserte le foyer, la menace de perdre ses enfants ne sont que les dernières mises du destin sur le gros lot de ses malheurs. Il mijote — pensée magique ultime — une faillite personnelle qui réglera ses dettes officielles et le mettra à l'abri de la rapacité sans bornes de sa femme. Mais un os demeure. Et qui fait mal : la menace omniprésente d'un tordage de bras commandité par ses «amis».

— Bon, oublie pas, répète Mo, seize dollars et trente sept. *Cash.* Et pas d'argent de Monopoly.

— T'es qui, toi? Le Parrain de la Zamboni?

— C'est ça.

Pio se sent presque bien à la Conque. En fait, beaucoup mieux que chez lui.

— Jackie, je te présente Maurice Rocket, mon frère.

— C'est vous, ça, le gars de la Zamboni?

— Oui.

La barmaid de la Conque semble intéressée. Pio perd la maîtrise du jeu.

— Euh… Notre père est mort ce matin.

— Oh… mes sympathies. Décidément, c'est pas ta semaine : ta femme qui *fly* avec tes enfants, ta cheville, pis là… ton père. Tu devrais peut-être te faire piquer en attendant le printemps.

— As-tu ce qu'il faut pour ça ?

— Pas vraiment, mais je vous offre une bière.

Les deux frères calent la bière de Jackie et plusieurs autres aussi. Les verres s'accumulent sur la table. Puis Flo arrive, toute couverte de neige.

— Assis-toi, la petite sœur.

Elle hésite, puis se tire une chaise.

— C'est le trou du cul du monde ici.

— Oui, dit Jackie qui revient, as-tu ta braoule ? C'est à ton tour de pelleter.

Flo se gourme en rougissant. Pio reprend son rôle de maître de cérémonie :

— Jackie, annonce-t-il avec un geste de la main, Flo, notre petite sœur ; la mère Teresa de Gaspé.

— Toi, Neandertal !

— Mes sympathies pour votre père. Je suppose que ça veut dire que je vous dois une bière.

— Euh.

— Dites merci, c'est tout.

— Merci. Je prendrais plutôt un thé.

— Oups !

Elle scrute Flo d'un air amusé.

— La dernière fois qu'on a servi ça, c'est quand Noé a viré AA.

— As-tu du porto ?

Mary a préparé le premier souper de son veuvage. En faisant scrupuleusement comme s'il ne s'était rien passé depuis trois jours, ni depuis vingt ans en fait, depuis le départ de Mo pour Montréal. Comme si tout le monde allait être présent et que chacun avait sa faim d'adolescent, de jeune adulte et de grosse journée au moulin. Exercice réussi pour éviter de sombrer dans le grand vide où elle se sent aspirée. Jusqu'au moment où elle se rend compte qu'elle vient de poser les assiettes sur le comptoir en incluant celle de Théo. La chose est insensée et ordinaire à la fois. Elle comprend maintenant l'idée de faire des offrandes aux morts.

Cet après-midi, le retour de Jérôme P de l'école l'a arrachée à la contemplation morbide du tiroir à vêtements de la commode de Théo. T-shirts, bas, bobettes : tout lui semblait jauni, fatigué, alors qu'elle avait toujours voulu tout pimpant, plus blanc que blanc ; pêle-mêle, alors qu'elle avait trimé dur à l'ordonnancement de la vie de son homme et de la sienne aussi ; sentant le vieux, elle qui avait toujours cru que cela ne leur arriverait jamais. Et le tiroir du haut. Réceptacle de rognures de cette vie qu'elle avait choisi de partager : collection de cennes noires, de boutons égarés, de lunettes aux ordonnances périmées, de boutons de manchettes hérités du Pépé et que Théo n'avait jamais portés. Désolation tout cela. Indiscrétion. Malheur. Gaspillage. Futilité. La veuve était sonnée devant les restes dérisoires de la vie de son homme. Lui qui l'avait envahie et possédée de toutes parts réduit à quelques chiffons même pas bons à donner. Elle ne comprenait pas qu'on puisse se dissoudre ainsi, disparaître, et que le restant de l'univers continue tout bêtement à tourner.

— Grand-maman !

Mary avait sursauté. Jérôme P ! Elle avait refermé vivement les tiroirs et s'était dirigée vers le haut de l'escalier.

Presque deux heures plus tard, la tentative de Mary pour combler le vide autour d'elle tombe à plat. Sept heures.

— Les autres passeront en dessous de la table.

Elle sert le repas au petit et à Jeanne qui est descendue, semblant avoir compris la mise en demeure de sa mère.

— Choisir une tombe, c'est pourtant pas compliqué.

Elle éteint le feu sous ses chaudrons.

— Pourvu que Flo ne se soit pas aventurée seule sur la glace de la baie.

Elle laisse tout sur le poêle.

— Viens, Jérôme, tu vas prendre un bon bain.

Jeanne retourne dans sa tourelle. Bientôt, Mary borde le petit. Oui, il peut lire *Les aventures de Marco Polo* aussi tard qu'il le voudra. Elle redescend à la cuisine. S'assoit à la table. Contemple ce qu'elle pressent comme la trame de sa nouvelle vie : vieille, seule, sans ses enfants. Personne sur qui déverser sa tendresse. Personne à qui parler. Personne pour le repas qu'elle sera toujours prête à préparer. Veuve. Elle ne sait pas encore ce que le mot signifie. Assommée, cataleptique, pétrifiée. Une statue assise dans une cuisine vieillotte, jaune, poisseuse, défraîchie. Immobile. Presque une nature morte. Mais avec un personnage. Tout tourné vers le dedans avec son regard blanc.

Au village, les deux frères et la sœur quittent la Conque vers dix heures. Maurice prend le volant. Pio a oublié sa cheville et flotte sur un petit nuage de sollicitude fraternelle.

— Je suis ben, ben content qu'on se soit parlé.

Jackie et sa bière font leur effet.

— Cette fille-là est belle. Elle, elle comprend.

Sa nouvelle amie l'a réconcilié avec la vie. Lui, mais pas Flo, installée sur la banquette arrière avec les béquilles de son frère.

— Moi, je passerai pas le restant de mes jours en cale sèche à Gaspé. C'est Fanfan qui a compris ; la terre tourne ailleurs, aussi ; *adios, bye bye, arrivéderci.*

Quand ils sont parvenus à la maison, Flo aide Pio à s'extirper de l'auto. Maurice les précède. Il pénètre dans la cuisine surchauffée. Mary fixe la table dans un halo de désolation.

— Maman ! T'es pas couchée ?

La veuve se secoue. Elle se lève, prête à s'en aller. Pio passe la porte en clapotant lourdement derrière Maurice. Il parle trop fort :

— Y a-t-y de la bière icitte? Y a-t-y…? Hon… Toi, t'es vraiment la plus fine; elle nous a préparé à souper.

— Je vous attendais à six heures.

— On le savait pas. Moi, je le savais pas. Le saviez-vous, vous autres?

— Oh, wow! s'exclame Flo, de la saucisse pis du boudin!

Le festin est figé dans le gras blanc du poêlon en fonte. Maurice s'assoit. Il lance son plus beau sourire à Mary:

— Moi, en tout cas, j'ai faim.

Mais la manœuvre ne suffit pas.

— Arrangez-vous.

Sa mère marche vers le corridor. Mo, empressé, la suit.

— Reste avec nous, au moins. Je m'occupe du souper.

La boudeuse revient. Elle reprend sa place et l'air fermé qu'elle affichait à l'arrivée des enfants. Flo se glisse à côté d'elle.

— La baie est complètement dégagée. Vent d'ouest; beau temps garanti demain.

Mary hausse les épaules.

— Si tu savais comme c'est loin.

Pio est près de la porte, accoté sur ses béquilles, aux prises avec son unique botte, qu'il finit par retirer. Il vient ensuite s'installer lourdement à table et appuie ses bâtons à côté de lui. Le premier tombe avec fracas. Puis l'autre encore plus fort. Flo range les deux contre le mur, exaspérée.

— Bon, dit l'éclopé, y en a-t-y, de la bière?

Mary se lève. Elle toise son accablante progéniture:

— Si c'est ça, la famille…

Elle repart vers le corridor, l'air buté et abattu. Flo la poursuit.

— Maman.

Mary se retourne. La petite la prend dans ses bras. La mère se laisse faire.

— Bonne nuit, m'man. On aurait dû t'avertir.

Mary se dégage.

Pio, d'un grand geste, lui envoie la main:

— Bonne nuit, maman chérie.

Mary le foudroie du regard. Mo s'approche, les bras trop grands ouverts. Il fait la bise à sa mère, qui se raidit.

— Vous puez le fond de tonneau. J'haïs vraiment ça.

— J'ai bu juste du porto.

— J'haïs ça aussi.

Elle sort de la cuisine. S'arrête dans le corridor :

— Vous ferez la vaisselle.

Elle repart et disparaît dans l'escalier.

— C'est moi qui lave, annonce Pio avec un sourire niais.

— Non, Jambe de bois, objecte Flo.

— Je l'ai dit en premier.

— T'es soûl.

— Demain matin, première chose, à jeun, *before breakfast*.

— C'est ça, vers midi, midi et demi, raille Mo, notre mère va adorer ça.

— C'est ça ou rien.

— Arrangez-vous, dit le Rocket.

Il se dirige vers le poêle.

— Moi, je réchauffe le boudin, je mange et je vais me coucher.

Ce qui fut fait.

14

Quatre policiers blancs de la ville de Los Angeles ont été filmés en train de battre un automobiliste noir et, par la suite, acquittés par le tribunal. Des émeutes ont éclaté, entraînant la mort de plus de cinquante personnes et d'importants dégâts matériels.

Le lendemain de son premier souper de veuve raté, Mary fige en arrivant dans la cuisine: «Ah non!» Zone sinistrée. Deux bouteilles de bière vides trônent en points d'exclamation sur la table en désordre; des ustensiles, une assiette avec un restant de souper et des mégots à la place de Pio; une tranche de pain séchée et rabougri; des miettes; la bouteille de ketchup, le pot de cornichons. La mère s'approche et, comme du bout des yeux, dédaigneuse, inspecte le reste de la pièce: la vaisselle souillée pêle-mêle dans l'évier; le poêlon en fonte noire tapissé de gras blanc figé sur le poêle éclaboussé; une petite pomme de terre oubliée au four, fripée comme un pruneau anémique séché. Chaque nouveau constat l'exaspère un peu plus. On la prend vraiment pour une servante.

— C'est fini! marmonne-t-elle.

Une voix lui fait écho:

— Ma maman veut son jus et sa toast. Pas brûlée.

Oups! Le petit est là, tout ébouriffé, et se dirige vers le frigo.

— Ta maman quoi?

Mary se rend compte.

— Oh non, Jérôme P: ta mère va descendre préparer son déjeuner elle-même.

— Mais, elle m'a demandé.

— Non. Je m'en charge. Tu déjeunes et tu pars pour l'école ; c'est tout.

L'enfant hésite, puis prend place à table. Il regarde les bouteilles vides, l'assiette et les couverts souillés.

— Qui a mangé ici ?

— Bozo, Jambe de bois, la mère Teresa.

L'enfant est perplexe et inquiet.

— Tes oncles et ta tante. Je suis fâchée, explique la grand-mère, mais pas contre toi.

Il sourit, soulagé.

— Assis-toi, je te prépare un coco.

— Merci.

Il attend d'un air songeur.

— Est-ce qu'on va encore voir grand-papa ?

— Demain et dimanche au salon. Aux funérailles lundi. Après, on ne le verra plus.

— Ah.

L'enfant fronce les sourcils.

— J'ai pas hâte.

— Moi non plus.

Vers neuf heures, Mary a lavé sa vaisselle et celle du petit en ignorant soigneusement les désolants débris de la veille. Elle remonte s'habiller. Dans le corridor, elle croise Flo, qui revient de la salle de bain. La petite arbore une moue nauséeuse et un teint de fleur séchée.

— Maman ! Euh…

Sourire, tentative pour réparer les pots craqués.

— Le boudin était vraiment bon, hier soir.

Mary refuse l'offrande.

— Je vous avais demandé de ramasser.

La petite recule d'un pas.

— C'est Pio qui devait laver.

Ses mains sont à hauteur du tronc, comme pour se protéger.

— Faudrait qu'il commence par se lever.

— Je ne suis pas sa mère.

— Moi oui.

Et Mary reste coincée avec son affirmation. Ébranlée par le coup qu'elle vient de s'asséner. Elle hésite. Cela paraît. Flo se redresse, sourit, plus confiante maintenant, et hausse les épaules en écartant les bras comme si elle disait « à toi de jouer ». Mary se mord les lèvres, secoue la tête.

— Bon, dit-elle en se dirigeant vers la grande chambre d'un pas qui se veut décidé, il faut que j'aille au village me trouver un chapeau.

Flo la suit. Mary l'arrête :

— Je m'habille, là.

Elle referme la porte de la chambre au nez de la petite, interloquée. Elle s'habille et quitte la maison comme une souris, sans faire de bruit. Elle a le sentiment de respirer pour la première fois depuis le début de l'agonie de Théo : une semaine qui n'en finit plus de s'étirer.

Au village, Mary ne trouve pas ce qu'elle cherche. Le chapeau est une toquade de grand-mère à laquelle elle tient. Elle se rend à New Richmond. Prend tout son temps. À Bonaventure, les gens font trop de chichi. Sa virée buissonnière est beaucoup plus simple ici. On la connaît moins. Il est une heure et demie de l'après-midi, déjà ; assez tard pour que les enfants aient rangé la cuisine et compris qu'elle ne préparerait pas à dîner. La veuve essaie de planer, paisible, au-dessus des événements, mais ne peut s'empêcher — fâchée toujours à propos d'hier et par anticipation pour aujourd'hui — de penser qu'ils n'ont peut-être encore rien fait. Elle les imagine, Mo, Pio et Flo, assis en ligne, poings fermés sur la table, bavette autour du cou, bouche ouverte, attendant la becquée, et elle — servante empressée, s'exécutant à la petite cuillère, empêtrée dans un grand tablier

— se désâmant, comme si toujours plus ne serait jamais assez : « Encore un petit peu pour maman ? Encore ? »

Elle sort de sa jonglerie en quittant le chemin du rang pour remonter l'allée sur le côté de la maison. Elle arrive dans la cuisine avec son achat. Ses trois zarzoins sont à table, installés pas tout à fait comme dans sa rêverie, mais engouffrant une pizza « extra » grande toute garnie. Pour le restant, la vaisselle est faite et le barda de la cuisine, ramassé. Flo se lève en voyant sa mère.

— Où est-ce que t'étais ? Je t'ai pas vue. Je suis allée au village chercher le dîner.

Mary sourit pour elle-même. Elle pose son sac près de la penderie, enlève ses bottes et retire son manteau. Pio finit de couper une pointe de la pizza et lui demande, la bouche encore pleine :

— En veux-tu un morceau ?

— Merci, j'ai mangé.

— Ah, dit Mo, un thé d'abord ?

Tout le monde se comporte comme si la vie continuait juste un peu plus gentiment qu'avant les événements d'hier et sans que personne ait rien à se reprocher. Flo s'approche de sa mère :

— As-tu trouvé ce que tu cherchais ?

Elle indique le paquet rapporté par Mary.

— T'es allée à New Richmond chez l'Anglaise ! Montre-nous ça !

Mary secoue la tête.

— Demain au salon.

Pio se lève, prêt à partir.

— Ta vaisselle, gronde Mary en repoussant sa chaise. Quelqu'un a vu Jeanne ?

Non, personne.

— Bon, il faudrait bien que je monte lui parler. Ne jetez pas le restant de la pizza.

La magasineuse quitte la table, ramasse son précieux paquet et se dirige vers l'escalier. On l'entend qui monte à l'étage et qui marche vers la chambre de la tourelle.

— Bon, dit Maurice, moi aussi je vais y aller.

— Où ça ? demande Flo, qui cherche à meubler sa journée.

— Euh…

Mo ne le sait pas. Il tourne en rond depuis le matin. Pour l'instant, il a tout simplement envie de se retrouver seul. Il sort dans la même direction que Mary.

Au pied de l'escalier, la porte du salon est ouverte. Mo passe le seuil. La pièce lui semble plus grande que d'habitude dans la lumière blanche de ce début d'après-midi de février. Ambiance de chapelle. Presque mystérieuse. Proprette aussi. Comme un lendemain de ménage lorsqu'on voit encore les traces de l'aspirateur sur la moquette. À l'écart du va-et-vient du reste de la maison. Paisible. Le regard de Maurice s'arrête sur la mappemonde épinglée au-dessus de la table de travail de Théo. Un gros trait rouge — une flèche — la traverse d'est en ouest avec un X sur la péninsule de la Gaspésie.

Juste en dessous de la carte, la collection de livres et les quatorze volumes de l'encyclopédie forment une niche en demi-cercle sur la table. L'homme s'est fait un nid. Comme une cabane d'enfant. De celles qu'on s'invente lorsqu'on est tout petit, avec tout ce qu'on possède de plus précieux à portée de la main. Où l'on s'imagine qu'on pourrait vivre seul et en secret.

Maurice s'approche de la table. Il tire la chaise et s'y installe. Il scrute les titres sur le dos des bouquins : la *Relation originale du voyage de Jacques Cartier au Canada en 1534*, le *Tour du monde en quatre-vingts jours*, *Le voyage de Babar*. D'autres qu'il ne connaît pas : *La grande migration* de S. Salar, *Ma descente du Nil en panier* d'un certain M. *L'impossible retour* de P. Poucet.

De nombreux Post-it jaunes marquent des pages. Théo a beaucoup voyagé. Il a demandé qu'on le descende de la chambre pour veiller au train. Peut-être s'accordait-il aussi une dernière tentative pour se rapprocher de Fanfan ? Il avait pisté le voyageur pendant cinq ans, sans résoudre l'énigme de son départ ni réussir à provoquer son retour à force de le talonner. Mo se dit alors que Théo souhaitait peut-être non seulement revoir le train, mais aussi — pensée magique ultime — que Fanfan en descende. Pourquoi pas? Théo est mort en souriant. Qu'a-t-il donc entrevu de si réjouissant? Maurice ne sait plus quoi penser. Il cherche son père. Comme ce dernier a cherché son fils. Au même endroit. Presque, dirait-on, de la même manière. Mo ouvre des livres au hasard des marqueurs: «Dans l'histoire de la Paroisse d'Yamachiche, nous relevons ce qui suit: Le rang de la Rivière-du-Loup, l'un des rangs de la rivière de ce nom, a pris le nom de cette rivière et se trouve dans le fief Grosbois-Ouest...»

Comment trouver Fanfan à travers ça?

«Les "Bénis" gens pleins de dignité acceptaient avec fierté l'autorité de leur roi, l'Oba...»

Comment trouver Théo? Le fureteur indiscret et frustré n'est pas plus avancé.

«Babar envoie la main à sa famille et à ses amis.»

Maurice replace les livres, repousse la chaise, pivote et scrute le salon. Rien. Pourquoi son père ne l'a-t-il pas attendu avant de s'embarquer, pourquoi est-il parti et que fera-t-il, lui, son fils, maintenant de sa vie? La lumière de l'après-midi inonde la pièce. Une certaine paix blafarde aussi.

À l'étage, Mary trouve Jeanne couchée, l'air pâmé, jouant la Dame aux camélias.

— Mon dîner?

Mary lui montre ses mains vides.

— Il reste de la pizza en bas.

La grande refuse de bouger.

— Mon dos me fait trop mal.

— Dommage..., dit Mary, qui hausse les épaules. Le service aux chambres est fermé.

— J'ai pas mangé de la journée.

— C'est moi qui ai interdit à Jérôme P de t'apporter ton déjeuner. Lève-toi et descends comme les autres.

Jeanne se tourne brusquement vers le mur, dos à sa mère, et remonte son drap par-dessus sa tête. «Bon...» Mary pose doucement une main sur l'épaule de sa fille. Jeanne ne réagit pas.

108

— Écoute-moi bien, dit Mary d'une voix posée, demain et dimanche ton père est exposé chez Arseneault. Lundi, on l'enterre. Après, c'est fini : tu ne le reverras plus jamais. C'est à toi de décider ce que tu fais.

La grande ne bouge pas. Elle semble se retenir même de respirer.

— J'aimerais beaucoup que tu viennes au salon.

Mary attend. La grande ne réagit toujours pas. La mère continue :

— Ce matin, je suis allée à New Richmond m'acheter un chapeau. J'ai mangé un sandwich au restaurant. Les autres sont allés chercher de la pizza. Cet après-midi, Pio est monté coucher sa jambe malade. Les deux autres tournent en rond. Probablement jusqu'à demain.

Elle s'arrête de parler. Jeanne reste de pierre. « Bon. » La mère soupire. Retire sa main et se dirige vers la porte.

— Quelle couleur ?

— Hein ?

Mary se retourne. Jeanne a toujours le drap par-dessus la tête.

— Quoi ?

La voix répète :

— Quelle couleur, le chapeau ?

— Oh ça ! Noir, en feutre, avec un bourdalou en soie noire.

Pas de réaction du côté du mur. Mary attend quelques instants : « Bon. »

Elle repart vers la porte d'un pas qui se veut résolu, mais avec la tête rentrée dans les épaules. Elle referme derrière elle et longe le corridor jusqu'à sa chambre. Elle referme, là aussi, derrière elle. Elle se redresse et respire profondément, soulagée ; cette fois, sa grande n'a pas crié. Mary prend le chapeau posé sur la commode, s'installe devant le miroir et le met sur sa tête. La situation actuelle avec Jeanne ne peut plus durer. Mais comment régler cela sans perdre Jérôme P ? Elle replace quelques mèches :

toquade de grand-mère; beau chapeau, genre Greta Garbo, vieux film noir et blanc; chapeau noir, cheveux blancs.

La veuve est lasse. Elle vient de passer au rang des vieux. Le mot résonne dans sa tête. Il vient de vie, comme joyeux vient de joie, qui a de la joie; vieux, qui a de la vie. Sauf que, avec joyeux, on accumule au fil des événements; la retombée nette est positive. Avec vieux, c'est le contraire; on arrive vite à la soustraction. Le temps vécu est amputé de celui qui reste. On épuise ses réserves au lieu d'engranger. On additionne aussi, il est vrai, mais quasiment en secret, comme si on s'en excusait ou qu'on n'y croyait pas vraiment: la sagesse, l'expérience et la mémoire pour autant qu'elle dure. «Ah! Si jeunesse savait…» Radotage précurseur de sénilité. Jeunesse s'en fout, disait Théo, expérience et sagesse ne sont rien sans un bon coup de rein.

15

La guerre fait rage en Bosnie-Herzégovine.

Samedi.

Premier jour de salon. Soulagement. Enfin. Chacun connaît de nouveau son rôle. Fébrilité quand même. Le dernier droit — comme d'une course cauchemar mais au ralenti — de la procession. Maurice, en cherchant ses bas gris, trouve son cahier noir. Au départ de Montréal, il préparait ce qu'il appelait une rencontre au sommet avec Théo. Lui et son père se parleraient. Il le convaincrait de reprendre courage et de changer d'idée. Le Rocket savait que l'homme était fier de lui, mais cela faisait longtemps qu'ils ne se l'étaient répété; cela aurait fait du bien au père de l'entendre; au fils aussi. La vie ensuite continuerait. Renouvelée, ressourcée.

Théo avait besoin de consolation. Mo en était certain. Mais il en manquait lui aussi et ne se rendait pas compte à quel point il était — est — affligé. De tout et de rien. Par la routine surtout qui englue toutes les facettes de sa vie. Pas d'échappées, pas de projets. Pilote automatique. Il a cessé de rêver.

Responsable de la glace à l'Aréna de Montréal. Une certaine réussite, quand même. Et après? Que faire de la montagne une fois qu'on l'a escaladée? Jouir du sommet? Contempler le paysage? Reprendre son souffle? Poser pour la photo avec le petit drapeau attaché au manche du piolet? Sourire? C'est bref. On pouffe de fierté. Et encore après? La vie a de ces façons d'insister. Après? Redescendre, peut-être, en faisant bien attention où l'on met le pied. Rentrer chez soi. Embrasser son père et sa mère si on les a encore, sa femme et ses enfants si on en a déjà. Et ensuite? Chercher une autre montagne, peut-être. Repartir ailleurs. Ça,

Maurice ne l'avait pas fait. Voici un homme qui gravit une montagne. Il n'a plus jamais grimpé depuis. Il se souvient, c'est tout. Parfois. Pas toujours. Ah… Et Théo, ou tout simplement le destin, avait déjoué toute la séquence rêvée de son fils. Mo passe une chemise blanche et un tricot bourgogne léger.

— C'est correct comme ça?

— Ton père serait fier de toi.

Mary semble avoir oublié sa mauvaise humeur de la veille. Elle a d'autres soucis. Jeanne ne s'est pas levée. C'est une insulte à la mémoire de son père et à l'autorité de sa mère. Mais, d'un autre côté, cela simplifie le départ pour le salon. Et probablement aussi le restant de la journée. Mary est déchirée. Pio, de son côté, maugrée. Il n'a pu prendre ni douche ni bain à cause de son plâtre. Obligé de se laver à la débarbouillette. Pendant quarante jours. Il a fallu découdre la jambe de son pantalon jusqu'au genou pour qu'il puisse l'enfiler. Il est presque prêt.

— Le gérant chez Feller's travaille cravaté, dit-il devant Maurice, le milieu des affaires est très conventionnel, tu sais.

Entendre que lui, Pio, est pleinement intégré au « milieu des affaires » de Rimouski. Il a quand même oublié sa fameuse cravate avec son F brodé en fil doré à la maison. Mary lui offre la deuxième de Théo.

— Ton père l'a portée à la réception pour son départ à la retraite.

— On le sait.

Pour Théo, sa cravate bleue et son *lazy-boy* étaient les deux grands symboles de son accession à l'inutilité.

— Es-tu certaine que je devrais la porter devant lui?

Pio retire le licou. Il soupire d'aise.

Candide Arseneault accueille Mary, Jérôme P et Maurice dans le hall du salon:

— Nous vous attendions, madame Tremblay.

112

Il porte des gants blancs et un habit noir élimé. Il gesticule avec une ostentation et une onctuosité que Mo ne lui connaissait pas.

— Le défunt est au salon numéro deux.

Mary agrippe Jérôme P par la main.

— Viens, on va aller voir grand-papa.

Maurice laisse sa mère passer devant. Elle avance d'un pas brave escortée par M. Arseneault avec ses allures de portier.

Le cercueil est ouvert. Installé entre deux torchères. Théo a l'air tout propret : coiffé, gominé, cravate jaune, chemise blanche, veste fraîchement repassée. Les yeux et la bouche fermés. Étanches. Scellés. Trois lignes horizontales. Comme si on les avait collés. Il ne parlera ni ne verra plus. Jamais.

— C'est bien lui, dit Mary.

Le constat est faux et vrai. Maurice s'avance. Impressionné.

— Il a l'air reposé.

Lui-même ne s'est jamais senti aussi fatigué.

— Il était beau, mon Théo.

Mo acquiesce et pose la main sur l'épaule de sa mère. Jérôme P s'approche davantage de la tombe.

— Est-ce qu'il nous entend encore ?

— Oh oui.

Le petit semble soulagé. Il monte sur le prie-Dieu et pose le dessin bien en vue entre les doigts du défunt.

— Tiens grand-papa, tu l'avais oublié.

Le gamin revient vers sa grand-mère. Mary lui passe une main dans les cheveux.

— Je pense que grand-papa va être content dans son ciel.

— Oui, dit Maurice, il est vraiment beau, ton dessin.

Le cahier noir fait une bosse encombrante dans la poche intérieure de sa veste des Fabuleux.

— Je pense qu'on pourrait se débougriner.

Les trois se dirigent vers le fond de la salle, enlèvent leurs bottes, leurs manteaux.

Pio et Flo arrivent. L'éclopé se dirige d'abord vers la penderie. Mary prend ses béquilles, Mo accroche son manteau. Flo est restée figée à l'entrée du salon. Mary redonne ses béquilles à Pio et se dirige vers sa fille. Elle la prend par le bras.

— Viens voir ton père.

La petite se laisse guider jusqu'à la tombe.

— J'haïs ça, les salons.

— Tu l'as vu à la maison.

— Je sais. Mais là, c'est plus lui.

Elle secoue la tête, soupire.

— Il a l'air d'une vieille poupée fardée. Ça se peut pas.

Pio s'amène à côté des deux femmes. Il n'en revient pas.

— On dirait qu'il a rajeuni. Ils l'ont vraiment bien arrangé.

Il s'approche davantage, semble choisir un angle.

— Il faudrait prendre des photos, sinon Fanfan saura jamais ce qu'il a manqué.

— Oui, dit Maurice, c'est tellement drôle comme *party*.

— C'est pas ce que je voulais dire.

— Théo a toujours haï les photos. Mais je pense que, cette fois, il ne dira rien.

— On va pouvoir les montrer à ma maman aussi.

— Oui, dit Mo derrière Jérôme P en lui tapotant la tête avec son cahier.

Que dire de plus à propos du samedi et du dimanche? Pas grand-chose. Journées habituelles au salon sans grande surprise ni déception. «Oui, ils l'ont bien arrangé»; il est parti «le sourire aux lèvres, on est trois à pouvoir en témoigner». Deux journées et deux soirées debout presque immobile. Mal de dos assuré. Avec, pour Maurice, la fierté — un peu lasse, quand même — d'avoir à réexpliquer qu'il est devenu responsable de la glace à l'Aréna de Montréal. «C'est-y toi qui conduis la machine?» Sourire. «Bien sûr. — Chanceux. Cool.» Les gens en parlent comme si son instrument de travail n'était qu'un jouet et que Mo ne faisait que s'amuser. Il s'est résigné, depuis le temps, à ne plus expliquer qu'il exerce un métier hautement spécialisé, essentiel, à sa manière, à la réussite des Fabuleux. Il dit cependant : « Dix-huit années de métier ! Le doyen des opérateurs de toute la Ligue au Canada comme aux États. » En omettant de mentionner que ses employés l'appellent le « vieux ». Et qu'il n'aime pas ça. Mais comment être le doyen sans être aussi le vieux ? Il jouit d'un certain prestige, même s'il affiche avec moins de fierté qu'auparavant son appartenance à la grande famille des Fabuleux : « Eux, ils mériteraient d'être débaptisés. » Tout le monde est d'accord : « Fais quelque chose, Maurice. » Comme si la déconfiture de l'équipe n'était que de sa faute à lui. Comme si les boss le consultaient. Maurice sait très bien ce qu'il dirait si jamais un des cravatés de la Brasserie le convoquait dans son grand bureau lambrissé d'acajou. Mais juste ça, demander l'avis de quelqu'un qui connaît le hockey et à qui les Fabuleux tiennent à cœur, juste ça, c'est probablement trop espérer.

Au total, donc, sept longues heures le samedi et autant le dimanche à veiller au corps. À constater à quel point certains étrangers se sentent obligés de s'émouvoir. Comme si Théo était également leur mort et qu'il laissait chez eux un aussi grand trou que chez Mo. Et la surprise, parfois, d'entendre décrire le père sous des traits que le fils ne connaissait pas. Comme s'il avait existé plusieurs Théo. Maurice a l'impression d'en être dépossédé.

Dimanche soir.

Mary a trouvé la journée longue. Le curé arrive juste avant la fermeture du salon. Il se recueille un moment devant le cercueil. Il impose ensuite à tout le monde la récitation d'un *Pater*, d'un *Credo* et d'un *Ave*.

— Que les âmes des fidèles défunts reposent en paix.

— *Amen.*

— Que les âmes des…

Trois fois.

115

Le pasteur prend beaucoup de place. Personne ne lui a demandé de rassembler le troupeau. Il y a une présomption et une assurance très agaçantes dans la façon du bon berger de prendre en charge l'assemblée.

— C'est gentil de vous être déplacé, dit Mary.

— Ça fait partie du ministère, Marie.

— Mary.

— Euh, oui, madame Tremblay.

Léger recul de l'homme d'Église. La vérité est que le curé Barcelo s'ennuyait dans son presbytère en ce dimanche soir très froid et noir de février.

— J'aimais beaucoup Théo, vous savez.

Au moment de quitter le salon, Pio annonce qu'il a des gens à voir. Le dimanche soir ?

— Ça n'attend pas.

En fait, il va finir la soirée à la Conque. Le seul bar ouvert sept jours sur sept de Matapédia à Gaspé. Jackie l'attire et le bar lui semble être une oasis — verdure, ombre, fontaines (musique et danses du ventre un peu peut-être, aussi) — dans le difficile et rocailleux désert de sa vie. Un rempart contre la ville, les *chums*, les dettes ; contre le mépris de tous ceux qui lui demandent de payer ; contre son boss aussi et ses employés. Un havre de tranquillité dans le brouhaha autour de la mort de Théo. « Je devrais revenir m'installer par ici. » Le temps de se refaire, de redonner une assise plus stable à sa vie. Et, ce qu'il ne dit pas, le temps de se faire oublier à Rimouski.

— Toi, Beauté, t'as jamais pensé déménager en ville ?

— Non. J'aime ça par ici.

Vers minuit et demi, la Conque se vide de ses derniers habitués. Ne reste plus que Pio.

— Dis donc, t'as pas une grosse journée, demain ? s'inquiète Jackie.

— Oui, et longue.

La mort de son père n'en finit plus de finir, ni Pio de faire ses bilans. Lui s'est voulu la consolation de ses parents, ni Maurice, ni Flo, ni Jeanne, ni Fanfan n'y étant parvenus.

Mo, l'aîné, a pété pas mal de broue, dans le temps, avec son départ pour Montréal et sa Zamboni. Mais depuis cette époque, rien : ni blonde (« Coudon, il ne serait pas fif, lui, par hasard ? ») ni enfants. Quasiment pas d'amis. Maintenant, il tourne en rond en essayant de faire croire à tout le monde que c'est la grosse vie.

Flo, la petite sœur, la benjamine de la famille, a fui en Amérique du Sud, d'où elle est revenue, mais pas à la maison. Théo, déçu, n'a jamais compris.

Jeanne, une hippie attardée. Décousue de partout. Engrossée par un soûlon. Abandonnée. Elle s'est éclipsée pendant cinq ans avant d'échouer chez les parents. Une sangsue : « Ils sont obligés de me prendre, c'est la loi. » Et puis, appeler son enfant Pasdenom !

Fanfan, le petit frère, le cadet des garçons. Un si beau talent. Ce gars-là aurait pu devenir Miles Davis, Beethoven, Tchaïkovski. Mais il rêvait d'une virée à la Kerouac. En beaucoup plus grand : le tour de la terre, rien de moins.

— Décidément, dit Jackie, tout le monde se pousse dans cette famille-là.

Pio, obsédé par sa propre fiction, ne l'entend pas. Lui a été prospère, marié, père de deux enfants ; son père le savait, était fier de lui… du moins jusqu'à ce qu'ils déboulent l'escalier. « La débarque du siècle ! » Un grand malheur. « Pourquoi c'est arrivé ? Pourquoi ? » Angoisse existentielle ? Non. Stratégie de courte vie. « Deux jours de plus, il serait mort content. »

Jackie ferme boutique : vaisselle, rangement, caisse, comptoirs.

— Toi, Tarzan, quelqu'un a graissé ta liane. T'as vraiment besoin d'être consolé.

Pio hoche la tête au-dessus de son verre. Puis il sourit benoîtement.

— Et là, on ferme.

Rendue dans le stationnement, la barmaid se rend compte que l'éclopé n'est pas en état de prendre le volant.

— Je te ramène à la maison.

— Ah oui…

Grand sourire ragaillardi de Pio. Il monte dans la voiture de sa nouvelle meilleure amie en manœuvrant son plâtre — dans sa tête, du moins — comme s'il s'agissait d'un trophée plutôt que d'un empêchement à quoi que ce soit.

— Où est-ce qu'elle est, ta maison, Beauté?

— Passé le pont de fer.

— Ah…

— Quoi?

— Laisse faire.

Elle vient de tourner en direction opposée.

16

Les Serbes ont mis en place des camps de concentration en Bosnie.

La maison paternelle est plongée dans le noir, sauf pour la petite lumière du balcon d'en arrière. La porte n'est pas verrouillée. Pio pénètre dans la cuisine, tâtonne, trouve l'interrupteur du plafonnier et referme la porte derrière lui en essayant de faire le moins de bruit possible. Il se retourne. Le caoutchouc mouillé de sa béquille glisse sur le prélart. L'éclopé chute dans un fracas de béquilles et de corps qui atterrissent durement : « Ouille ! Oh… » Élancements à la main droite, coincée entre la béquille et le plancher. Douleur sourde à la cheville. Il gémit et pleure. Il dégage sa main où il sent son cœur qui bat à coups durs qui lui font mal à chaque fois. Plus douloureuse que son pied. « Oooh… » Il se tourne sur le côté. S'immobilise. Tout entier à sa douleur. Se fait pitié comme le gars soûl et radoteux qu'il est. Se calme. Contemple le dessous de la table et les pattes des chaises de la cuisine, les compte.

Tout le monde s'en fout, pense-t-il ; personne dans la maison n'a réagi à son retour fracassant. Difficile à croire mais vrai. Mary a fermé la porte de sa chambre pour avoir la paix. Les autres ont peut-être fait semblant de dormir et refusé de bouger. On ne le saura jamais. Pio trouve une position à peu près confortable. Examine le plafond, puis s'endort. Botte au pied, manteau sur le dos, main endolorie.

L'échoué se réveille, courbaturé, frissonnant. Il remue sa main : « Ayoye ! » Il ouvre les yeux et voit le plafond : « *Shit !* » La lumière allumée, la pièce déserte : « Qu'est-ce que je fais là ? »

Puis, il se souvient de son retour. Il tend l'oreille. Silence. Personne ne s'est réveillé. Il se sent trahi, abandonné. Il tourne la tête vers l'horloge du poêle : quatre heures dix. Il songe à son père étendu dans son cercueil. Seul dans l'obscurité du salon chez Arseneault. Lugubre. Il s'imagine à sa place. Se tourne sur le dos, croise les mains sur son ventre, ferme les yeux : « Bon… » Puis il se dit que non. Lui, Pio, fils de Théo, est dans la merde jusqu'au cou. Vrai. Mais il est vivant. Et une fille comme Jackie — Jackie elle-même, peut-être —, un jour, non seulement lui dira qu'il a grand besoin de consolation, mais s'en occupera. Il se tourne sur le côté. Sa main lui fait mal. Enflée et raide, avec de grosses ecchymoses rouge vin. Il parvient tout juste à plier un peu les doigts en s'aidant de l'autre main. Soulagement. Malgré la douleur, il semble qu'il n'y ait rien de cassé. Il attrape une béquille et la manœuvre du mieux qu'il peut en coinçant la poignée entre son pouce et la paume de sa main malade. Il réussit ensuite à se relever en s'appuyant sur son autre bras. Il sautille jusqu'à la première chaise. Il s'assoit, retire sa botte avec sa main valide. Se rend compte qu'il a toujours son manteau sur le dos, l'enlève, récupère la deuxième béquille à l'aide de la première, se lève et se dirige, en essayant de protéger à la fois sa main et sa cheville, vers le corridor et l'escalier. Il s'arrête devant les dix-sept marches à monter : béquilles, papatte, ayoye ! béquilles, papatte… Béquilles… dix-sept fois. Non. C'est trop. Il rebrousse chemin et s'étend sur le sofa du salon. La pièce est obscure, déserte et silencieuse. Trop. Quasi irréelle. Il s'endort.

Le jour est levé.

À l'étage, Maurice s'étire et referme les yeux. C'est aujourd'hui qu'il enterre son père : « Bon. » Il faut ce qu'il faut. Il ouvre les yeux. Le lit de Pio n'a pas été défait. Son petit frère a découché. « Saint simonaque ! » L'éclopé a mal choisi son moment pour s'épivarder. Mary ne la trouvera pas drôle. Mo descend à la cuisine. Le manteau de l'égaré gît au centre de la table. Sa botte gauche est renversée près de la porte au milieu de flaques de

120

sloche séchée. Le grand frère vérifie par la fenêtre. Pas de Honda Accord, seulement la Ford bleue de Théo. Pio est probablement revenu soûl. Raccompagné par une âme généreuse. Mo se rend au salon. L'enfant prodigue est couché sur le sofa, sur le dos, tout habillé, abandonné. «Simonaque! Il fait exprès.» Maurice sort, referme la porte et s'engage dans l'escalier.

À l'étage, Mary revient de la salle de bain. Elle a une allure de fantôme fatigué. Traînant les pieds dans des pantoufles bleues en Phentex qui appartenaient à Théo. Elle secoue doucement la tête comme si quelque chose, dont elle seule a le secret, n'avait pas de sens. Maurice arrive sur le palier.

— Ah, t'es levée.

Elle se redresse, esquisse un pâle sourire.

— Réveille les autres, il est huit heures passées. Et dis à Jeanne qu'elle vient avec nous. Qu'elle le veuille ou pas.

— Euh, pour Pio, il est au salon.

— Déjà!

— Pas chez Arseneault, ici, en bas.

Mary ne semble pas comprendre.

— Il dort. Je pense qu'il est rentré «fatigué».

Elle se crispe. Maurice s'aperçoit de son erreur.

— Peut-être qu'il a juste eu peur de l'escalier.

— Lui, quand son père est pas là pour le surveiller… Bon, va falloir qu'on s'y fasse.

Elle reprend son air fantomatique. Maurice a envie de la serrer dans ses bras, mais elle est déjà disparue et a refermé la porte de sa chambre.

Une heure plus tard, Jérôme P se présente dans la cuisine, suivi de Flo, et annonce:

— Ma maman est encore malade.

Mary a un geste d'impatience. Flo, sans s'en rendre compte, lève une main pour se protéger.

— Je lui ai dit qu'il fallait qu'elle vienne, m'man.

— Maurice aussi.

La mère est sur le point d'éclater. Mo se dirige déjà vers l'escalier.

— Je m'en occupe. J'avais oublié…

— *Do that!*

Puis, elle se tourne vers Jérôme P. S'accroupit. Pose les mains sur les épaules du gamin et le contemple un moment. Son visage s'adoucit.

— T'es beau comme un cœur, à matin. Grand-papa va être fier de toi.

À dix heures moins vingt, Jeanne descend. Une apparition. Accoutrée comme la chienne à Jacques (que Jacques lui-même aurait probablement reniée) : robe d'été en coton fleuri fatigué, collants de grosse laine orange brûlé plissés aux chevilles et aux genoux ; un trait de rouge à lèvres rouge pompier dessiné trop large et trop épais sur un teint verdâtre ; six couettes à la Fifi Brin d'Acier en couronne avec boucles variées. Elle fait exprès, se dit Mary.

— On part à l'instant.

Puis, elle se tourne du côté du salon et jette :

— L'autre fafouin se rendra comme il pourra.

Jeanne s'affale sur une chaise.

— J'ai mal au dos. J'ai faim, j'ai pas déjeuné.

— Fais ça vite.

Maurice informe sa mère que l'auto de Pio n'est pas revenue de sa virée de la veille.

— Bon. Va le réveiller.

Exaspérée, Mary se met à laver la vaisselle. Jeanne s'installe à table et boit son jus d'orange à toutes petites gorgées. Flo profite aussi du délai. Elle mastique avec une grande application chaque cuillerée de son muesli apporté spécialement dans ses bagages de Gaspé. Jérôme P gratte déjà le fond de son bol de céréales sucrées. Sa dernière bouchée avalée, il lance :

— Je suis prêt.

Il a un nouveau dessin pour son grand-père. Tracé de sa propre main.

— C'est une surprise.

Il commence à mettre ses bottes.

Quinze bonnes minutes plus tard, l'éclopé apparaît : lavé, rasé, changé. Mary continue presque rageusement à faire la vaisselle. Sans le regarder, elle lâche :

— As-tu brossé tes dents ?

Pio passe proche d'éclater. Il se ravise.

— Oui maman. J'ai frotté derrière les oreilles aussi.

Maurice pose les mains sur les épaules de sa mère.

— C'est l'heure.

Elle s'immobilise, la lavette en l'air. Crispée. Puis, elle semble se résigner.

— Oui, t'as raison, on y va.

Maurice prend le volant. Mary s'assoit à côté de lui. Jeanne s'installe au milieu sur la banquette arrière. Elle s'y pose par à-coups, comme si le tissu était trop chaud pour les fesses malgré le froid, les manteaux et le mois de février. L'éclopé la suit. Il s'introduit cul en premier, pivote le corps vers l'avant et réussit à ramener son pied plâtré devant lui. Il lutte un moment avec ses béquilles, qu'il place finalement de travers sur les genoux de Jeanne. Flo s'assoit de l'autre côté, derrière Maurice. Jérôme P soulève l'extrémité des béquilles, se glisse dessous et s'installe sur les genoux de la petite en tenant son dessin.

Tout le monde est prêt. C'est presque un retour aux sorties en famille d'antan. Tassés, pêle-mêle, encombrés, attendant que la voiture se mette en branle. Mais cette fois, Théo est absent ; lui, l'objet de tout ce déménagement. Et Fanfan aussi. Personne n'en parle. Ce matin, il aurait été de trop. À cause de l'hiver, des manteaux, des anoraks, des tuques, des béquilles et du plâtre de Pio. Du chapeau de Mary qui prend beaucoup de place. Et aussi parce que tout ce monde a quand même un peu grandi, même si, à ce moment précis de leur existence, chacun se sent plutôt petit. « *All aboard !* »

Les vitres de l'habitacle s'embuent avec un effet cocon givré. Curieusement, plus tard, Maurice se souviendra de façon précise de l'ambiance et du moment. Il met le contact. Le moteur tourne, geint, mais ne démarre pas.

— Ah non! pas aujourd'hui.

Il relâche le contact.

— Je pense que le char non plus a pas envie d'y aller.

Mary regarde loin devant elle.

— Il faut ce qu'il faut.

Mo remet le contact. Le moteur démarre aussitôt comme s'il répondait à l'injonction de la patronne. « *O.K. lets go.* »

17

Chaque année, deux millions de fillettes dans le monde sont exposées aux mutilations génitales. Cette pratique est perpétuée par différents groupes ethniques dans vingt-huit pays africains, en Amazonie péruvienne, en Arabie du Sud, dans plusieurs États du golfe Persique, en Indonésie et au Yémen.

Au salon, le mort a toujours son air impassible. Absent, pense Mary, étranger, comme il l'avait souvent été, à l'agitation de sa famille autour de lui. Comme s'il avait eu une autre vie. Jérôme P enlève ses bottes et se dirige vers le cercueil. Il monte sur le prie-Dieu et place son nouveau dessin entre les doigts de son grand-père. Il revient auprès des autres, qui semblent repousser de façon délibérée le moment de faire face à la journée en enlevant leurs bottes, leurs manteaux, leurs anoraks, leurs chapeaux.

— Grand-papa Théo est content.

Personne ne l'entend. Les premiers visiteurs arrivent.

À onze heures cinq, M. Arseneault s'approche de Mary :

— C'est bientôt l'heure. Dans cinq minutes, il faut fermer la tombe.

La veuve acquiesce. Le curé apparaît. Il s'installe devant le mort, tourné vers l'assemblée.

— Mes très chers frères…

Mary, Maurice, Pio, Jeanne, Flo et Jérôme P s'alignent, bien malgré eux, devant le cercueil.

— Très chers frères…

L'assemblée se tait.

— Le moment est venu de dire adieu à notre ami Théo.

Le pasteur lève la main droite pour se signer :

— Prions le Seigneur : au nom du Père, du Fils et du Saint-Esprit ; Notre Père qui êtes aux cieux…

La machine est repartie. Débit appris, monotone. Tout le monde récite avec docilité. Après le *Pater*, un *Credo*, trois *Ave*. Même le curé trouve ça long. Soupir.

— Que les âmes des fidèles défunts reposent en paix et particulièrement celle de notre ami Théo.

— *Amen.*

M. le curé s'approche de Mary, lui tend la main :

— Toute ma sympathie, madame Tremblay.

Il sort. C'est le signal. Tous les autres, sauf la famille, le suivent.

Moment de flottement.

M. Arseneault patiente, les mains dans le dos, un peu en retrait. Mary s'approche du corps. Ses enfants et son petit-fils l'observent. Elle se penche vers son vieux compagnon, lui murmure quelque chose à l'oreille. Semble l'écouter. Pose un baiser sur son front, une main pudique sur la peau cireuse et les dessins de Jérôme P. Se redresse. Puis, elle revient vers sa famille.

— Si quelqu'un a quelque chose à dire à Théo, c'est maintenant.

Silence. Immobilité. Comme si Mary n'avait rien annoncé.

M. Arseneault fait un pas vers le cercueil. Pio s'ébranle. Le croquemort reprend son poste en retrait. L'éclopé a une allure de pantin disloqué. Ses béquilles l'entravent plus qu'elles ne l'aident. Il s'arrête devant le prie-Dieu. Se redresse à demi, hausse les épaules, semble réfléchir, puis dit : « *Shit!* » Il se retourne brusquement et revient prendre place à côté des autres. Les lèvres serrées comme quelqu'un qui n'ose pas parler.

Mary regarde Jeanne. La grande baisse les yeux et fait signe que non. Elle ne va pas bouger. Jérôme P s'approche d'elle, se colle à ses jambes. Elle pose une main sur la tête du petit, murmure :

— Qu'est-ce qui va nous arriver ?

126

L'enfant se colle davantage. Puis, il se dégage et se rend d'un bon pas auprès de son grand-père. Il monte sur le prie-Dieu, replace les deux dessins entre les doigts du défunt, redescend, recule de trois pas, se met au garde-à-vous et fait un salut qui se veut solennel et militaire à celui qui part. Il pivote et revient auprès de sa mère.

Maurice piétine depuis un moment déjà. Il avance vers la tombe en roulant son cahier noir entre ses mains : « Records individuels et fiche à vie de Maurice Rocket Tremblay ». Désemparé, il se rend compte qu'il avait destiné le cahier à son père, qu'il voulait le lui laisser comme un talisman qui devait rassurer, apaiser et consoler tout autant Maurice que Théo. Le père d'avoir souvent regardé passer le train, de n'y être jamais monté ; d'avoir vu les chutes du Niagara en rêve, de n'y être jamais allé. Le fils, pour se convaincre que tout n'avait pas été vain ; qu'il avait vécu — qu'il vivait — et que tout n'était pas perdu. Sans s'apercevoir de l'étrangeté de la situation : comme si pour lui, de façon toute naturelle, la rivière coulait à l'envers ; comme s'il s'était toujours vu partant le premier, ayant accompli sa vie, l'ayant offerte et livrée à son père. Mais Théo mort, plus rien de tout ça n'a de sens. Dernière étape, mettre le cadeau dans la tombe. Avec les dessins de Jérôme P. Amorce de geste. Puis, on dirait que Mo reprend le cahier, même s'il ne l'a pas encore tout à fait donné. Il ne mourra pas de la mort de son père. Sa vie à lui continue. Une révélation. Simple. Presque lumineuse. Il ne comprend pas qu'il ait pu voir la chose de façon différente auparavant. Il croit aussi qu'il a fait son deuil. Qu'à l'instant même de sa révélation, il a tout réglé. Il range le cahier dans la poche intérieure de sa veste d'un geste décidé. Il s'approche de Théo, les épaules moins basses. Plus assuré. Il se penche à l'oreille du défunt : « Merci p'pa. Bon voyage. » Il ne mourra plus, soit, mais face à l'éternité, la vie qui lui reste ne mène quand même pas loin. S'ils avaient juste pu s'entendre pour attendre encore un peu… « À bientôt. » Il revient vers les autres. Presque léger.

Flo s'approche à son tour du cercueil de son père. Elle secoue la tête et marmonne quelque chose. Puis, elle se décide. Elle pose une courte bise sur le front du défunt. Et revient auprès de sa mère.

La famille a fait ses adieux à Théo.

M. Arseneault se plante devant le corps. Il aligne tout le monde vers la sortie. Mary mène le peloton. Puis, elle fige comme si elle avait vu une apparition. Maurice s'en rend compte. Les yeux de sa mère suivent quelqu'un qui contourne le croque-mort. Une femme. Elle se dirige vers la tombe; grande, manteau noir, chapeau noir, rebord voilé. M. Arseneault a un mouvement pour l'intercepter. Mary l'arrête d'un signe de tête et d'un geste de la main. Flo se retourne.

— Hé!

Mary retient la petite et, d'un doigt sur la bouche, lui enjoint de se taire. L'étrangère s'arrête devant le corps.

— Bonjour Théo.

Son ton est enjoué.

— Tu pensais pas que je viendrais.

Elle se penche sur le corps. Maurice croit qu'elle veut examiner les dessins de Jérôme P. Non. Il se passe autre chose. Jeanne s'exclame: «Oh!» L'importune semble maintenant pressée. Elle a un mouvement du bras comme si elle caressait Théo. Elle se rapproche de l'oreille du mort, susurre quelque chose. C'est trop long. Maurice a envie d'intervenir. L'inconnue se redresse.

— Bon… La partie de pêche est finie, mon beau; je vais ranger mes talons hauts.

— Quoi!

Mary explose:

— Dehors!

Elle s'élance sur la femme et lui arrache son voile.

— Que je te revoie plus de ma vie!

Maurice agrippe sa mère et la retient. L'intruse paraît calme. Sourit. Comme si la veuve n'avait rien dit, rien fait. Personne ne la connaît. Elle replace ce qui reste de son voile. Se retourne et sort à grands pas en contournant la famille comme elle est arrivée : clac, clac, clac, juchée sur ses souliers.

Jeanne se précipite sur sa mère :

— As-tu vu ça ?

— Quoi ?

— L'enveloppe ; elle a mis une enveloppe dans la poche de son veston.

— Quoi ?

Mary est livide.

— Noon !

Jérôme P s'approche du corps.

— C'est vrai, je l'ai vue. Ici.

Il indique la poche intérieure du veston de Théo comme s'il allait repêcher l'objet. Mary s'interpose :

— Non, Jérôme, touche pas à ça ; laisse grand-papa se reposer.

Flo aussi fait un pas en direction de sa mère.

— Mais…

Le geste de l'inconnue les a tous désarçonnés.

— C'est pas son mort, à elle…

Mary la coupe sec :

— Ça, on le sait pas.

Flo fige. Pio et Mo aussi.

— Quoi ?

Ils regardent leur mère, espérant une explication. Mary les pousse vers la sortie.

— Oubliez ça.

Elle insiste du geste.

— J'ai dit.

Question interlude : une peine est-elle plus lourde ou plus légère du fait qu'on la partage avec quelqu'un qu'on n'attendait pas ? Ou cela donne-t-il tout simplement une peine de plus à porter ? Tout dépend…

129

À l'église, pendant la cérémonie, le pasteur appelle Théo par son prénom. Il dit que c'était un homme de cœur et qu'il va lui manquer. Comme le défunt manquera à tous, le curé en est certain. Il ajoute qu'il connaissait Théo aussi bien que l'on puisse prétendre connaître qui que ce soit. La vie lui a appris qu'il est souvent difficile de se déchiffrer soi-même, alors que dire lorsqu'il s'agit du prochain. Il précise qu'on ne sait jamais ce que cachent les âmes. Ni pourquoi. Peu importent les apparences, ce n'est pas vraiment à nous de juger. Mary semble acquiescer. Maurice, Pio et Flo ont le sentiment que le curé essaie de leur faire comprendre quelque chose. Jeanne se penche vers Flo :

— Pourquoi il dit ça ?

Mary la foudroie du regard. L'officiant termine en expliquant — comme quelqu'un qui sent tout à coup qu'il a trop parlé ou qui a livré un secret qu'il avait juré de garder — qu'il ne sait pas au juste pourquoi il a évoqué la difficulté de juger de la vie des autres. Que ces réflexions lui sont venues à l'improviste, qu'il les croit de circonstance, qu'elles sont vraies pour tout le monde, qu'il les intégrera probablement à son laïus habituel. Tentative de sourire qui tombe à plat. Jérôme P tire sur la manche de sa grand-mère.

— J'ai faim.

Mary lui fait signe de garder le silence et lui chuchote :

— Moi aussi, j'ai hâte que ça finisse.

L'orgue joue de la grosse musique de film qui en remet, on dirait, pour les faire tous brailler. Maurice suit le cercueil avec sa mère. Il entrevoit la femme en noir. Dans la dernière rangée de la nef, à gauche, dans le coin. Il a une subite envie d'aller lui dire qu'elle n'a pas d'affaire là et lui demander de partir. Mais Mary a passé son bras à celui de son fils. Autant, il en est certain, pour le retenir que pour se soutenir.

À l'extérieur, le cortège contourne l'église et se rend au charnier. C'est un petit bâtiment blanc, en bois, avec deux portes qui ouvrent sur l'arrière du temple et juste assez d'espace pour le corbillard et la famille. On y entreposera la dépouille jusqu'à la fin de mars. On procédera à la mise en terre quand la neige sera moins épaisse et le sol moins dur sous la pelle.

Retour à la maison.

Tout le monde se bourre de tourtières, de jambon et de cretons de Mme Sainte-Marie. Maurice est obsédé. L'intruse a eu du front d'apparaître alors que c'était fermé au public, famille *only*, accoutrée en veuve, comme si le mort lui appartenait. «Bonjour Théo» avec sa partie de pêche et ses talons hauts. Le ton un peu coquin. Elle le tutoyait. Fière de son coup. Effrontée. Et la réaction de Mary. En colère et blessée, mais protégeant quand même le secret.

Mo n'en revient pas. Peut-être s'agit-il d'autre chose? D'une hystérique — par exemple —, d'une illuminée qui essayait de se servir de Théo? Qui lui confiait un message destiné à quelqu'un d'autre dans l'au-delà; une requête spéciale envoyée par courrier très particulier? Mais une folle ou une étrangère n'aurait pas dit: «Bonjour Théo. Tu ne pensais pas que je viendrais», mais plutôt quelque chose du genre: «Bonjour, monsieur Tremblay, j'aurais une faveur à vous demander.» L'image de la femme en noir hanterait le Rocket longtemps: le geste clandestin de l'inconnue, sa silhouette vue de dos qui semblait caresser en cachette Théo; le sentiment d'avoir été berné par son père. L'homme lui a caché des choses. Quoi? Depuis quand? Pourquoi? Adieux? Rupture? Regrets? Une déclaration d'amour? Le fils a toujours cru connaître son père comme le creux de sa main. Mais là, tout à coup, il n'est plus certain de rien. Au fait, à bien y penser, qui parmi nous se souvient de la dernière fois où il a examiné sa main? Et de ce qu'il y a trouvé? Se peut-il que son père ne soit pas du tout l'homme qu'il croyait? Ou bien qu'il le soit tout en étant aussi quelqu'un d'autre dont il n'a jamais daigné dévoiler l'existence à sa famille? Un choc. Comme la découverte d'une pièce ou d'un étage caché et habité dans la maison qui est à soi seul depuis toujours. Difficile à encaisser.

— Maman, tu nous fais des cachettes. La connais-tu ? Sais-
tu qui c'est ?

— Je ne la connais pas, mais je crois savoir qui c'est.

— Dis-le.

La famille attend la révélation. Mary secoue la tête.

— C'est tout. J'ai fini, j'ai parlé.

18

Au Botswana, déjà huit pour cent de la population adulte est infectée par le VIH/sida.

Mardi matin, le lendemain des funérailles de Théo.

Tout le monde est installé pour petit-déjeuner. Personne ne parle de la femme en noir ; elle mange pourtant, invisible et silencieuse, avec eux. Mary porte la vieille veste de cuir bleu blanc rouge des Fabuleux du décédé. Même Jeanne est descendue avec Jérôme P. Elle affiche une énergie qu'on ne lui a pas vue depuis longtemps.

— Je croyais que t'allais lire le testament, m'man.

— Y en a pas, répond Mary.

— Dans ce cas-là, dit l'éclopé qui s'agite, chacun prend son morceau.

— C'est édifiant. Arrête de saliver.

— Il y a des endroits où c'est pire, crois-moi, dit Flo, je l'ai vu, je le sais : on n'a pas pillé la maison. Personne a arraché les fenêtres. Personne t'a trouvée toute nue au milieu de la cuisine, sans table, sans chaises ; personne est parti avec l'évier.

— Non, juste avec un matelas, une tête de lit, un sommier.

La veuve brandit un document qui a l'air officiel :

— Au dernier vivant les biens.

Pio comprend.

— Le contrat.

Il se tourne vers les autres :

— Si c'est dans le contrat de mariage…

— Chacun devrait se prendre un souvenir, propose Mary.

Jeanne s'est levée.

— Moi, je prends l'auto, dit-elle, guérie de tous ses maux
— miraculée —, pour descendre au Mexique avec Jérôme P.

— Toi, rétorque Mary, commence par descendre pour le
déjeuner.

Jeanne s'écrase en bougonnant :

— C'est pas juste.

La petite se tourne à son tour vers sa mère qui sourit. Elle
lève la main :

— Euh, si tu me la donnais, à moi, l'auto, je pourrais descendre de Gaspé plus souvent...

Elle esquisse une moue, vaincue d'avance, et continue :

— ... pour te voir.

Mary secoue la tête.

— Pis, entre tes visites, je resterais ici à contempler le frigo ?
Pensez à autre chose.

— La maison d'abord, dit Pio avec un petit air de martyr,
pour mes deux enfants.

— J'ai dit un souvenir.

Jeanne revient à la charge :

— C'est pas juste. Tu dis de choisir, mais tu gardes tout pour
toi.

— Pis, t'es pas pour rester ici toute seule, dit Flo. C'est beaucoup trop grand.

Elle s'assoit devant Mary, s'incline vers elle :

— Il faut qu'on se parle, maman.

Elle lui prend les mains. Sollicitude, moment solennel.

— As-tu pensé à comment tu vas t'arranger toute seule ?

Flo, Pio et Mo trouvent que Mary devrait songer à l'avenir.

— Justement, répond-elle, il faut quelqu'un ici quand Fanfan
va revenir.

— Oh oui ! s'exclame l'éclopé en hochant la tête, c'est ter-
rible d'arriver dans une maison vide.

Il s'affale sur une chaise à côté de sa mère.

— Toi, Jambe de bois..., dit Flo.

Mary ne veut rien entendre.

— Je suis responsable des enfants que j'ai faits.

— Wo !

Maurice s'approche, se plante à côté de Flo. Il se penche pour être au même niveau que sa sœur devant sa mère.

— Regarde-nous, m'man, on n'est plus des enfants.

— Ça, c'est à voir.

Mary les dévisage l'un après l'autre :

— De la façon que vous vous comportez, vous serez grands quand je vous le dirai.

Après le déjeuner, Jeanne monte à sa chambre soigner son dos. Jérôme P part pour l'école. Les autres redescendent avec leurs bagages. Mo le premier.

— Je vais t'appeler, maman.

Flo fait la bise à sa mère.

— Pas de farces, pense à comment tu vas t'arranger.

Pio, empêtré dans ses béquilles mais soulagé aussi d'avoir étalé un peu ses malheurs, met son grain de sel :

— Écoute-la pas, m'man, c'est ta vie.

— Je sais. Pis toi, pas besoin de te casser l'autre pied

— Si jamais tu veux vendre, parle-moi-z-en avant.

Dernières bises. Les trois jeunes se dirigent vers la porte. Ils sortent. Envoient la main, puis montent dans l'auto de Pio.

Mary referme la porte de la cuisine. Elle expire profondément. Le brouhaha a duré cinq jours. Elle est peinée de voir partir ses enfants. Contente en même temps. Elle s'imprègne du silence retrouvé des lieux. Sa tranquillité, à elle. Chaleureuse, confortable comme la présence d'une vieille amie. Elle se rassoit à table avec sa tasse de thé. Tiède. Elle écoute sa cuisine. L'horloge fait tic, suivi d'un silence… puis tic encore. Silence… « Écoute ta nouvelle vie, Mary. » Tic… Tic… « Habitue-toi. » Elle entend ensuite, comme pour la première fois, le ronronnement du frigo : continu, blanc, rassurant. L'impression qu'il ne s'arrêtera jamais. Puis il s'interrompt en toussotant. Silence. Tic. Silence. La maison est soudainement déserte et trop grande sans Théo. La veuve se rappelle les paroles de Flo au salon : « C'est pas son mort à elle. » Maintenant qu'ils sont partis, Mary peut faire en sorte que sa fille ait dit vrai. Elle sera la seule à le savoir. Tant mieux pour le secret. Comme ça, pas de chichi. Elle se prépare à sortir.

19

Au Cambodge, on commence le rapatriement de trois cent soixante mille personnes réfugiées et déplacées.

Maurice est au volant.

— En tout cas, dit Flo, moi ça m'intrigue cette affaire de lettre là.

— Moi aussi, dit Maurice, Mme Zorro…

Les deux frères laissent leur petite sœur à l'arrêt d'autobus. Bise et rebise.

— Rendez-vous bien, les gars.

— Toi aussi.

Aussitôt la voiture repartie, Pio se tourne vers Maurice :

— Il n'est pas trop tard, tu sais.

— Quoi ?

— Pour la lettre.

— Hein !

— C'est pas comme s'il fallait déterrer le corps.

— Wo ! dit Mo.

Ils passent devant l'église, puis devant l'entrée du cimetière.

— Es-tu fou, toi ?

— Arrête ! j'ai dit.

Pio a l'air décidé.

— Arrête ici.

Maurice freine pour faire plaisir à son frère, mais proteste :

— Un mort, c'est sacré.

Au fond du cimetière, à droite, derrière l'église, le toit foncé du charnier dépasse des bancs de neige. L'allée a été dégagée la veille pour permettre d'y amener Théo.

— En été, papa serait déjà enterré. Ce serait fini, réglé. Pour l'éternité.

Mo s'apprête à repartir. Pio s'agite :

— On n'est pas en été.

L'estropié a ouvert la portière. Il peine à récupérer ses béquilles. Maurice n'en revient pas. Figé.

— Aide-moi donc, au moins !

Maurice lui tend les instruments.

— Où est-ce que tu vas ?

Pio s'éloigne déjà de la voiture. Il emprunte l'allée le long de l'église. Maurice referme la portière du côté du passager. Il fait froid, il vente sur la baie. Les glaces ont bougé et laissent voir une grande étendue d'eau noire. Pio arrive au fond du cimetière. Il se déplace comme un pantin pressé. Mo baisse la vitre de l'auto :

— Casse-toi pas l'autre pied !

Pio l'ignore et continue vers le charnier. Mo coupe le contact et sort de la voiture. Pio est arrêté devant la porte du petit bâtiment. Il tâte la poignée. Pousse. La porte semble céder. Il fait signe, frénétique, à Maurice d'approcher. « Saint simonaque ! » Mo sent immédiatement une excitation à laquelle il ne s'attendait pas : « Il est sérieux, lui, là. » Une inquiétude aussi. Il regarde vers le village : personne en vue. Vers le fond de la baie ; personne non plus. Il se dirige rapidement vers Pio. Son frère a raison. Il faut régler la question de la lettre. Sinon, ils vont regretter d'avoir laissé passer l'occasion. Et pour longtemps. L'éclopé attend avec l'air de contempler un trop beau cadeau découvert avant que le Père Noël soit officiellement passé. Il chuchote :

— C'est ouvert !

Aux oreilles de Mo, c'est comme s'il l'avait crié. Pio pousse la porte.

— Le curé a oublié de la barrer.

Puis, il fige.

— Qu'est-ce qu'on fait ?

Maurice a l'impression que son frère attend sa permission pour continuer. Il indique l'intérieur obscur du charnier :

— À tout seigneur tout honneur. Après toi, Jambe de bois.

Pio secoue la tête, mais ne bouge pas.

— T'es pas sérieux ?

On dirait qu'il a changé d'idée. Mo répète son geste. Pio reste figé, ahuri, comme un chien jappard qui a fini par attraper une auto (et qui se demande quoi faire avec). Maurice vérifie une deuxième fois que personne ne les voit. Il pénètre dans le charnier en se sentant vaguement coupable de violer un lieu sacré. L'endroit est éclairé seulement par la lumière qui entre par la porte ouverte. Sombre et humide avec une odeur de vieux bas et de crottes de souris. Pio est toujours à l'extérieur. Il bloque une part importante de la lumière. Les yeux de Maurice s'habituent à l'ombre.

— Oh ! Il y en a deux !

L'endroit dispose de six places. Trois de chaque côté, superposées. Deux sont occupées, une de chaque côté. Pio reste dans l'embrasure de la porte.

— Je vois mal, dit Mo, entre ou sort, mais tasse-toi un peu.

Pio vient le rejoindre. Il se pince le nez.

— T'as pas vraiment envie de lire la lettre.

— Oui, on est rendus. C'est toi qui m'as fait arrêter l'auto.

— Pas si fort.

Puis il se met à sautiller sur son pied valide.

— Maudite cheville.

— Bon, dit Mo en s'approchant du cercueil de gauche, on n'est pas venus jusqu'ici pour rien.

— Es-tu certain que c'est la bonne tombe ?

— C'est moi qui l'ai choisie.

Il est sur le point de pousser le loquet du couvercle. Pio lui met une main sur l'épaule :

— Wo ! Arrête.

Maurice sursaute. Son petit frère sourit.

— Es-tu nerveux ?

— Moi? Euh… Oui. Non. Peut-être un peu.

La main du Rocket tremble. Pio indique le cercueil de droite :

— Celui-là, est-ce que tu le reconnais?

— Oups! Saint simonaque, les deux sont pareils.

— Je pense que c'est celui-ci, dit l'éclopé, mais si je me trompe, on ne sait pas qui est dedans.

— Ni depuis quand.

— Fais pas exprès.

Pio se pince toujours le nez.

— Euh…

Maurice ne sait plus sur quel pied danser. Pour Pio, la question ne se pose pas. Il a mal et envie de s'en aller, mais Maurice, tout à coup, insiste :

— Lâche-moi pas. C'est toi qui as commencé.

L'estropié recule vers la porte.

— Même si j'étais certain d'ouvrir le bon, je suis pas sûr que je le ferais. Viens-t'en.

— Écoute, je prends celui-ci. Toi, tu prends celui-là. On compte jusqu'à trois, pis on ouvre.

Pio refuse. Mo ne lâche pas :

— T'as une chance sur deux de tomber sur papa. Lui, c'est pas épeurant, tu le connais.

L'autre n'est pas convaincu. Mo ne veut pas le faire seul.

— T'as une chance sur deux, moi aussi. C'est égal.

— Tout à coup il y a un rat…?

Il frémit.

— Ça sent la vermine, ici.

Maurice recule lui aussi vers la porte.

— Tu m'écœures. Tu fais exprès.

Les deux frères regardent tour à tour les cercueils. Indécis, dos à la porte.

Toc! Toc! Toc! Les gars sursautent : « *Shit!* »

Quelqu'un vient de frapper fort sur le mur du charnier. Ils se regardent, immobiles, tournés vers le rectangle de lumière blafarde de la porte. Une silhouette apparaît.

— Flo!

— Qu'est-ce que vous faites là?

— Toi?

— Le bus est en retard. J'ai décidé de me promener. J'ai vu l'auto.

— Ah.

Silence.

— Vous avez vraiment l'air de ti-culs en train de faire un mauvais coup.

Flo les rejoint à l'intérieur.

— Ça sent le fond de cage d'oiseau. Pouache.

Elle regarde ses deux frères avec leur air coupable:

— Vous autres, vous vous ennuyez de votre père.

Mo acquiesce à moitié:

— C'est que…

— La lettre, dit Pio, allant à la pêche.

Flo ne comprend pas. Il continue:

— On a le droit de savoir…

— Quoi! *By God!* les gars! Notre mère serait pas contente de voir ce que vous faites là.

— Wo.

Pio tapote le pied de Flo du bout de sa béquille.

— Elle n'a pas besoin de savoir.

— Vous me scandalisez.

Maurice ne va pas se laisser faire la leçon par sa petite sœur. Surtout pas au moment où elle l'a pris en flagrant délit de… de violation de sépulture, de pillage de tombe, d'outrage au décédé, de profanation de… Il ne sait pas comment nommer au juste ce que son frère et lui font là. Il sent qu'il y aura toujours quelque chose de pas correct dans le «délit» qu'ils s'apprêtent à commettre. Peu importe la façon dont ils vont le baptiser. Mais pourquoi se défendre alors qu'on peut attaquer.

— Elle aussi, notre mère, je gage qu'elle aimerait beaucoup ça, savoir.

— C'est ça, dit Flo, on va ouvrir la tombe, fouiller le mort, trouver la lettre, la lire comme si elle nous était destinée : « Cher Maurice, cher Pio, chère Flo… » Ensuite, on va en délégation à la maison raconter à notre mère ce qu'on a appris.

— Euh… Toi, c'est juste que t'es chieuse.

Maurice sent bien que sa sœur a raison ; Mary serait en furie.

— T'aimerais ça le savoir, toi aussi.

— Non. Oui.

Mais elle résiste toujours.

— J'ai peur qu'en découvrant ce qu'il y a dedans, de me dire, après, qu'on était mieux avant.

Pio a de la difficulté à suivre.

— Répète donc ça, pour voir.

Sa petite sœur ne le trouve pas drôle.

— Tout à coup après on est obligés de l'haïr.

Maurice ne démord pas.

— La dame en noir, Mme Zorro ? Pis après ?

— Non ; lui, notre père, le beau Théo.

Silence. Il vente dehors. C'est humide et froid. C'est soudainement l'hiver pour vrai. Partout. Dans le charnier aussi. On n'ose pas trop se regarder.

Long moment.

Mo se tourne vers l'intérieur du petit bâtiment.

— J'ai une devinette pour toi, ma petite sœur : regarde ; lequel est le cercueil de papa ?

Flo indique le même que Pio :

— Celui-là.

Mo se déplace pour lui permettre de mieux voir.

— T'es certaine que c'est pas celui-ci ?

Flo regarde, puis revient au premier.

— *Merda !* Ça se peut pas, ils sont pareils.

Mo se rapproche d'elle :

— Lequel tu prends?

— Moi?

— Choisis. Moi, je prends l'autre.

Elle secoue la tête. Recule d'un pas. Il insiste :

— T'as peur.

— Moi?

Elle dévisage Maurice, puis regarde rapidement les deux cercueils. Elle pointe le premier qu'elle avait choisi :

— Celui-là.

Maurice indique le rebord du couvercle des tombes :

— Je vais compter : à un, on est prêts ; à deux, on pousse le loquet ; à trois, on ouvre.

Le grand frère et la petite sœur se placent chacun devant un des cercueils. Pio recule dans l'embrasure de la porte.

— Wo! Pensez-y, les gars.

Il bloque la lumière. Flo se retourne :

— Tasse-toi, le brave.

Pio dégage l'entrée. Flo reprend sa position.

— Prête?

Mo commence à compter avec une lenteur délibérée :

— Un, on est prêts.

Chacun est aux aguets, la main sur le rebord de la tombe.

— Deux, on tire le loquet.

Clic, clic, simultanés.

— Tiré.

— Tiré.

Grande inspiration.

— Deux et demi...

L'éclopé s'agite :

— Ah, hum...

Il se racle la gorge avec insistance. Flo se tourne vers lui :

— C'est quoi, encore?

Il s'approche d'elle. Il montre le cercueil :

— Euh... Quand tu lèves le couvercle, tout à coup il y a un rat qui a commencé à le bouffer?

— Pouache!

Flo a un violent mouvement de recul. Ensuite, elle se rapproche.

— Non, ça se peut pas.

Elle reprend sa position, mais elle est incapable de continuer.

— Tu m'écœures, Pio Tremblay. Déjà que ça pue.

Elle se tourne vers la sortie.

— Bon, c'est raté, dit Maurice, à la fois déçu et soulagé.

— Rat quoi que t'as dit?

Pio sourit, fier de son coup. Mo est vaincu.

— Saint simonaque, mon frère…

Mais le frère est déjà sorti. Flo le suit. Maurice repousse les loquets sur les deux cercueils, puis sort lui aussi. Flo pointe vers l'entrée du cimetière :

— Oh, oh! De la visite.

— Greta Garbo.

La grosse Ford bleue de Théo avance lentement dans leur direction. Les trois figent sur place. La voiture s'immobilise là où le corbillard s'est arrêté la veille. Mary en descend. Elle porte son chapeau noir.

— Belle surprise!

Elle s'approche.

— Toi, t'es pas partie à Gaspé, pis vous deux à Rimouski?

Pio répond trop vite :

— Euh, c'est pas ce que ça a l'air, m'man.

Mary les scrute à tour de rôle et s'arrête sur le bavard.

— Ah non? C'est quoi, d'abord?

Pio est coincé. Elle le dévisage.

— Parle.

Pio se sent petit, Mo aussi. Flo fuit :

— Mon autobus.

Mary insiste.

— On n'a rien fait, demande à Mo.

Maurice sourit.

— Trop chieux. C'est vrai.

Mary hausse les sourcils.

— Ça sent pas bon, votre affaire.

— Pour ça!... dit Flo en pouffant de rire malgré elle. Hon! c'est pas drôle.

Pio a de la difficulté à se dominer, lui aussi.

— Toi, maman, qu'est-ce que tu fais ici?

— J'espère que vous avez rien fait qu'on va regretter.

Elle se dirige vers le charnier. Ajuste son chapeau.

— J'ai affaire à votre père.

Elle pénètre dans le bâtiment et laisse la porte à peine entrouverte. Pio, sans réfléchir, lance :

— Trompe-toi pas de tombe.

Les trois restent ensuite le regard fixé sur la porte.

Il vente. On attend. Pio a froid aux mains.

Maurice s'approche de la porte. Il tend l'oreille. Il croit entendre le clic d'un loquet, puis la voix de sa mère qui s'exclame « *My oh my! Dear me.* » Puis un autre clic. Flo regarde sa montre.

— Qu'est-ce qu'elle fait?

Les deux autres haussent les épaules. Mo écoute de nouveau. Rien. Il sent une odeur de brûlé. Pio se tient sur sa jambe valide. Il a mis les mains dans les poches de son anorak et serre ses béquilles sous ses aisselles.

— J'ai laissé mes gants dans l'auto. Maudit hiver.

Il y a presque quatre pieds de neige partout. Le haut des pierres tombales dépasse à peine. Le paysage est désolé et un peu fatigué. Les trois grands enfants attendent, presque sages, que leur mère fasse quelque chose, ils ne savent trop quoi, qui a rapport avec ce qu'eux-mêmes ont commencé mais pas eu le courage ou l'effronterie de terminer.

La porte du charnier s'ouvre. Mary apparaît. Elle a l'air soulagée. Le teint gris cendré. Elle inspire un grand coup. Puis expire. Ses épaules se relâchent. L'odeur de brûlé se confirme.

— Pis? demande Pio.

Mary referme la porte derrière elle.

— La vieille Aspiro est encore plus laide qu'avant.

Pio a une nausée.

— Pouache.

— Tu t'es trompée de cercueil.

— Je voulais savoir avec qui il coucherait pour l'éternité.

Maurice n'en peut plus.

— Qu'est-ce que t'as brûlé, m'man?

— Moi? Rien…

Personne ne la croit. Mary a son air buté. Flo s'avance.

— C'est la lettre, hein…

Sa mère refuse de parler.

— L'as-tu lue? insiste la petite, c'est notre père, tu sais.

— C'est mon mari.

— On a le droit de savoir.

Mary branle légèrement la tête.

— Depuis quand je lis le courrier de votre père?

— Saint simonaque, m'man.

Elle lève une main pour les faire taire.

— Une bonne affaire de faite.

Elle ne dira rien de plus. Elle redistribue ses bises, monte dans l'auto et repart, laissant Maurice, Pio et Flo perplexes, frustrés et un tantinet humiliés. La voiture tourne vers le village et disparaît derrière la masse envahissante de l'église.

— Elle a ouvert la tombe!

— Face à face avec la vieille Aspiro, imagine!

— Ça peut bien puer!

Maurice ouvre toute grande la porte que Mary avait refermée. Le vent disperse un petit tas de cendres grises et découvre un coin d'enveloppe blanche sur la dalle de béton du charnier. Maurice secoue la tête.

— Trop tard. On ne le saura jamais.

Il referme avec soin la porte.

— Bon voyage, ma petite sœur.

— Rends-toi bien.

— Vous aussi.

Sourires vaincus et résignés. Les frères se dirigent vers l'auto. Flo coupe derrière l'église. Ils partent dans des directions opposées.

20

L'épuration ethnique se poursuit en Bosnie.

Mary revient à la maison. La grande est enfermée dans la chambre de la tourelle depuis le matin. Jérôme P lunche à l'école. Silence. Désert. Que fera l'apprentie veuve de ses journées? De la maison? Du carré de fraises? De la vue sur la baie? Elle a toujours su qu'un des deux, elle ou Théo, devait partir en premier. Une évidence dont elle n'avait jamais mesuré le poids. Ce genre d'événement ne se simule pas. On a beau se raisonner, se répéter que c'est le cours ordinaire des choses, on oublie de se dire qu'il est aussi normal que la déchirure fasse mal. La douleur fait partie du devis. C'est écrit en toutes petites lettres au bas du contrat. Mais les gens signent sans lire. Si ce n'est la première page de leur engagement qui annonce que le Saint-Graal du bonheur pourrait être à la portée de chacun si... Et c'est bien ce parcours béat auquel on se croit convié qui est anormal et inhumain. Sa poursuite, un esclavage sans fin qui attise le mépris de soi: n'ayant presque jamais été à la hauteur, on se croit taré ou coupable. Ou souvent les deux.

Mary a peu de temps pour de tels replis philosophiques. Il faut continuer. Elle vaque à ses occupations comme si de rien n'était: elle finit de laver la vaisselle du déjeuner, essuie le comptoir et la table, balaie le plancher. Passe tout droit devant la porte du salon. Se rend directement à la chambre de Maurice devenue maintenant celle de Jérôme P: change les draps, range les traîneries. Elle évite la grande chambre avec la commode de Théo, sa moitié de garde-robe et sa collection de vieux souliers. La maison n'est plus la même. Il faudra réaménager, réapprivoiser, réinventer le quotidien. Il sera impossible — maintenant elle le sait — de reprendre tout simplement le même rythme qu'avant.

C'est en entrant dans la maison de Pio, à Rimouski, que Maurice comprend l'ampleur du désastre que vit l'éclopé. Bouteilles de bière vides, cendriers pleins. Silence. Zone sinistrée. Le gérant de Feller's ne maîtrise pas encore l'art de s'organiser tout seul de façon civilisée. Depuis son grand dérangement, il ne bouffe que de la pizza, du poulet barbecue et des mets chinois. Un gros sac vert bée sur le plancher de la cuisine. Ambiance générale de lendemain de mauvais *party*. Pénible, triste et désolant.

— Je suis parti vite.

— On dirait.

Maurice ouvre la porte du frigo.

— J'ai faim.

Sur la tablette du haut, un pot entamé de beurre de pinottes avec des bavures de confiture. Une caisse de bière sur celle du milieu. Mo tire le carton : vide, froid, humide ; déprimant, absurde, inutile. Il repousse la boîte. Dans le logement de la porte, un litre de lait 2 % exhale des effluves de babeurre fatigué. Une laitue composte dans le tiroir à légumes.

— Je pense qu'il était temps que tu reviennes pour faire le ménage.

— C'est l'histoire de ma vie.

— Je peux t'aider.

Non. Pio va s'en occuper lui-même. Cela prendra le temps qu'il faudra, mais c'est lui qui va le faire. Maurice n'insiste pas. Il referme la porte du frigo. Il invite le naufragé à souper en ville avec lui. Pio décline l'offre : la collecte des ordures a lieu demain. Il faut commencer le ménage. Il est fatigué. Et surtout, il ne veut pas sortir au cas où les enfants appelleraient. Mo comprend.

— Tu les embrasseras pour moi.

Il laisse Pio assis dans sa cuisine, avec sa patte malade posée sur une chaise, composant le numéro de téléphone du Poulet

150

Doré. Il part à pied avec son sac de voyage. Temps doux. Fin de février. Moins dur qu'à Montréal. Direction, la gare.

Mary est revenue de son raid-surprise au cimetière avec le sentiment d'avoir mené à bien sa mission. Et aussi d'avoir eu beaucoup de chance, car les enfants auraient pu tout gâcher avec leur curiosité.

La destruction de la lettre remet les choses à leur place. Mme Zorro, avec son «Bonjour Théo…», continuera à croire qu'elle a gagné la partie. Mary saura que ce n'est pas vrai. «Toi, tu y es venue, mais moi, j'y suis retournée». De cette façon, elle a repris Théo. Elle sera la seule à le posséder. Pour l'éternité. Comme si cela était possible et ce geste, plus que simagrée d'enfant blessée.

Sa démarche lui semblait nécessaire, urgente et vraie. Maintenant, on passe à autre chose. Du moins, on essaie. Fort. Et cela est presque réussi; elle ne pensera à peu près plus à la femme en noir. Par contre, la vision inattendue d'Amanda Aspiro, morte vraiment vieille, couchée dans son cercueil de satin blanc, les chairs noircies, cireuses et fripées l'a marquée de façon indélébile. Mary a beau se répéter que les lots des deux familles se trouvent aux extrémités opposées du cimetière, l'image de la vieille continue de la hanter.

Mo est seul pour la première fois depuis une semaine.

Seul avec son cahier noir qu'il vient de transférer de la poche de sa veste des Fabuleux à son bagage. Seul et se demandant ce qu'il va faire des quatre longues heures avant l'arrivée du train. Premier répit depuis l'appel fatidique de Mary à Montréal en pleine nuit. Trop occupé depuis par l'effondrement de son univers pour sentir ce qui se passait autour de lui. Enfermé dans le train, à la maison, au salon. Dans l'auto de Pio. Replié sur lui-même et les siens. Une éternité — cinq jours. Des années aussi depuis qu'il n'a joué dehors. Respiré à pleins poumons. Cherché d'autres horizons que les murs fermés de son logement, le béton de l'Aréna, les tunnels du métro. Il devine le fleuve au bas de la côte. Immense paysage. Les gens de la place l'appellent la mer. Il inspire profondément. De l'air frais. Cristallin. Du jamais respiré. Il avait oublié ce goût-là. Il change son sac de main. Il se sent libéré. Des femmes sortent d'une église. Des veuves certainement. Ou des vieilles qui se préparent à le devenir.

Mary se mettra-t-elle à fréquenter le curé? Mo en doute. Il ne voit pas de cimetière et se demande ce qu'on fait des morts, à Rimouski. Il arrive à la gare. C'est fermé presque jusqu'à l'arrivée du train. Huit heures et demie. Trois heures à tuer. Mo remarque une sorte de grosse maison mobile très éclairée à environ trois cents pieds de l'autre côté de la voie ferrée. Il s'y dirige. C'est la Cantine de la Gare, le Roi de la Poutine. Service au guichet et aussi, eurêka, quelques tabourets à l'intérieur. En plein ce dont notre homme a besoin. Mo commande et s'installe pour la veillée. Il trouve bientôt le temps long. Il a hâte de partir. De retrouver l'Aréna et son logement. De se sentir chez lui. De se préparer un bon déjeuner, des rôties bien brunes, un peu brûlées, de la confiture, un bon café. Son lit, et lui, la tête sous les couvertures.

À Bonaventure.

Mary verrouille la porte d'en arrière. Malgré l'exhortation du malade: «Oublie pas, laisse-la débarrée.» Ce qui est le contraire de ce qui se passe dans les maisons ordinaires. Depuis cinq ans, le retraité n'avait cessé d'espérer le retour de Fanfan. Et de craindre que l'énergumène ne tourne les talons s'il devait se buter à une porte verrouillée. Il vérifiait lui-même avant d'aller se coucher. Malade, il avait demandé:

— T'es sûre que c'est ouvert?

— Oui, avait ditMary qui attendait, elle aussi, le retour du fils errant.

Mais elle verrouillait quand même. Pour empêcher l'âme de Théo de s'échapper. Manœuvre secrète, à peine consciente, désespérée. Et qui avait échoué. La Faucheuse avait fauché avant que le garnement revienne, et Mary continué quand même de tout barrer. Par automatisme, ou pensée magique ayant à voir avec une manière de rémanence forcée de l'âme de son vieux compagnon.

Rimouski. Minuit dix-huit.

Maurice choisit une place dans un wagon désert. Pose son sac, retire son anorak, enlève ses bottes. Il s'installe pour la nuit. Fatigué. Content de se trouver au chaud. De ne plus se sentir naufragé, à la dérive et étranger. Il est un peu honteux de n'avoir pas récupéré la lettre. Tout aussi malheureux que s'il l'avait fait. Il s'en rend compte, mais cela ne diminue en rien son malaise. Que s'est-il passé au juste dans la vie de ses parents? Mary elle-même le sait-elle? A-t-elle lu la lettre avant de la brûler? Le savait-elle avant? Le sait-elle maintenant? Maurice est abasourdi de n'avoir rien vu, rien pressenti, rien deviné pendant toutes ces années. Indigné aussi d'avoir été berné. Théo et Mary, les deux, ensemble ou séparément, garderont leur secret. Maurice se lève. Il contourne la petite table qui sépare les banquettes et choisit un siège qui regarde vers Montréal. Il se réinstalle. Pour lui, c'en est fini du ressassage de toutes ces histoires anciennes à propos desquelles il ne peut rien. La route a été longue dans l'auto avec Pio. Les frères n'avaient pas grand-chose à se raconter. Ils s'étaient mesurés l'un à l'autre devant les cercueils dans le charnier, et c'est leur mère et le fantôme de leur père qui avaient gagné. Impossible désormais de bluffer

Le train roule maintenant dans la nuit.

Il faudra presque huit heures avant d'arriver à Montréal. Mo pose les pieds sur la petite table, appuie la tête et ferme les yeux. Son père aurait aimé faire ce voyage avec lui. Cela n'arrivera pas. Mo a souvent imaginé Théo, vigilant et bienveillant, souriant de le voir aller. Il s'est longtemps conforté de cette vision pour gérer sa vie. Sans s'en rendre compte. Jusqu'à ce qu'il se mette à craindre de mourir de la mort de son père.

153

Hantise. Mais il a survécu et survit au cataclysme. Révélation. Grand soulagement. Sentence aussi : reprends ta vie, lui en a fini. Le train roule. Une seule idée : rentrer chez lui. Mais pourquoi? Pour quoi faire? Avec qui? À quoi lui auront servi toutes ces années? Futilité. Futilité. Que fera-t-il de son cahier? Peut-être inscrira-t-il dans son testament qu'on devra l'enterrer avec lui. Peut-être va-t-il le sceller dans une bouteille et le jeter du haut du pont Jacques-Cartier. Peut-être l'enfouira-t-il, un été, au centre exact de la patinoire de l'Aréna, sous le sable, sous les deux rangées de tuyaux, en creusant un trou dans le permafrost pour que dans mille ans quelque archéologue curieux du hockey le déterre et, surpris, se mette à le lire : «Il était une fois Maurice Rocket Tremblay...» Peut-être... Futilité. Le train continue dans la nuit noire. Comme toujours, le wagon est surchauffé. Maurice s'endort. Un vrai cliché.

Bonaventure.

Trois heures et demie du matin. Il neige. La veuve rêve qu'elle est jeune et qu'elle se marie. Quelqu'un la secoue. Qu'est-ce qui se passe?

— Grand-maman.

Jérôme P est debout à côté du lit.

— C'est la nuit, mon chou.

— J'ai peur.

Elle l'entoure de ses bras. Il se blottit contre elle.

— Il y a du bruit, en bas.

— Hein?

— Boum, boum, boum!

Mary est déjà sur ses pieds.

— J'entends rien.

Elle passe sa robe de chambre, se hâte vers l'escalier, descend.

— Pourvu qu'il soit pas reparti.

154

Elle allume dans la cuisine. Boum, boum! «Ouf!» Une silhouette à la fenêtre du balcon. Un capuchon d'anorak. Mary approche. Un visage.

— Fanfan!

Elle ouvre la porte.

— Maman!

Le gros toutou, tout rembourré, tout froid, tout enneigé est déjà dans ses bras. Il sent l'homme. Il sent le bois. Elle l'éloigne de son visage.

— Laisse-moi te regarder.

Il rabaisse son capuchon. Grand sourire. Pas rasé, besoin d'un bain.

— Mais t'as bien maigri!

Elle essuie une larme. Il examine sa mère à son tour.

— T'as pas changé, m'man.

Elle referme la porte.

— Ton père m'avait fait promettre de la laisser débarrée.

— J'allais défoncer.

Il rit avec une aisance qu'elle ne lui connaissait pas.

— C'est de ma faute, j'ai perdu ma clef.

— Ah.

— Aux îles Fidji, l'année passée.

— C'est loin.

— C'est là que j'ai décidé que je revenais.

Mary semble hésiter.

— T'as manqué ton père.

— Je le verrai demain.

— Trop tard. Euh…

Fanfan se rend compte que quelque chose ne va pas. Mary baisse le ton, un peu comme si elle s'excusait:

— On l'a mené au cimetière. Hier.

— Quoi! Tu veux dire…

Elle hoche la tête.

— Non. *Jesu!*

Il fond de nouveau dans ses bras.

155

— J'avais des choses à lui dire. Si j'avais pas perdu une semaine, aussi, à chercher ma clef.

— T'as manqué Maurice.

— Pas Maurice?

— Non, non. Il est reparti pour Montréal.

— Ah. Fiou… je voulais lui parler.

Et c'est de cette façon que Fanfan est revenu à la maison. En ayant raté, selon lui, l'occasion de voir son père vivant à cause d'une clef égarée à l'autre bout du monde, un an auparavant. «*Shit, shit, shit!*»

Jérôme P est à côté d'eux.

— C'est qui, lui?

Fanfan se dégage complètement de sa mère. Il regarde l'enfant en pyjama, il sourit.

— Toi, t'es qui, soldat?

Jérôme P se présente.

— Ah, c'est toi, ça. Où est ta mère?

— Elle dort.

— Je pense que je vais la réveiller. Qu'elle m'explique où elle est disparue pendant toutes ces années.

— Elle est restée avec moi, dit le petit.

Et Mary d'ajouter que ça fait plus de deux ans que la grande est réapparue. Fanfan, étonné:

— Qu'est-ce qu'elle fait?

Mary va répondre «Rien», mais Jérôme P la devance:

— Des beaux dessins. J'en ai donné un à grand-papa.

Fanfan, soudain sérieux, secoue la tête.

— Maudite clef. J'en reviens pas de l'avoir raté comme ça.

Le petit dit qu'il n'est pas trop tard pour voir son grand-papa.

— Mais je croyais qu'il était enterré.

— Congelé, rectifie Mary.

— Dans la petite maison derrière l'église, explique Jérôme P, la porte est débarrée.

Et l'enfant d'annoncer qu'il a visité son grand-père pendant la récréation du midi, ajoutant :

— Il y a une madame avec lui.

— Hein !

Fanfan ne comprend pas. Mary essaie de ne pas rire. L'enfant a fait comme ses oncles, sa tante et sa grand-mère. Décidément, la famille Tremblay ! Fanfan comprend de moins en moins.

— C'est qui, la madame ?

— La vieille Aspiro.

— Si grand-maman veut, je peux te les montrer.

— Oui, si t'as envie de voir ton père une dernière fois. Sa voisine de caveau, aussi.

— Euh… Merci, je vais y penser.

Le revenant a tout son temps. À moins d'un long redoux, Théo ne sera pas mis en terre avant la fin de mars.

21

On estime que de cinq à trente-cinq pour cent des vingt-trois millions de réfugiés dans le monde auraient subi la torture.

Le lendemain matin du retour de Fanfan, Jérôme P court à la chambre de la tourelle avertir Jeanne de l'événement :

— Il veut te voir.

Puis il descend avec un grand livre. Le voyageur est déjà à table avec Mary. Il s'est couché la veille sans passer à la douche. Ni ce matin, semble-t-il. Il porte un t-shirt jadis blanc et affiche le même air d'ogre gentil crotté que la veille. Le petit s'installe à côté de lui.

— Regarde.

— Marco Polo.

— C'est un monsieur qui a fait un voyage comme toi.

— Ah.

L'enfant veut tout savoir. Fanfan Polo, l'aventure au complet : est-il allé en Chine ? Absolument. A-t-il vu Kubilay Khan ? Oui. Est-il allé dans son palais ? Bien sûr. A-t-il rapporté des trésors ? Non, parce que le grand Marco n'a rien laissé pour les joueurs de flûte comme lui.

— Tu joues de la flûte ?

— Je peux t'apprendre, si tu veux.

— Oui.

Jérôme P est ravi. Il vient de se trouver un nouvel ami. Il croit aux histoires du voyageur comme au Père Noël et au Chaperon rouge : trop beau pour être vrai, trop beau pour s'en passer. Mary est comblée par le retour de son gars et le plaisir évident qui se dégage de ses conversations avec le petit.

159

— Il est presque huit heures, t'es mieux de te préparer, Jérôme P.

L'enfant ferme son grand livre et se dirige vers son habit de neige accroché à côté de la porte. Fanfan termine son café.

— Je suis content d'être là.

Il hoche la tête comme pour se confirmer que c'est vrai.

— Je suis contente, moi aussi.

La mère hoche la tête à son tour. Le petit a déjà chaussé ses bottes. Il revient vers Fanfan en pointant le livre sur la table :

— Si tu veux, mon oncle Fanfan…

Il est coupé sec par une voix qui vient du corridor :

— Reste sur la carpette avec tes bottes, Jérôme P.

C'est sa mère qui l'interpelle. Surpris, l'enfant rebrousse chemin. Fanfan est déjà debout, tourné vers la nouvelle venue.

— Mais c'est Jeanne !

Oui, c'est elle, délabrée mais reconnaissable dans la vieille robe de chambre rose élimée de sa mère. Il ouvre les bras. Elle a beaucoup maigri. Vieilli aussi. Teint jaunâtre, cheveux filasse, avec des touffes de gris. Bise et rebise. Sa carcasse osseuse et crispée dégage des odeurs de souris et de vieux grenier.

— Comment tu vas ?

— Mal.

Le retour de son frère la dérange. Elle fait une vague moue et se dirige d'une démarche pénible vers la table, une main sur un rein. Elle s'arrête devant les restants du déjeuner de Fanfan.

— T'es pas gêné.

Il ne comprend pas de quoi il s'agit. Se penche sur son assiette.

— Hon, c'est vrai, j'ai pas mangé mes croûtes. Quel gaspille ! La moitié de l'humanité mange du chien ou crève de faim.

— Je m'en sacre. C'est ma place.

— Ah…

Le revenant semble étonné.

— Depuis quand ?

Il se rend de l'autre côté de la table, tire une chaise.

160

— Majesté.

Jeanne lui lance un regard de dépit. Il insiste à petits gestes avec la chaise. Elle fait le tour de la table et s'assoit à l'endroit indiqué.

— C'est pas juste.

— C'est vrai, l'autre moitié étouffe dans sa graisse. Mais toi, ma sœur, on dirait que tu t'es trompée de continent.

— Toi, t'es aussi baveux qu'avant.

Fanfan retourne à sa place.

— Le tour du monde pour revenir à ça.

Il agite la tête, incrédule.

— Dire que j'avais hâte de te voir.

Il hausse les épaules en souriant à Jérôme P. Le petit ne comprend pas ce qui se passe entre son oncle et sa mère. Et sa grand-mère ne dit rien. Fanfan se rassoit.

— Le flo dit que tu fais de bien jolis dessins.

— C'est pas de tes affaires.

— Bon.

Le voyageur pousse son assiette vers elle.

— Tiens, si tu veux mes croûtes. T'as vraiment l'air affamée, enragée.

Mary est rassurée. Enfin, du renfort.

— Pourquoi ils se chicanent, grand-maman?

— *My oh my*, si seulement je le savais.

Elle se lève et va lui donner un bec.

— Ton autobus va arriver.

Jeanne se tourne vers son fils:

— Moi? J'en ai pas?

L'enfant hésite. Il s'arrête au bord de la carpette.

— Mes bottes.

Jeanne fait mine de se lever. Se prend le rein. Se rassoit. Esquisse un au revoir de la main. Mary a déjà ouvert la porte.

— Ton autobus arrive.

L'enfant sort en vitesse. Mary revient à table. Jeanne se relève.

— J'ai pas faim.

— Les croûtes, je les jette ou je te les garde pour à midi?

Fanfan s'esclaffe. Jeanne le foudroie du regard, puis sort de la cuisine. Mary secoue la tête. L'air épuisée.

— Pourquoi tu fais ça?

— On n'a pas le droit de se laisser mourir de faim, pas ici, aujourd'hui.

— Elle est malade.

— *You bet!*

— On a-t-y le droit de pas faire exprès pour la provoquer?

— O.K. Promis.

Fanfan vient à côté de sa mère, met une main sur son épaule. Elle semble soulagée.

— Mais qu'est-ce qui va nous arriver?

Il lui fait une bise sur la tête.

— Encore du café?

Mary acquiesce.

— Au moins t'es là.

Maurice se réveille.

Le train s'est immobilisé. Il est en gare. Montréal. Le voyageur n'a pas encore bougé de son siège. Il regarde autour de lui. L'air hébété. Se secoue, se lève. Vidé. Fourbu. Comme au lendemain d'un intense combat. Il regarde par la fenêtre. Tout est sombre, poisseux, gris. Mo sait déjà que le temps sera humide aussi. Cru. Résigné, il s'étire. Oups, lentement; le dos, les épaules, les bras. Il se sent déjà un peu mieux. Se rassoit. Met ses bottes, avec des gestes de vieux: courbaturé. Il trouve qu'il a les jambes de plus en plus longues et les pieds de plus en plus loin. Il passe son anorak, prend son sac de voyage et sent le besoin de vérifier que le cahier y est toujours. Il descend sur le quai. Il s'attendait à plus froid, pourtant il frissonne. Montréal. Le voici chez lui avec sa nouvelle vie. Sans Théo son père, qu'il nomme maintenant par son prénom en grossissant la voix comme s'il avait grandi et qu'il était devenu son égal et son ami. Il lui reste encore

162

plusieurs pages à noircir dans son cahier, sa vie est loin d'être terminée. Pour l'instant, il a envie de deux œufs avec bacon, toasts et café au comptoir de la gare. Comme chaque fois, se dit-il, qu'il descend du train. À l'entendre, on dirait l'énoncé d'une règle immuable, mais ce n'est que le début d'une habitude ; la troisième fois en dix-huit ans.

La première, c'était au mois d'août. Mo débarquait à Montréal, excité, craintif et faraud à la fois. Doutant de tout — surtout de lui-même — et, dans sa naïveté, de rien du tout. Certain de trouver un emploi dans la brigade de glace à l'Aréna. Il avait clamé haut et fort son projet avant de quitter son patelin. Assez haut pour s'entendre lui-même, se compromettre et se convaincre que cela était vrai. Assez fort pour que ses paroles portent la nouvelle jusqu'à la ferme voisine, celle des Sainte-Marie, aux oreilles de Julie, la petite sœur devenue grande de son meilleur ami. Maurice se souvient très bien de son premier déjeuner à Montréal : « Deux œufs au miroir, s'il vous plaît. » La serveuse avait crié : « *Two, sunny-side up !* » Oui, la vie était belle. Et lui, optimiste, fringant, un peu rebelle. La deuxième fois, c'était moins drôle. Il avait mangé ses œufs et son bacon en déroute, vaincu, humilié. Brouillés. Assis au même comptoir avec la même serveuse devant lui, en été, en juillet, après ses désastreuses premières vacances dans sa famille et surtout après un humiliant fiasco avec Julie Sainte-Marie. Il avait imaginé son retour au village glorieux comme un défilé de la coupe Stanley. Mais il avait plu sur sa parade. En fait, elle n'avait même pas eu lieu. La Julie ne s'était pas présentée, occupée qu'elle était à foirer de Carleton à Gaspé avec un étudiant en actuariat propriétaire d'une Ford Capri, rouge ! Au casse-croûte de la gare, la serveuse avait crié : « *Scrambled !* » puis elle était revenue lui demander :

— Du ketchup avec ça ?

— Non merci.

Mo le sait, oui, le char du gars était rouge, mais pas rouge ketchup, plutôt pompier. Mauvais souvenir, quand même. Cette fois, la troisième, presque vingt ans après l'arrivée triomphale du Rocket en ville, le casse-croûte d'antan n'existe plus. La serveuse est partie. Il déjeune chez McDo, aseptisé. La caissière crie :

— Un numéro deux.

Puis, elle lève les yeux. Sourit.

— Des frites avec ça ?

Mo s'assoit dans un coin avec son plateau. Il contemple ses œufs parfaitement moulés, ronds, dans une assiette de carton et vérifie la solidité de sa fourchette de poupée en plastique blanc. Puis, il est emporté par une envie raz de marée de se retrouver avec sa mère au café Chez Lyna. Complètement chaviré. Sa vie a vraiment changé, maintenant il le sait, comme jamais. Fataliste. Soumis. Déprimé. Il avale quand même sa première bouchée.

De la gare, Maurice se rend directement à l'Aréna, comme un cheval qui revient d'épouvante, au galop, à l'écurie. Journée ordinaire, dont il savoure, explore, retient chaque instant d'ordinarité. On le traite avec délicatesse, douceur presque, comme un convalescent. L'après-midi, il s'installe aux commandes de la Zamboni tandis que son équipe lave les gradins au boyau d'arrosage. Il sort sur la glace avec sa machine. On l'intercepte :

— C'est déjà fait, boss.

— Je sais.

Puis il agite la main pour signifier que cela ne change rien. C'est pour lui qu'il le fait. Pour sentir la résistance du volant. Pour entendre le moteur qui tourne, les rognures de glace qui grichent en montant dans la toupie convoyeuse ; qui tambourinent de façon de plus en plus sourde en tombant dans la benne à mesure qu'elle se remplit. Pour la régularité des courbes aux quatre coins de l'enceinte, pour l'étendue de la glace séchée parcheminée qui l'appelle devant lui, pour la perfection éphémère du grand miroir mouillé qu'il laisse sur son passage. En souvenir aussi de la toute première fois qu'il avait appelé à la maison pour dire à la famille de bien surveiller, à la télé, particulièrement entre les périodes, qu'ils seraient surpris. D'aller pisser pendant le jeu plutôt qu'à l'intermission s'ils ne voulaient rien manquer.

En souvenir de son père étonné et ravi de voir son gars juché aux commandes de la machine, à l'Aréna de Montréal, la Mecque du hockey. Maurice oriente la machine vers les rampes et l'ouverture dans la bande. Désormais, il ne le fera plus que pour lui-même. Il le fera pour le faire. Parce que c'est sa vie et que d'arrêter risquerait de le tuer.

Le soir, le Rocket, fatigué, pose son cahier noir sur l'étagère de plus en plus poussiéreuse de son salon, sur la pile d'articles de journaux qui parlent de la construction prochaine du nouvel aréna.

Bonaventure.

Mary est rassurée: Fanfan prend un bain. Il fait aussi son lavage. De façon expéditive, en renversant — quasiment les yeux fermés — son sac à dos dans la machine à laver, et le sac aussi. Puis, il s'installe dans la chambre des gars. Du moins, c'est ce que Mary comprend, car le voyageur range ses choses dans la commode plutôt que dans son sac à dos. Et même plus, il accroche ledit sac dans la penderie plutôt que de le laisser à la traîne sur le deuxième lit. Il revient, semble-t-il, tout simplement chez lui. Sa mère n'ose lui demander si c'est pour de bon.

— As-tu vu les fresques de Pier d'Angeli?

— L'Italie!

— À Ponte Falco. Oui, dit l'experte. En sortant du Palazzo Reale, il y a la fontaine, puis la petite église Santa Maria dei Pesce.

Fanfan n'en revient pas d'entendre sa mère.

— T'es déjà allée?

— Presque, répond-elle, comme émerveillée par le souvenir. Théo avait tout appris par cœur pour le jour où tu reviendrais. Et moi aussi, à force de l'écouter. Là, on tourne à gauche et puis on y est. T'as pas vu ça!

Fanfan a manqué le plus beau.

— Ton père aurait tellement aimé que tu les voies.

Le ménestrel y est quand même passé.

— Il me semble que c'est là… Il y avait une fille sur la place. Ah… Elle avait les yeux verts, un regard… Mon voyage a failli s'arrêter.

Sourire. La trace d'un regret.

— Je pense que je vais repartir.

Et c'est ainsi que, bribe par bribe, Fanfan se dévoile. Sans que personne sache vraiment en détail ce qu'il a vu, ce qui s'est passé, jusqu'où il est allé avec sa flûte et ses souliers. Au hasard, il laisse tomber : « À Mexico, il y avait un chien… » « Un jour, à Tokyo, avec mon *chum* Fung Lee, un Taïwanais… » « À Berlin, le mur venait de tomber… » « Au Sahel, tu devrais voir les enfants. Non, je pense que t'es mieux de pas les voir. » Et l'on apprend qu'il a passé un mois ici, trois semaines là, une demi-journée ailleurs. Le revenant parle à Flo, à Gaspé :

— As-tu une chambre de trop ? Pour un réfugié, un désormais sans patrie.

À Pio, à Rimouski :

— J'ai entendu ta bonne nouvelle.

L'éclopé au bout du fil ne comprend pas de quoi il s'agit.

— C'est dommage pour les enfants, continue Fanfan, mais tant qu'à mal faire, j'espère qu'ELLE est partie vraiment loin.

Rire immense. Malaise à Rimouski.

À Maurice, à Montréal :

— Il paraît que tu tournes toujours en rond.

Silence. Un gouffre.

— Blague à part, dis-moi, comment tu vas ?

Fanfan fait la tournée complète de la famille. Oui, il faudrait bien qu'ils se voient. Il lui reste un peu d'argent. Mais pour l'instant, il n'envisage pas de voyager. Même pas jusqu'à Gaspé.

— Le monde est vraiment en trop mauvais état.

22

Le concept du développement durable s'impose au Sommet de la Terre de Rio à partir du constat de l'échec du mode de croissance actuel épuisant la planète et reléguant la grande majorité des peuples dans la pauvreté.

Une semaine après son retour, le fils errant demande à Mary pourquoi et comment son père est mort.

— Sérieusement, dis-moi ce qui est arrivé.

Mary ne sait pas trop ce qu'il en est. Depuis un an, Théo semblait avoir abandonné la partie.

— Les cailloux de la maison, j'allais les porter moi-même sur le tas.

L'homme était fatigué. De tout. Sauf de Jérôme P. Il commençait la lecture du journal par la nécrologie. Il comptait ses morts comme jadis les défaites des Expos. Il comptait aussi les marches de l'escalier.

— Dix-sept pour monter à l'étage. Le savais-tu?

Non, Fanfan ne le savait pas.

— Ton frère Pio non plus; il l'a appris en les déboulant avec ton père dans les bras.

— Hein!

— Mais c'est pas ça qui l'a tué.

Mary croit que c'est l'effet boomerang de la retraite. Ou l'âge. Ou les deux. L'un à cheval sur l'autre, lesquels, au lieu de s'additionner, se sont multipliés.

À Montréal.

Maurice dort mal depuis le coup de fil de Fanfan. La question posée à la blague par le voyageur l'a vexé : bien sûr que le Rocket tourne en rond ! C'est sa job. C'est sa vie. Maurice n'a pas aimé, n'aime pas le ton du revenant. Comme s'il n'y avait que le vaste monde de valable. Comme si sa vie à lui, quotidienne, appliquée et manifestement utile aussi, ne comptait pas. Ne pesait rien à côté de celle d'un musulman, d'un Africain ou d'un moine tibétain. Comme si sa misère…, mais il se surprend lui-même à trouver qu'il exagère. Comme si son malaise, comme si… Il cherche et, après plusieurs essais, opte pour « comme si sa vie » ne valait pas autant que celle des autres. Mais Maurice a beau protester, essayer de se convaincre, se dire qu'il est serein dans ses positions, il dort quand même mal la nuit, hanté par un rêve qu'il ne comprend pas. Il s'y voit, en joueur, sur la patinoire, en période de prolongation, en finale, faisant une fulgurante échappée devant la foule en délire, puis trébuchant, prenant une débarque à fond de train, tête première sur la bande, la cervelle éclatée dans son casque comme une noix de Grenoble fracassée. Et ces deux images, la débarque et l'échappée, culbutent heure après heure dans l'apesanteur de ses nuits. Épuisé au matin. Pourtant, Mo avait l'habitude de dormir en paix et de se lever reposé. Désormais, il se couche pour se fatiguer.

Tant qu'on est seul à se poser des questions auxquelles on ne veut pas répondre, on peut presque les ignorer. Mais quand les autres, comme Fanfan, se mettent à nous les relancer, alors là…

De son côté, Fanfan se rend de façon régulière au village. La première fois, il y va à pied. Il longe le cimetière à grands pas sans s'arrêter, repère le charnier qui disparaît au moment où il passe devant l'église et réapparaît alors qu'il bifurque vers le village. Il fait mine de l'ignorer. La deuxième fois, il récupère sa vieille bicyclette dans la grange et part en équilibriste sur la route enneigée. Le petit le trouve cool et Mary n'aime pas ça. Il arrête sa monture à l'entrée du cimetière, met le pied à terre, regarde droit devant lui, baisse la tête, semble hésiter, puis repart vers le village. La troisième fois, sa mère lui dit :

— Pourquoi tu prends pas l'auto ?

— Le char de Théo ?

— Tu pourrais rapporter du lait et du pain.

Comme si la course à faire justifiait cette offre tout à fait inusitée. Il cède finalement, et la grosse Ford bleue de Théo emprunte lentement, comme si elle prenait toutes ses précautions, l'allée en cul-de-sac qui longe l'église jusqu'au charnier. Le véhicule manœuvre avant-arrière, puis s'immobilise en position de sortie devant le petit bâtiment où repose Théo. Les portières restent fermées et les vitres, teintées, relevées.

Cinq longues minutes plus tard, la voiture se remet en mouvement. Très lentement, comme à regret. Elle s'arrête à la route. Son feu arrière gauche clignote, inutile, pour indiquer aux morts indifférents qu'elle tourne vers le village. Elle repart et disparaît.

À la maison, Mary n'ose pas demander à son fils errant s'il est allé voir son père. Elle dit tout simplement :

— Pis ?

Et le voyageur répond :

— Pas grand-chose.

Et, si la mère a une grosse envie de savoir, elle rajoute :

— Et le vaste monde, lui ?

— Je suis à *off,* maman. Pour le vaste monde, je sais pas. Laisse-moi le temps d'arriver.

Ainsi, Fanfan rôde à plusieurs reprises autour de l'église, du cimetière et du charnier, mais ne va pas voir son père. Il sait que Jérôme P y est retourné, au moins une fois, un midi, pendant l'heure du dîner. En apercevant le gamin, l'oncle s'est caché derrière une auto. L'enfant a emprunté un sentier qui passe derrière le presbytère et est arrivé directement au charnier. Il y a pénétré comme on entre au dépanneur du coin. En laissant la porte ouverte. Ce qui a fait un trou noir, béant, dans le paysage blanc. Tache derrière laquelle Fanfan a imaginé toutes sortes de choses mais où il ne discernait rien. Il a attendu. Quelques instants plus tard, le Pasdenom a réapparu. Il a refermé avec soin la porte et est reparti en direction de l'école en chantonnant.

À la troisième semaine de mars, Fanfan accompagne de loin Mary, Jérôme P et le cercueil de Théo jusqu'à la fosse creusée dans le sol encore gelé. Après la brève cérémonie, quand les autres se retournent pour revenir à l'auto, le voyageur a disparu.

Montréal.

Maurice devrait appeler sa mère. C'est inscrit en grosses lettres sur son calendrier. Deux jours qu'il ne le fait pas. Deux semaines depuis qu'ils se sont parlés. C'est elle qui téléphone.

— On a enterré ton père, hier.

— T'aurais dû m'avertir.

— Veux-tu dire que tu serais venu pour la cérémonie?

— Euh… non.

Maurice est désolé d'être si loin.

— Au moins, il y avait les autres.

— Qui ça?

Mary a tenté d'aviser Pio, à Rimouski. Il ne l'a pas rappelée. Flo, à Gaspé, avait un engagement.

— Il me semble que, lorsqu'on enterre son père…

La petite avait résisté :

— J'ai dit : je ne peux pas.

Ne restait plus que Jeanne et Fanfan. Mais la grande va de moins en moins bien. Cachée dans la chambre de la tourelle, elle n'a pas bougé. Maurice sent sa mère fatiguée.

— Fanfan aurait pu lui parler.

— Lui…

Soupir.

— Il est resté en retrait pendant toute la cérémonie. Comme prêt à fuir au cas où le mort se réveillerait. Puis, il est disparu.

— Typique, dit Maurice. Lui, quand c'est son tour…

— Il est rentré passé minuit. Je ne sais pas où il est allé entre-temps. *My oh my,* les enfants. Jérôme P est le seul à s'être comporté comme un grand.

Mo se sent visé.

On est presque au printemps. Fanfan ne tient plus en place. Les fourmis se sont réveillées, qui hibernaient dans ses souliers. Il parle sans cesse de voyage. Un deuxième tour de terre. Mais pas n'importe lequel. Presque tout a été fait : en ballon, en avion, en voilier et le sien, à pied. Ne reste que la route des pôles, en solitaire. En descendant par les Amériques. En remontant par l'Afrique, ou l'Australie, puis l'Asie, la Mongolie. Le détroit de Béring. Le grand explorateur change de tracé aux deux jours. Compare. Arrête, repart, revient en arrière. Discute itinéraire avec Jérôme P. Lui demande son avis. Chacune de ses improvisations, une nouvelle menace pour la grand-mère, tandis que l'enfant s'en abreuve avec avidité : Mexico, Amazonie, Patagonie, Terre de Feu, le pingouin Empereur, la banquise, le Pôle. Des noms fabuleux. La litanie de l'oncle, les préférés du petit.

Autant tout ce qui touchait à son père avait semblé effaroucher Fanfan, autant maintenant le vaste monde semble effaroucher Mary.

— T'avais pas dit qu'il était à *off,* toi, remarque Mo.

— Oui, pis je l'aimais quasiment mieux comme ça, soupire Mary.

23

La famine serait aujourd'hui un produit de la géo-politique, tandis que la malnutrition serait celui du sous-développement. Ces deux fléaux ne touchent pas les mêmes personnes, n'ont pas la même durée (l'un est chronique, l'autre est aigu et habituelle-ment limité dans le temps) et n'appellent pas les mêmes solutions. Des mesures techniques relati-vement simples pour réduire la malnutrition ; la mise en place de forces policières et d'une justice internationales véritables pour combattre la famine.

Avril.

On parle déjà de l'été. Aux yeux de Mary, Fanfan sévit tou-jours. Oui, le voyageur ira voir le gamin jouer à la balle molle ; oui, ils iront à New Carlisle voir *La guerre des étoiles* et pêcher le maquereau ensemble au bout du quai. Oui, oui, oui. Mais au moins deux fois sur trois, l'oncle rate son rendez-vous ou remet au lendemain. La grand-mère n'en peut plus.

— Cesse de promettre. Fais-lui juste une vraie surprise de temps en temps.

Fanfan ne comprend pas le reproche de sa mère. Il ne se rend pas compte à quel point il parle souvent de façon distraite. À quel point chacune de ses envolées se grave de façon indélébile chez le petit. Lui fait passer ses samedis et ses dimanches à l'es-pérer. En déclamant des pleines pages d'encyclopédie. Le rêveur ne comprend pas, se rebiffe, puis réplique à la réprimande en déménageant au village trois jours plus tard. Cette fois, c'est Mary qui ne comprend pas. Elle appelle Maurice.

— Ton frère est parti.

— Déjà! Je croyais qu'il parlait juste pour parler.

— Pas en voyage, au village. J'en ai besoin, avec Jeanne. Sinon, c'est pire.

— As-tu des nouvelles de Flo?

— Oui, elle est passée, en route pour Carleton, hier. Elle n'a même pas pris le temps de finir ses biscuits.

Montréal.

Mo fréquente de nouveau le parc La Fontaine pour y voir courir les chiens. Rituel printanier. Il redécouvre la ville et des amis longtemps négligés. Un mardi soir, il s'arrête chez L'Inspecteur Épingle. Une voix l'interpelle :

— Hé, Tremblay!

Un hurluberlu au fond de la salle gesticule vers lui. Maurice hésite. L'autre se lève en lui faisant signe d'approcher.

— Zamboni *man*!

— Picasso!

L'homme vient vers Mo en ouvrant les bras.

— C'est toi!

C'est l'artiste, en effet, mais en ruine de lui-même : puant le gros tabac, amaigri, teint gris, mal rasé, dents gâtées, coiffure queue de cheval de *peace and love* attardé.

— Pic, mon ami!

Ils se tombent dans les bras comme des frères retrouvés.

— *Long time no see,* dit l'artiste.

Mo sourit, hébété. Pic lui avance une chaise :

— Assis-toi.

Il a déjà levé le bras pour attirer l'attention du garçon de table.

— Pis, Maurice, l'Aréna?

— Euh… Je tourne toujours en rond.

Il préfère aller au-devant des coups. Son plus beau sourire. Clin d'œil complice. Pic est ravi de le voir.

174

— La Terre tourne en rond, mon Mo, le Soleil, l'univers entier ; pourquoi pas Tremblay ? Hein ?

— Ben oui. Bonne réponse, bonne question.

— Ça fait combien de temps qu'on s'est vus déjà ?

— Ben… le petit a huit ans.

Picasso ne comprend pas.

— Le petit de Jeanne. Jérôme P.

— Non ! Vous l'avez retrouvé !

— Il est grand comme ça.

Mo indique avec sa main au moins une grosse tête au-dessus de la table.

— Huit ans…

Pic n'en revient pas.

— Comment t'as dit qu'il s'appelle ?

— Jérôme P.

— P, comme dans Picasso ?

Le Rocket n'ose pas dire la vérité. Il a l'air de s'excuser :

— C'est elle qui l'a appelé comme ça.

— Tout un honneur.

L'artiste est ému.

— On aurait vraiment fait de grandes choses ensemble, moi pis le p'tit… pis sa mère aussi, si elle s'était pas poussée.

Il s'arrête, hoche la tête, puis reprend :

— Wow… gros *buzz* de nostalgie, mon Mo. Vraiment gros.

Huit ans après les événements, Maurice ne s'attendait pas à une telle (dé)charge émotive de la part de Picasso. Il croyait cet épisode de la vie de l'artiste enterré et oublié, même si lui s'en souvient très bien. Tout avait commencé par une sonnerie de téléphone. C'était Pic en panique au bout du fil :

— Il y a du jus de canneberge partout. Qu'est-ce qu'on fait ?

— De quoi tu parles ?

Il était trois heures du matin.

— Ta sœur a crevé ses eaux.

— Hein !

— Mona. Le bébé s'en vient.

— Quoi! Jeanne! J'arrive.

Maurice avait sauté dans un taxi. Il avait emmené sa sœur, son jus de canneberge et Picasso à l'urgence de l'hôpital Notre-Dame. Énervé et soulagé. Il venait enfin de comprendre où la grande se terrait depuis près de cinq mois, pendant que sa famille et ses parents s'inquiétaient.

— Pourquoi tu me l'as pas dit qu'elle était chez toi?

— Parce qu'elle ne voulait rien savoir. Elle trouvait que tout le monde essayait de mettre le nez dans ses affaires et de la juger.

— Elle a dit ça de moi?

— De tout le monde.

— Eh bien. Elle me fait de la peine. Pis toi aussi, faux frère. T'es assez vieux pour être son père.

Picasso avait protesté. Il n'avait fait que la dépanner.

— Mon œil!

Mo n'en revenait pas de ces deux-là.

— Vous êtes vite en affaires!

Le *chum* venait à peine d'abandonner Jeanne qu'elle était déjà installée dans la chambre de Pic et dans son lit. Ils avaient fait connaissance la veille.

— C'est pas ce que tu penses, s'était défendu Pic.

Il avait hébergé la grande, un point c'est tout. Pendant quatre mois et demi. Le temps qu'elle mène sa grossesse à terme. Il n'avait rien demandé en retour. Sauf le droit de la dessiner, dans tous ses états, à toute heure du jour et de la nuit. Cinq cent vingt-sept croquis. Rien de plus. Rien de moins non plus.

— J'te crois pas.

— Cinq cent vingt-sept, j'te l'dis.

— C'est pas grave.

Maurice avait haussé les épaules.

— C'est juste un drôle de chiffre.

— Je l'ai pas choisi.

Ils s'étaient levés, le médecin sortait de la salle d'accouchement en souriant.

On m'appelle Cabot.

Je suis caché depuis hier matin avec mon fusil automatique et trois chargeurs dans un bosquet du champ de mines entre le village et le camp. La zone est marquée avec des panneaux rouges à trois côtés, un crâne dessiné et des lettres comme ça DANEGR!

Les panneaux veulent dire de ne pas y aller. Mais moi, je connais un chemin secret. Et je fais très attention. Sauté, lui, c'est mon petit frère. Il se vante toujours de connaître l'heure des Blancs et le livre des prières, mais il n'a pas compris ce que voulaient dire la tête de mort et les lettres DANEGR. Alors, c'est moi le chef.

Pour l'instant, j'ai soif, j'ai faim et je me creuse les méninges.

Trois jours après l'accouchement, Jeanne était retournée chez Picasso avec le bébé. Sans même demander la permission à son hôte. Pour elle, la chose allait de soi. Pour lui aussi. L'artiste s'était mis à jouer au papa avec l'enfant. Maurice, à l'oncle gâteau. C'était presque le bonheur. Devenu quotidien. Puis un jour, six semaines après l'accouchement, Pic avait trouvé une note sur la table de la cuisine :

Merci pour tout, Réjean. T'es le seul qui m'a aidée sans trop me faire chier. Tu vas pouvoir reprendre ton lit. Merci encore.

Mona, xx

Elle était disparue avec le bébé, son cartable, ses couches, son biberon, son baluchon. Elle avait même refait le lit. Maurice était catastrophé. Picasso plus que lui.

— On s'apprêtait à choisir le nom.

— On ? s'était étonné Mo.

— Elle, avait corrigé Pic, Mona, allait choisir le nom.

— Ah.

L'artiste s'était alors installé près du téléphone. Maurice était rentré chez lui. Très déprimé. Il en avait même oublié d'appeler

177

sa mère pour lui dire ce qui se passait. Il s'était rassuré en se répétant que Jeanne était probablement partie à Québec pour tenter une réconciliation avec le *chum*. Ou qu'elle allait se pointer bientôt chez les parents.

Deux jours après la disparition, Mo n'avait toujours pas averti sa mère. Et le téléphone avait sonné chez Picasso. Vers sept heures et demie, le soir, comme à chaque jeudi depuis six semaines.

Avant, il y avait un pâturage et un champ d'ignames ici. Avec un peu de chance, en tâtonnant dans la terre avec une baguette comme on fait pour les mines, deux centimètres à la fois, je pourrai y déterrer de quoi manger. Malchanceux, ce que j'aurai pris pour une grosse patate m'enverra rejoindre mon père et ma mère dans l'au-delà. Ça, c'est loin, l'au-delà, et on n'en revient pas. Dans ces conditions, je ne suis pas certain d'avoir envie d'y aller. Comme dit Chef, j'aime mieux avancer moins vite et moins loin mais en gardant une porte de sortie. Je trouve que c'est un bon principe. Mais je l'ai oublié un peu au moment de me réfugier ici. J'étais trop pressé. C'est à cause de cela que je me casse le ciboulot. Parfois, il paraît qu'il y en a une, de porte de sortie, mais c'est juste qu'on ne la voit pas. Ça aussi, c'est Chef qui le dit.

La fois précédente que le téléphone avait sonné, Pic avait tendu le combiné à la grande en disant:

— C'est belle-maman.

Jeanne avait paru surprise. Elle s'était renfrognée. Pic avait corrigé:

— Euh… C'est ta mère.

— Tu viens de commettre une grave erreur, mon Réjean.

Jeanne avait pris l'appareil et Picasso n'avait plus repensé à l'incident jusqu'au jour de sa disparition. Un éclair de lucidité: « Saint cibole! Non. Ça se peut pas. » Il ne se le pardonnerait jamais: « Niaiseux. » Il avait oublié la principale clause de son difficile contrat avec Jeanne: ne jamais — oh, jamais — tenir

quoi que ce soit pour acquis. Funeste manque de vigilance :
« *Mea maxima culpa.* »

Il y a longtemps, la clôture empêchait les bêtes de quitter le pâturage. Maintenant, le fil et les panneaux sont là pour empêcher les bêtes et les personnes d'y pénétrer. Pour les bêtes, c'est surtout le fil ; pour les personnes, les panneaux, à moins qu'elles n'aient envie de quitter ce bas monde pour de bon. Malgré ces précautions, il passe quand même une bête sous le fil de temps en temps, attirée par la verdure et les baies dans les arbustes ; il passe des personnes aussi, surtout des jeunes s'ils ont très faim. C'est ce qu'a fait Sauté il y a deux saisons des pluies déjà.

Donc, le téléphone sonnait chez Picasso. C'était fort probablement Mary. Pic y avait pensé. Il s'apprêtait à quitter la maison pour éviter d'avoir à lui parler, à lui annoncer la mauvaise nouvelle, à lui dire qu'il avait fait un fou de lui avec la grande et à admettre son désarroi. Il n'avait pas voulu expliquer à celle qui ne serait jamais sa belle-mère qu'il s'était lancé dans une joute impossible avec sa fille. Les dés étaient pipés. Il s'était pris à son propre piège en jouant au papa avec le petit et au mari avec la maman. Malgré tous les règlements, les interdits, qu'il s'était imposés pour se garder raisonnable et essayer de se protéger. Malgré toutes les barrières que sa raison avait érigées — qu'elle érigeait à chaque fois — pour tenter de le préserver de la douleur et des révoltes auxquelles le destinait chacune de ses nouvelles aventures. Qu'il s'agisse d'une femme ou d'un grandiose projet d'artiste, d'un projet autour d'une femme ou d'une femme qui lui faisait oublier tous ses projets, c'était toujours la même chose : glorieux, définitif. Cette fois était toujours la bonne. « Un de ces jours, je m'en relèverai pas. F-i fi, n-i ni ! » Il rechutait. Immanquablement. À son âge, avec sa feuille de route, il aurait dû savoir mieux. Les femmes, la peinture : mêmes malheurs, mêmes emballements, mêmes tourments. Mêmes résolutions impossibles à tenir. Et cette fois, à son grand désarroi, il y avait le petit en plus. Celui que la mère n'avait pas encore nommé. Comme si elle n'arrivait pas à se décider sur les ascendants véritables du rejeton ni sur ce qu'elle souhaitait le voir devenir. Comme si elle était restée coincée à l'étape du concept : un bébé, wow! cool! tripant. Et qu'elle n'avait pas encore réussi à se saisir de la réalité qui était la sienne : ah, c'est lui, ce bébé-ci. Une personne avec son humanité à bâtir, un individu qui l'interpellait de son tiroir de commode en guise de moïse. Un être qu'il fallait commencer par nommer pour l'inscrire dans la grande famille de ses semblables et aussi dans la petite famille des Tremblay.

Personne ne viendra me chercher ici, même pas Grullo, le chien de Petit Chef. À moins que l'animal ne tente la chance avec ses risques et périls, comme on dit. Il est assez lourd pour déclencher les mines. Autant qu'un enfant. Alors c'est dangereux, il pourrait me blesser. Il suffirait qu'il mette la patte au mauvais endroit alors qu'il est trop près de moi.

Petit Chef a battu son chien plusieurs fois. La bête en a peur. Elle attend le moment propice pour se venger. Et tout le monde serait content de voir cela.

Chef et Petit Chef, c'est différent. C'est à cause de Chef que j'ai décidé de devenir soldat. Mais c'est à cause de Petit Chef que je suis caché, que j'ai faim et que la nuit dernière j'ai eu froid. Chef est bon. Petit Chef est méchant. Il fait des fausses promesses aux jeunes pour les attirer dans sa tente. Il fait mal aux enfants, mais c'est presque terminé. Chef est parti à la fin des pluies pour négocier avec le Gouvernement. Cela fait une lune déjà. C'est Petit Chef qui commande l'escadron ici en l'attendant.

Réjean Pic Picasso Thériault, quant à lui, aurait baptisé le petit de Jeanne du plus long chapelet de prénoms jamais vu. Mo s'en souvient très bien :

Maurice. Parce que le Rocket était son ami. C'est assez rare dans la vie que ça méritait d'être souligné.

Moïse aussi. Parce que Pic avait eu l'impression, en prenant l'enfant chez lui, de le « sauver des eaux ».

Joseph. À la mémoire de son père — à Pic — qui lui manquait et qui aurait été fier de lui.

Jésus. Même si ça ne faisait pas très sexy, parce que cet homme-là était un moyen brasseur de marde. Un subversif, un précurseur de… euh, un précurseur de tout, et que Réjean l'avait toujours respecté pour ça. D'autant plus que le gars Jésus avait eu de la suite dans ses propos et qu'il était mort pour ses idées. Conviction rare en ce monde de grandes gueules qui battent en retraite au premier assaut de la meute : « Oups, excusez-moi ; je parlais juste pour parler. » Pic aurait donc commencé par baptiser le petit des prénoms de Maurice, Moïse et Jésus.

Réjean aussi, qui est son prénom à lui. Jeanne lui avait demandé son avis à propos de celui du petit. Dans sa grande naïveté, l'artiste avait cru que cela lui conférait certains droits.

Baptiste. Parce qu'il le voulait d'ici.

Fidel. Parce qu'au temps de sa jeunesse le Vieux Barbu l'avait fait rêver.

Che. Parce que le Doc avait fait rêver le Barbu. Ce gars-là voulait guérir la société ; ça, on respecte ça.

Maurice-Moïse-Joseph-Jésus-Réjean-Baptiste-Fidel-Che Tremblay. Avec un chapelet de prénoms comme celui-là, le petit aurait été équipé pour voyager. Au bout du monde ! Prêt à toute éventualité. « Moi, je l'aurais appelé Théo, se souvient d'avoir dit Maurice, parce que c'est le premier des petits-enfants. »

Tout cela — la question des noms, les sentiments de Picasso pour Jeanne — est un assez grand détour pour dire (on y arrive) que Pic aurait préféré de loin ne pas devoir répondre au téléphone qui sonnait chez lui, à sept heures et demie le soir, il y a huit ans, deux jours après la disparition de Jeanne et du petit. Son premier réflexe avait été de décamper. Au galop. De faire comme s'il avait quitté la maison deux minutes plus tôt, le temps d'être assez loin pour ne pas entendre la sonnerie. Son deuxième réflexe avait été de répondre quand même — en prenant une voix d'innocent « Allô. Ah ! c'est toi. » — au cas où ç'aurait été Mona, mal prise quelque part avec le petit et qui aurait eu besoin de lui. Il avait laissé sonner trois coups, puis il avait fait le saut de sa plus belle voix :

— Auberge Thériault, Réjean à l'appareil.

— Vous êtes de bonne humeur aujourd'hui, Réjean.

— Ah ! madame Tremblay.

— Est-ce que ma grande est là, s'il vous plaît ?

— Euh… Jeanne est sortie.

— Dommage. Comment va mon chou ?

— Moi ?

— Le petit.

— Il est avec sa mère.

— Embrassez-les pour moi.

Pic avait hésité.

— Ça fait deux jours qu'elle est partie.

— Où ça ?

— Elle a déserté.

— Encore ! Qui c'est qui va s'occuper du petit ?

Mary, en furie, avait appelé Maurice aussitôt.

— Toi, tu le savais et puis t'as rien dit.

Comme si ce n'était pas assez déjà pour une mère d'être loin de sa fille.

— Je pensais qu'elle t'aurait appelée, m'man.

— Sans cœur.

La conversation s'était terminée là.

Mary avait presque fait une maladie de l'éclipse de Jeanne et du petit. Elle avait voulu, entre autres, la porter disparue auprès de la Sûreté du Québec. Théo — ayant lui-même besoin d'être rassuré — avait rappelé à sa femme que leur fille était majeure ; elle avait le droit de déménager sans en parler à sa mère ; elle pouvait ignorer ses parents aussi longtemps qu'elle le voulait. Rien n'indiquait qu'elle était en danger avec l'enfant. La Sûreté du Québec n'avait strictement rien à faire là-dedans. « N'empêche qu'une mère peut s'inquiéter.» Elle s'était tue pendant toute la grossesse de sa fille.

— Maintenant, je dis ce que je sens.

— Remercie le ciel qu'elle soit partie en été.

Mary avait allumé un gros lampion à deux dollars au pied de l'autel de la Vierge.

— Qu'est-ce qu'on a fait au Bon Dieu pour qu'Il nous traite comme ça?

— Je crois pas, avait dit Théo, que le Bon Dieu se préoccupe personnellement de notre cas.

La disparition de Jeanne avait donc suscité un étrange réseau de vigilance : Théo qui rongeait son os comme un chien dans son coin, Mary dans sa cuisine en Gaspésie, Maurice à Montréal sur le Plateau, Picasso à Saint-Henri. Les quatre qui dressaient l'oreille, malgré eux, chaque fois que le téléphone sonnait.

— Ah! c'est toi.

— Qui c'est que tu croyais que ce serait?

Personne ne répondait jamais à la question.

Sauté, mon petit frère, a goûté à une mine la fois où il est passé sous le fil. Il a eu sa jambe arrachée juste en bas du genou. Complètement sectionnée. Le chien a mangé la viande de la jambe et s'est promené avec les os pendant une semaine, en grognant pour protéger son butin. Il aurait mangé Sauté au complet, une fois aussi, quand son moignon saignait, si je ne l'avais pas battu. Depuis ce temps, Grullo attend l'occasion de se venger de moi en plus d'en vouloir à son maître. Si cela continue, ce chien-là n'aimera plus personne et quelqu'un va devoir le tuer.

La jambe de Sauté, c'était un beau morceau, mais pas un gros repas pour le chien. À l'époque, c'était la sécheresse. Sauté était aussi maigre que lui.

Grullo a mangé la jambe, mais on a fini par récupérer le soulier. Et ce n'est pas grave la déchirure de l'empeigne de la chaussure sur une jambe de bois.

Maurice ne s'était jamais vraiment rendu compte avant aujourd'hui à quel point Picasso avait été marqué par cet épisode lointain avec Jeanne et le petit. L'artiste sourit, gêné.

— Gros, gros *buzz*...

Il se secoue. Lève son verre. Mo l'imite. On trinque. Pic continue :

— Sais-tu, Mo, que je parlais de toi, hier, comme quoi l'époque actuelle est pourrie.

— Holà !

— En fait, je te rendais hommage. T'as été le plus grand mécène de ma carrière avec la murale de ton salon. T'as tout fourni : le poulet, les couleurs, la bière, les pinceaux.

— Le mur et le café aussi.

— C'était le paradis.

— Ah oui ?

Maurice n'en revient pas. Dans le temps — c'était avant l'épisode avec Jeanne —, tandis qu'il peignait la murale, Pic se plaignait sans cesse de la pingrerie de Mo. Il rêvait du jour béni où il aurait son propre atelier ; du moment glorieux où il ferait sa grande exposition ; de la date historique où l'univers entier reconnaîtrait son génie. Son travail de peintre des publicités sur les bandes à l'Aréna n'était qu'un gagne-pain mineur, pour ne pas dire honteux, qu'il associait volontiers au plus vieux métier du monde et qu'il acceptait « en attendant ».

Aujourd'hui, l'époque jadis vomie est devenue glorieuse à ses yeux. Le paradis. Rien n'a donc vraiment changé chez Picasso. Pour lui, le présent surgit encore à tout coup au mauvais endroit et au mauvais moment. Il a le don d'être ailleurs quand la vie le réclame ici. Sauf qu'en huit ans sa fuite est passée du rêve à la nostalgie. Crâneuse.

— Euh... J'ai croisé Laporte, ton boss, dans le métro ; il paraît que ton vieux est décédé.

— Cet hiver. Soixante-quatre ans.

— Saint cibole ! J'ai soixante et trois.

Pic secoue la tête, incrédule.

— J'ai toujours pensé que je pourrais être ton père.

— Il te reste une année.

— Très drôle, mais ça me touche pas.

Pour l'artiste, certaines personnes sont jeunes pour l'éternité ; lui-même, par exemple.

— Je fume encore comme une cheminée ; je fourre encore. Si tu savais…

Il se rapproche, baisse le ton :

— Pour dire vrai, c'est pas toujours fête, mais c'est quand même souvent le *party*.

Pour lui, certains aussi sont vieux presque de naissance.

— Comme toi, mon Mo.

— Wo! proteste le Rocket.

Mais Pic continue :

— Il est jamais trop tard pour être jeune.

— Ça, c'est niaiseux !

Pic hausse les épaules.

— Plus t'attends, moins tu vas en profiter.

— Ça suffit !

Maurice est piqué au vif. «Plus t'attends…» La phrase le brûle.

— T'exagères.

Il est déjà debout. Il enfile d'un trait le fond de son verre.

— Je te reverrai une autre fois… peut-être.

Il sort en furie. Puis il s'arrête. Se rend compte.

Comme dans le temps, encore une fois, Picasso a vu dans la tête de Mo. «Comment il fait?» Le Rocket n'en revient pas. Sa colère se change en illumination. La phrase résonne dans son esprit : «Plus t'attends…» Une fois qu'un gars comprend ça, tout devient simple et facile. Attention le monde! Il part en neuf. La vie ne sera plus jamais pareille. Ce n'est certainement pas Picasso qui va l'enterrer. Aujourd'hui — Maurice vient de le décréter — est vraiment la première journée du très long restant de sa vie.

24

La nuit qui suit sa rencontre avec Picasso, Mo dort du sommeil paisible du ressuscité. Il se lève tôt, pressé de profiter du sursis qui lui est accordé. Mais sa belle certitude lumineuse s'estompe dès le midi du premier jour de sa nouvelle vie. Il se souvient des paroles de Picasso. Il les répète, mais elles n'ont plus d'écho. Clichés. Il patauge de nouveau. Orphelin de Théo dans son quatre et demie de la rue Roy près de Saint-Denis. Amputé de son père. Membre fantôme qu'il sentira, croit-il, pour l'éternité.

Quand Grullo était jeune, un Blanc est venu avec un chien dressé pour détecter les mines. Un joueur de flûte l'accompagnait. Il s'appelait Canada et faisait le tour du monde à pied. Quand Chef a vu le chien démineur, il a ordonné à Petit Chef d'entraîner quatre chiens de la région à faire comme lui. Grullo était parmi ceux-là. Les trois autres chiens ont explosé chacun son tour. Ils grattaient la terre au lieu de s'arrêter et de s'asseoir devant la mine comme on leur avait enseigné.

Chaque fois qu'un chien a explosé, Grullo s'est élancé pour piquer des morceaux. Mais Petit Chef avait aussi faim que lui et le chien s'est fait battre les trois fois. Cette semaine-là, Petit Chef et les propriétaires de feu les autres chiens ont bien mangé. Le Blanc et Canada n'en voulaient pas. Petit Chef était insulté. Le Blanc était découragé. Canada jouait de la flûte et parlait de repartir. Les deux étrangers ont finalement décampé.

Grullo n'a pas explosé comme les trois autres, mais il n'a jamais trouvé de mines non plus. Moi, je dis qu'il a juste été chanceux. Petit Chef dit qu'il est plutôt le plus intelligent des quatre chiens.

Bonaventure.

Jeanne se barricade de plus en plus souvent dans la chambre de la tourelle. Elle ne descend plus pour les repas. Il se joue entre la mère et la fille une souque à la faim; chantage et culpabilité sans fin. L'état général de la grande se détériore. Elle ne s'occupe plus de sa (mal)propre personne ni de Jérôme P : elle dort, elle fume; fume et regarde la télé sur le minuscule appareil dans sa chambre; redort, refume; elle dessine des formes utérines monochromes et fermées dans un carnet rayé; re-redort… Puis, un jour, elle exécute une grande aquarelle. Un vaste et vague paysage en teintes pastel, comme vu à travers une brume. Un tableau diaphane où l'on devine le souvenir d'un paysage lointain : un coucher de conscience; le crépuscule de l'envie de créer. Sa source s'est tarie. Elle passe des heures à griffonner serré des pages entières, d'une toute petite écriture volontairement illisible « pour garder le secret ». Recluse et farouche. Elle craint d'exploser en sortant de sa tourelle. Jérôme P ne comprend pas. Inquiet, il est devenu l'adulte des deux.

Bientôt, Jeanne ne se nourrit plus que d'eau. Il ne lui reste que la peau et les os. Mary craint qu'elle ne meure d'inanition. Débordée par la situation, la mère s'évade souvent au fond du potager qu'elle bine, désherbe et sarcle de façon quasi maniaque. Puis, elle rêve une nuit que le jardin est envahi par les framboisiers de la montagne à Pépé. Qu'elle s'y empêtre et s'y déchire les mains.

Le lendemain, Fanfan passe à la maison chercher le restant de ses affaires. Il ne parle plus de son projet de la route des pôles, mais il a l'air pressé. Mary le fait quand même asseoir à la table de la cuisine et lui impose une tasse de thé.

— Avec Jeanne, c'est bien pire depuis que t'es parti.

Il semble hésiter, puis se décide, comme obligé :

— Je vais lui parler.

Le grand voyageur cogne à répétition. La porte de la chambre de la tourelle est verrouillée.

— C'est qui, ça?

— Moi, le Loup. Tire la chevillette.

— Va-t'en.

— J'ai un plateau, il faut manger.

— J'ai pas faim.

— Ouvre que je te voie.

Silence.

— Grouille ou je défonce.

Jeanne entrouvre finalement. Juste assez pour que Fanfan puisse la deviner: rachitique, effarée.

— Laisse-moi entrer.

Il pousse un peu plus la porte. Sa sœur a l'air tout juste sortie d'un camp de réfugiés. Frêle, pleine de tics, le visage déformé. Fanfan avance. Il règne un désordre innommable dans la chambre. Un nid d'oiseau souillé. Jonché de sacs de plastique, de piles de livres, de revues, de journaux et de vêtements partout. Il lui tend le plateau. Mouvement de recul.

— J'en veux pas.

— Tu fais la grève de la faim? D'habitude, il y a une raison, de vie ou de mort. Une vraie.

— Je suis malade.

Fanfan n'en doute aucunement.

— Il y en a qui ont faim, tu sais. Il y en a même qui mangent du chien explosé. J'ai vu ça. La moitié du Sahel et la moitié d'Haïti feraient trois jours à pied pour ce plateau-là.

— C'est pas vrai. Tu mens. Arrière, Satan!

C'est inattendu. La décharnée gesticule pour éloigner le Malin. Elle retraite vers le lit. L'épouvantail qui s'agite devant Fanfan n'est plus sa sœur. Le regard de la bête n'est plus le sien. Comme si quelqu'un d'autre l'habitait. Quelqu'un ou quelque chose. Vaudou.

— Va-t'en.

Fanfan en a assez vu. En fait, il n'en peut plus. Comme au dispensaire à Patachi. Dans un autre monde, une autre vie. Vite, sortir d'ici. Il pose le plateau et tourne sur ses talons.

— Bon appétit quand même.

Il sort. Elle explose :

— T'es pareil comme les autres ! C'est ça, va-t'en !

La grande claque la porte et verrouille derrière lui.

Si les soldats viennent me chercher dans le champ de mines, je vais les tirer parce que je sais ce que Petit Chef va me faire s'ils m'attrapent.

Tout ce qui arrive est de ma faute. Je n'ai pas agi comme un vrai chef pour Belle ni comme un vrai soldat. Il ne fallait pas laisser Petit Chef lui faire mal ni juste essayer de le tuer comme je l'ai fait après. Il aurait fallu l'arrêter avant. Ça, ou vraiment le tuer au complet.

Il est trop tard maintenant. Je ne comprends pas pourquoi je l'ai raté. Je sais pourtant comment faire. J'en ai passé quatre autres déjà : un vieux qui bavassait au Gouvernement, deux femmes d'allégeance Poutchna qui bavassaient, elles aussi, et qui pleuraient tout le temps, un soldat communiste que j'ai tiré dans le dos. On court moins de risques à opérer comme cela. Il y en a qui disent que c'est traître et lâche. Ceux-là n'ont rien compris. On ne joue pas à la cachette ; il ne s'agit pas de se demander « qui c'est qui l'est ? » Il faut prendre une décision : c'est toujours l'autre… sinon c'est toi. Ça aussi, c'est Chef qui le dit. Et moi aussi. C'est grâce à cela que moi, je suis encore soldat.

Fanfan est ébranlé. Famine et folie, même visage. Il ne s'attendait pas à cette collision-là. Il croyait avoir tout vu. Tout compris. En être sorti carapacé. Mais non. Jeanne se meurt devant son assiette pleine. Le monde est malade. Tout ça est lié. Même horreur, même scandale, même impuissance et même fuite aussi. Tout ça qu'il croyait avoir banni de sa mémoire ; mirage miné, prairie verdoyante longtemps après les hostilités et lui, innocent, qui pose le pied là… Jeanne, l'horreur qui éclate de nouveau : « Je mangerai pas. Je suis pas obligée. » Ironie cruelle ou gifle à la moitié de l'humanité? Fanfan prend une grande inspiration.

Mary l'attend à la cuisine. Comme on attend le résultat d'une biopsie. Elle se lève.

— Et puis?

— D'habitude, les affamés font pas exprès; quelqu'un d'autre les a condamnés.

— Elle est malade.

— Si elle veut en finir, qu'elle se jette en bas du pont, O.K., mais pas comme ça.

— Wo! C'est ma fille.

— On n'a pas à subir ça.

Puis, il a un peu honte de n'avoir pensé qu'à lui.

— Tu dois être terriblement fatiguée, maman.

Belle est notre petite sœur, à Sauté et à moi. Elle a donc deux grands frères. Mais c'est comme si elle n'en avait qu'un seul de vrai. Parce que Sauté ne sera jamais soldat. Même s'il connaît l'heure, ses chiffres et ses lettres.

Grullo est vieux maintenant. On a eu quatre fois la saison des pluies depuis qu'on a vu qu'il était trop intelligent pour détecter les mines et risquer de se faire tuer. Et deux pluies depuis que Sauté a eu son accident.

Mon grand-père est mort de la fièvre. Mes parents sont morts du mal. Alors c'est moi le plus grand de la famille, le chef de Sauté, de ma sœur et de moi; c'est pourquoi je me suis fait soldat. Aussi parce qu'un soldat est toujours plus chef qu'un civil. Tout le monde sait ça.

Fanfan a raison — Jeanne est malade —, même si Mary n'aime pas sa façon de le dire. Elle est épuisée. Dilemme. Que faire? Comment? Le soir même, elle sonde ses enfants. D'abord Flo, à Gaspé.

— Fous-la à la porte, m'man.

La petite a plus de sympathie pour les analphabètes de Gaspé que pour sa famille. Elle s'agite pour le repêchage des exclus de la société. Sa mère et sa sœur sont privilégiées et devraient se taire. Mary est scandalisée.

— Wo! Tu veux peut-être pas t'en occuper, mais reconnais au moins que ta sœur a besoin de sa mère.

— Ma sœur manipule sa mère et voudrait nous manipuler aussi.

Selon Mary, à ce compte-là, tout le monde manipule tout le monde.

— C'est peut-être vrai, mais ma sœur exagère, dit Flo.

Pas de soutien de ce côté-là pour la veuve aux abois.

Après Flo à Gaspé, Mary cherche le réconfort auprès de Pio, à Rimouski.

— Elle va te siphonner jusqu'à zéro, m'man. *Empty*. Quand ça commence à mal aller… Il ne restera rien. Pas une *token*, zéro.

— T'as rien compris.

La mère est frustrée, indécise, déchirée. Elle tente un dernier recours — un dernier au secours — auprès de Maurice, à Montréal.

— Oui, Jeanne est ta fille; t'es sensée donner, tu donnes, t'as donné. Oui aussi, elle te siphonne. Égoïste ou malade, même résultat.

Bon. Pour ses enfants, le vrai malheur, celui qui éveille compassion, qui mérite qu'on s'y arrête, est toujours ailleurs. Ici, on ne peut être qu'égoïste, malcommode, manipulateur et responsable de son propre malheur.

— Et vous, vous êtes blancs comme neige, bien sûr, dit la mère contrariée.

Tous. Toujours. Bienveillants, empathiques et généreux. Belle famille! Jamais ses enfants ne profiteraient de la moindre faiblesse, obligation ou culpabilité de qui que ce soit; la main et la joue tendues et retendues; le fort protège le faible; ils ont toujours besoin de plus petit qu'eux… pour se sanctifier, bien sûr, à

Patachi, à Rimouski, à Gaspé ou du haut de la Zamboni; loin d'ici, cela va de soi. Chacun est scandalisé des autres.

— O.K., on n'est pas parfaits, concède Maurice, mais Jeanne exagère, m'man.

— Elle est incapable de s'occuper d'elle-même.

— Moi, je la soupçonne de ne faire que ça.

Et son père le soupçonnait avant Mo.

— Tu me choques, Maurice. Elle est malade.

— Et si, nous aussi, on se déclarait malades?

— J'ai compris.

Mary devra décider seule de la prochaine étape.

— Si seulement Théo était là.

— Oui, mais c'est à nous de jouer, dit Mo.

Et «nous» exclut la personne qui parle. Rien à voir avec la grammaire. Question de situation et de tempérament. Mary le sait.

Je l'ai vu sauter, mon petit frère. Il a volé tout désarticulé comme une poupée qu'on lance en l'air. On lui avait souvent répété de ne pas aller de l'autre côté de la clôture et des panneaux rouges. Mais il voulait manger des baies au pied du talus et trouver des ignames. Quand il est retombé, il était trop loin de la clôture pour qu'on aille le chercher. Là, Grullo est arrivé en jappant, attiré par la détonation, par l'odeur du sang et de la viande brûlée. Non seulement ce chien-là ne s'est-il pas fait sauter comme ses trois amis, mais, à chaque fois, il a attrapé des morceaux des autres. Nous, on se les disputait avec lui et Petit Chef finissait par le battre. Grullo est le chien le plus têtu au monde; même battu, il accourt encore à chaque détonation pour voir s'il n'y aurait pas une nouvelle distribution.

Après l'accident de Sauté, Grullo est encore arrivé le premier. Il a pris la jambe, calcinée, avec un soulier déchiré, arrachée complètement en bas du genou. Un beau morceau. Nous, on avait peur d'avancer à cause des mines. Le chien, lui, a suivi l'odeur de la trace laissée par mon petit frère avant son explosion. Comme quoi l'animal est têtu et futé aussi. Il a pris la jambe, puis il s'est assis. Il savait qu'il avait le temps de manger; personne n'irait essayer de la lui enlever avant longtemps. Alors Sauté gémissait, nous, on criait, Grullo grugeait la jambe et regardait mon petit frère comme s'il avait pitié de lui. C'est le chien le plus intelligent au monde. C'est pour ça que Petit Chef l'a appelé Grullo.

On a fini par se rendre jusqu'à Sauté. Les gens du village l'ont transporté à l'hôpital, à la cité.

Le lendemain matin, Mary ne s'est pas encore avoué à elle-même ce qu'elle entend faire au juste à propos de Jeanne. Elle lui met plutôt un couvert à table. À côté de celui de Jérôme P et du sien. Elle joue à l'attendre pour le déjeuner. Comme pour se prouver qu'elle a tort. Qu'au fond, les choses ne vont pas si mal que tout le monde le dit. Jeanne descendra, souriante, affable, habillée. Et l'on ne parlera plus de sa maladie. Un jour ordinaire comme une image de calendrier. Journée pédagogique, aussi, à l'école du petit. Congé. Il se présente tôt, mange à la hâte. Il a rendez-vous au vieux pont de fer à huit heures avec son ami. Ils vont chercher des vers, puis descendre au quai pêcher le maquereau.

— As-tu vu ta mère, à matin?

— Pas encore. Jean-Jacques m'attend. Mais je peux monter le plateau, si tu veux.

— C'est pas nécessaire…

Mary a presque dit que Jeanne allait descendre pour le déjeuner. Les mots se sont rendus jusque dans sa bouche et ont passé près de s'échapper. Elle les a retenus au tout dernier moment, tirée brusquement du rêve béat qu'elle prenait pour la réalité. « Euh… je vais l'attendre encore un peu, se dit-elle. Neuf heures, c'est ma limite. » Elle remonte à l'étage et passe la demi-heure suivante à compléter sa toilette, nettoyer sa chambre, changer ses draps, sans se gêner pour faire du bruit aussi, manière de s'assurer que Jeanne soit bien éveillée et de lui donner une dernière chance. Puis, elle redescend attendre à la cuisine.

Neuf heures. «Cinq, quatre, trois, deux, un, zéro…» Mary prend le téléphone, compose le numéro du docteur Champagne.

Dans l'escadron, Chef a fait un règlement. Quand il y a un accident et de la viande, il offre d'abord son morceau à la victime, sauf si c'est un chien, une chèvre ou un bœuf; ou à la famille si c'est un enfant. Si ces personnes le refusent, après c'est à lui et à Petit Chef de choisir, ensuite aux soldats en commençant par les plus anciens. Tout cela, si on arrive à la viande avant le chien. Ou si on réussit à la lui enlever.

25

Le médecin se présente à la porte de la cuisine vers onze heures. Mary est pâle. Elle semble effarée. Il sourit.

— Ça va bien se passer, vous allez voir.

Il monte à la chambre de la tourelle. Il voit Jeanne. L'ausculte.

— Je crois que vous devriez passer des tests à l'hôpital.

— Non.

Panique sur le *Titanic*.

— Arrière Satan !

La peur d'exploser. Elle se cache derrière ses mains.

— Je te vois plus, t'es parti.

Mary a entendu le cri de Jeanne. Au moins, le médecin saura qu'on ne l'a pas appelé pour rien.

— Votre fille est très malade, madame Tremblay.

Il va confier le dossier au CLSC.

Deux jours plus tard, on appelle Mary. Elle recevra bientôt la visite d'une infirmière. Jeanne le prend mal.

— J'irai pas. Je vais m'embarrer.

La mère hausse les épaules. Le problème ne lui appartient presque plus déjà ; « ils » vont venir. Rien ne peut les arrêter. Jeanne ira à l'hôpital. « Ils » vont s'en occuper. Elle redescend préparer son souper. Les événements se bousculent. Elle range sa cuisine, puis se met à attendre. « Bientôt », qu'est-ce que cela signifie ? Certainement pas tout de suite aujourd'hui ; c'est trop tôt. Elle n'est pas encore vraiment prête à ça. Elle s'occupe de Jérôme P et du repas de Jeanne. Déjà, la tâche lui semble moins lourde ; quelqu'un d'autre va prendre le relais. Elle parle à Maurice :

— Ta sœur est malade. Le docteur Champagne l'a vue.

— Il était temps que quelqu'un fasse quelque chose.

Comme si tout le monde, sauf lui, s'était traîné les pieds.

— Depuis que papa est mort, t'arrêtes pas d'en parler.

— Une chance qu'il est pas là ; je pense que ça l'aurait tué.

D'une certaine façon, Sauté a été chanceux ; c'était une petite mine. Du type enfouie. Cela aurait pu en être une grosse anti-char, alors on aurait eu plusieurs petits morceaux de mon frère. Et lui n'aurait plus été là pour les compter. Ou bien, cela aurait pu être une mine au bout d'un piquet avec une détente à fil plantée sur le bord d'un sentier. Et qui aurait lancé son paquet de ferraille à la ronde. L'explosion aurait probablement coupé Sauté en deux, et le chien ne nous en aurait pas laissé.

Un jour, deux jours, trois jours s'écoulent. Mary attend toujours la visite de l'infirmière. Le sentiment qu'elle avait d'être dépassée par les événements cède la place à une certaine impatience. « Bientôt » : beau mot, mais il faudrait peut-être s'entendre sur sa définition. Elle a envie de rappeler pour confirmer qu'elle a bien compris. S'assurer qu'elle n'a pas rêvé et demander qu'on lui explique « bientôt » en langage de fonctionnaire. Bientôt, si cela peut juste arriver.

Je suis assiégé, comme on dit. Petit Chef a installé une sentinelle qui patrouille le périmètre de la zone pour que je ne puisse pas sortir d'ici. Je pourrais tirer la sentinelle, elle est bien visible, mais c'est mon ami Zoba, un jeune comme moi.

C'est comme si Petit Chef voulait me piéger en m'envoyant mon ami pour me garder. Comme s'il pensait que j'allais essayer de m'enfuir en me disant qu'il n'y a pas de danger parce que c'est Zoba. Si j'étais Petit Chef, c'est ce que j'aurais essayé, mais en cachant une deuxième sentinelle qui surveillerait mon ami et qui m'attendrait et me prendrait au piège. C'est ce que j'aurais fait pour une autre raison aussi. Si je tire la sentinelle malgré le fait que c'est mon ami, ils savent où je me cache par la provenance de la détonation, par l'éclair et la petite fumée. Et là, ils seraient en droit de tirer en direction d'où est venu le coup. Et même si j'avais tué Zoba, Petit Chef s'en fout de perdre un jeune. C'est pas comme si j'avais tué Cobra. Alors je reste caché. Je ne ferai rien pour le moment. Mais lui, P.C., il sait que j'ai faim, que je n'ai pas d'eau et très peu de munitions. Il est pressé de m'attraper parce qu'il est fâché. Mais il a quand même tout son temps. C'est moi qui vais en manquer.

26

Mi-juin. Les jours sont de plus en plus longs.

Dernière semaine d'école pour Jérôme P. Deux de passées déjà depuis l'appel du CLSC. La veuve soliloque. Ce qui a débuté comme une préoccupation pour le sort et la santé de sa fille s'est mué en radotage qui lui appartient à elle, la mère de la malade : elle est devenue la victime ; c'est elle qui se morfond, qui torche sa grande et s'occupe de son enfant ; c'est à elle qu'on a « promis » d'intervenir. Elle rumine sans se rendre compte de la façon dont sa complainte a changé. L'attente s'est installé comme mode de vie. Puis enfin, à sept heures quarante-cinq, le mardi matin de la troisième semaine, une dame apparaît à la porte de la cuisine.

— Madame Tremblay ?

— C'est moi.

— Je suis garde Champêtre, du CLSC.

La très officielle déléguée du système de santé est déjà dans la cuisine.

— Euh, oui, c'est ça, entrez, Je vous attendais.

Jérôme P s'apprête à partir pour l'école. L'infirmière le retient en lui disant qu'elle doit lui parler. Elle ira le reconduire après et parlera à son enseignante.

— Je suis ici pour m'occuper de ta maman.

Elle s'installe avec un long formulaire à remplir : nom, prénoms, âge, état civil, nom de la mère. Un exemplaire à remplir pour la grand-mère, un autre pour la fille et un dernier pour l'enfant. La première et le dernier semblent en assez bon état. Mais la fille nécessite une évaluation physique et psychiatrique plus poussée.

— Le médecin dit que ta maman est très malade. Je vais monter la voir. Elle devra probablement aller à l'hôpital passer des examens.

— Moi, est-ce que je vais rester ici?

— Oui.

Jérôme P est rassuré. La dame range ses papiers, monte à l'étage et tente de convaincre Jeanne de la suivre de plein gré. «Arrière Satan!» Il faudra un ordre de la cour. L'infirmière présentera la requête le matin même. Elle ira ensuite au poste de la Sûreté du Québec déposer le mandat, qui sera exécuté sans délai. Jeanne sera emmenée à l'hôpital de Chandler. C'est urgent.

La dame part avec Jérôme P. Elle revient deux heures plus tard. Accompagnée de deux policiers qui exécutent le mandat de la cour. Mary regrette soudainement d'avoir appelé le médecin.

— Ils vont pas la menotter?

— Votre fille n'est pas une criminelle, madame Tremblay. Attendez-nous ici.

La dame conduit les représentants de l'ordre jusqu'à la chambre de la tourelle. Le cortège redescend presque aussitôt avec Jeanne entre les deux policiers. En état de choc. Docile, soumise, brisée. Mary semble plus chavirée qu'elle.

— As-tu tout ce qu'il te faut?

La mère a l'impression de mettre sa fille à la poubelle. Que dira-t-elle à Jérôme P? L'infirmière expliquera de nouveau la situation à l'enfant et la tiendra au courant du dossier. Pour l'instant, il ne s'agit que d'une évaluation. Sa fille est entre bonnes mains. Dans une semaine environ, les médecins décideront. Mary est soulagée, défaite aussi, presque honteuse de n'avoir pu éviter qu'on en arrive là.

Jérôme P revient de l'école. Sa mère est à l'hôpital. Pour une semaine au moins.

— Ah… Qu'est-ce qu'on mange pour souper?

Son ami Jean-Jacques l'attend pour jouer.

— Bien sûr. Mais vide ton assiette. Prends le temps de mastiquer.

Manger de la chair humaine, moi, je n'aimerais pas cela. Du chien, oui. J'en ai mangé. J'en mangerais encore. Et même avec plaisir si c'était le gros Grullo. Mais en période de famine, plusieurs ont dit qu'il ne fallait jamais laisser rien se gâter. De la chair, c'est de la chair. Alors, manger de la personne humaine, plusieurs le font. Plusieurs sont malades aussi. Il ne faut jamais manger la chair de quelqu'un qui meurt de la fièvre ou du mal. De toute façon, il ne leur reste pas beaucoup de viande dans ces cas-là. Quelqu'un en santé qui a sauté sur une mine, ça, c'est différent. Mais, même quelqu'un en santé, moi je ne pourrais pas.

Le lendemain, Mary conduit Jérôme P à l'école pour sa dernière vraie journée de classe avant les vacances. Elle se rend ensuite au cimetière. Avertit Théo que sa grande est malade. Lui dit de ne pas s'en faire, que les médecins sauront très bien s'en occuper.

— Même si c'est pas la bouffe d'hôpital qui va lui donner envie de manger.

Mary répète à Flo, Pio, Fanfan et Maurice que Jeanne est entre bonnes mains.

— Elle est vraiment malade. J'avais raison de m'en occuper.

Pour sûr, disent les autres, mais vaut mieux laisser cela à des gens dont c'est le métier. Tout le monde prend ses distances. La veuve se sent très seule.

Jérôme P grandit. Il a découvert l'ancienne bicyclette de Pio dans la grange. L'engin est trop gros pour lui. L'enfant insiste :

— Je vais te montrer, je suis capable.

Un exploit à chaque fois qu'il l'enfourche. Sa grand-mère finit par céder.

Veille de la Saint-Jean-Baptiste. L'infirmière fait son premier rapport des résultats de l'évaluation de Jeanne. La malade couche toujours sur une civière à l'urgence en psychiatrie. Les médecins attendent qu'un lit se libère. Ils veulent la garder. Un mois ou deux.

— Ah… Si longtemps que ça?

Le temps de la remplumer. La situation est plus grave que Mary ne l'avait cru. Elle répète que sa fille est entre bonnes mains. Ce qui veut tout dire et rien. Délestage de responsabilité? Peut-être un peu. Mais surtout, baume à réappliquer au besoin sur son sentiment d'impuissance et de vulnérabilité.

Sauté est le deuxième explosé dans ma famille. Mon père a perdu un pied, lui aussi, alors qu'il était soldat contre le Gouvernement. Après l'accident, cela a été long parce qu'il a eu la fièvre. Mais il a guéri. Puis, la grangène s'est mise dans son moignon et il a fallu le raccourcir davantage. D'une certaine façon, c'était bien. Le dispensaire n'avait pas de prothèse juste pour le pied, seulement pour la jambe. Là, une fois raccourci, il y en a eu une qui faisait.

Tout cela, l'histoire de ce qui est arrivé à mon père avec sa jambe, cela a été long. Puis il marchait, puis il était content, et là le mal l'a pris. Ma mère a dit que ce sont des choses qui arrivent aux soldats, qui le transmettent ensuite à leurs femmes. C'est peut-être la seule raison pour laquelle j'ai moins envie d'être soldat. J'espère que cela ne m'arrivera pas. Gaspillé tout ce que les docteurs avaient fait pour mon père. Perdu pour lui, mais pas pour le village; il y en avait deux déjà qui attendaient pour avoir sa jambe. Il y en a un pour qui ce n'était pas le bon pied, mais il la voulait quand même. Chef la lui a donnée parce que c'était un soldat et que l'autre cultivait du maïs et qu'il était vieux; c'est aussi pour cela, pour la priorité, que je suis jeune et que je suis soldat.

27

On attaque le mois d'août. Les jours raccourcissent. La maison est de plus en plus grande et lourde à porter. Six semaines depuis que la grande est partie encadrée par les deux policiers. Les soins à l'hôpital n'aboutissent à rien. Mary a l'impression que sa fille s'enfonce dans un trou de plus en plus noir et profond. Elle désespère de jamais la revoir en santé. Puis, l'infirmière appelle. Elle va passer. Le jour même. Après quatre semaines sans se manifester. Elle doit avoir quelque chose de grave, et de désagréable aussi, à annoncer.

— Le cas est plus difficile qu'on ne s'y attendait.

La très officielle se réinstalle à la table de la cuisine. Les médecins ont fait leur possible, mais, «que voulez-vous», la patiente est réfractaire au traitement. La «molécule» miracle n'existe pas. Du moins, pas dans son cas.

— Veuillez signer ici, s'il vous plaît.

— Qu'est-ce que c'est?

— Une demande de placement.

— Ah…

Mary vient de comprendre.

— Vous allez l'enfermer.

Elle a une vision de camion à vidanges. La grosse porte du compacteur se referme en geignant sur une poupée cassée.

— Ma fille est folle…

— Non, elle est malade. Il lui faut un milieu adapté à ses besoins.

Mary secoue la tête, incrédule, et lève les mains comme pour se protéger. Garde Champêtre continue:

— Une place vient de se libérer… À Carleton.

— Oh! C'est loin.

— D'habitude, ça prend des mois.

L'infirmière ponctue ses paroles en tapotant le formulaire :

— C'est maintenant, sinon on va perdre la place. C'est pour son bien.

Mary hausse les épaules, puis semble s'affaisser.

— Si vous le dites.

Elle vient de signer sa capitulation. Le camion à vidanges emporte la poupée ; Mary reste au bord du chemin, désemparée. Elle secoue encore la tête. Ou plutôt, la tête lui tremble. L'infirmière ramasse ses documents.

— Vous avez pris la bonne décision, madame Tremblay.

Sa fille sera transférée à Carleton. « Pour toujours », pense Mary.

Si Grullo vient me chercher, j'aimerais mieux qu'il explose plutôt que d'avoir à le tuer. Mais je ne peux pas attendre qu'il soit trop proche avant de me décider. S'il saute trop proche, je vais en recevoir presque autant que lui, ce qui serait bête. Mais, s'il vient dans ma direction et que je suis obligé de tirer, je risque de vendre ma position. Et là, Petit Chef va tirer en rafale dans ma direction, parce que lui, je le sais, il ne viendra pas me chercher dans le terrain miné. En tout cas, c'est ce que je ferais si j'étais lui.

Si jamais il tire dans ma direction, même si je ne suis pas touché, je vais crier, gémir, pleurer pour qu'il croie que je serai bientôt mort.

Mais là, Sauté et Belle vont aussi penser que leur chef est mort. Et une fois guéri de ce que je lui ai fait, Petit Chef va redemander à voir Belle dans sa tente. Et mon petit frère Sauté aussi. Alors il faut que je retourne et que je le tue pour de bon. Au complet cette fois-là. La nuit quand il dort. Aux petites heures quand son garde roupille lui aussi. C'est moins dangereux. Je vais le tirer dans la tête et ses parties d'homme aussi. Pour finir de me venger. Moi, et Belle aussi. Pour l'empêcher de recommencer.

La veuve est en état de choc. Incrédule devant le geste qu'elle vient de poser. Elle se retrouve debout, plantée en épouvantail, immobile au soleil de midi au milieu de son potager. Hébétée. Ses rangs de carottes et de petites fèves sont envahis par les mauvaises herbes. Les laitues ont été ravagées par les lièvres. Les plants croulent sous le poids des tomates qui risquent de pourrir au contact de la terre. Découragée par l'ampleur des tâches qui l'attendent. Travaux pourtant familiers. Qui l'ont bien servie pendant que Jeanne était encore à la maison. Qu'elle a délaissés le jour où les policiers ont emmené sa fille. Elle n'est plus que lassitude et sentiments contradictoires : honte d'avoir capitulé ; soulagement que Jeanne ne revienne pas à la maison ; découragement devant le délabrement des lieux. Impuissance aussi. Les framboisiers envahissent maintenant tout le fond du jardin. Elle comprend que cela ne s'arrêtera jamais et qu'elle n'y peut plus rien.

Si je tue Petit Chef, tout le monde va avoir peur de moi et va me respecter. C'est pour cela que je suis devenu soldat. Même si je sais que les femmes du village disent à leurs maris qui ne sont pas comme moi et à leurs enfants de m'ignorer. De ne plus partager leur bol de maïs avec moi, ni de marcher avec moi, ni même de jamais me parler.

Mary se rend au cimetière. Elle annonce à Théo que Jeanne « déménage » à Carleton — elle a failli dire à l'asile, mais répète à la place ce qu'elle a tout récemment appris comme langue de bois — dans un « Centre d'Hébergement et de Soins de Longue Durée ». Elle l'énonce entre guillemets pour souligner la nature officielle, médicale et nécessaire de la chose. Mais elle ment, car elle sait très bien — malgré la belle explication toute propre de l'infirmière — que sa fille est folle, que le Centre, c'est l'asile et que Longue Durée signifie qu'elle n'en sortira pas. Elle souhaite que Théo croie que Jeanne a une maladie ordinaire, de celles auxquelles on est habitué ; qu'on l'installe dans un hôpital ordinaire aussi, entre bonnes mains, et qu'il ne s'étonne pas si elle n'en sort pas dès demain. «Il paraît qu'elle a cessé de perdre du poids. C'est déjà un bon signe, selon la préposée.» Le départ définitif de Jeanne signifie aussi que la maison restera trop grande. «Tu me manques, Théo. Je te trouve très loin…»

Il paraît qu'on va peut-être avoir la paix. Depuis plus d'une lune, Chef palabre avec le Gouvernement. C'est la première fois que je pense que je ne suis pas d'accord avec lui. Moi, je ne connais pas ça, la paix, mais il paraît qu'on n'a plus grand-chose à faire après. Il y en a qui disent que c'est une bonne chose, mais moi je ne sais pas. Il paraît qu'on ne pourra plus tuer les communistes ni ceux qui bavassent au Gouvernement. Il paraît même qu'on va être amis avec eux.

Il y en a aussi qui disent qu'il va falloir rendre nos armes. Qu'on ne sera plus soldats. Qu'on va devoir retourner chez nos parents. Moi, je ne suis pas d'accord avec ça. Des parents, j'en ai pas. C'est moi le chef de Sauté et de Belle, qui connaissent l'heure des Blancs, l'alphabet et savent compter. Comment je vais faire pour continuer si je ne suis plus soldat?

De retour à la maison, Mary s'installe au salon dans le *lazy-boy*. Elle a tourné le fauteuil vers la grande fenêtre ouverte sur le carré de fraises. Une brise gonfle les rideaux. Elle sent à la fois la douceur de l'après-midi et tout le poids de l'été qui tire déjà à sa fin. Elle a aimé cette maison. Elle l'aime toujours. Immense tristesse. Elle sombre dans une demi-inconscience. Catalepsie. Sauf pour un battement de paupières. Une statue. Comme si tout s'était arrêté.

Jérôme P remonte l'allée jusqu'à la porte de la cuisine. La bicyclette de son oncle est toujours encombrante. Il revient du village. Glorieux labeur que de pédaler. Sa grand-mère l'a certainement vu qui s'approche de la maison. Il entre. Ne trouve personne dans la cuisine.

— Grand-maman, je suis arrivé!

Six heures. Elle n'a pas préparé le souper. Pourtant, l'auto est là. Il ressort sur le perron. Il tend l'oreille en scrutant le jardin. Rien. Elle n'y est pas. Il revient à l'intérieur.

— Grand-maman ?

Il se rend au salon. Le *lazy-boy* de son grand-père a été déplacé. Quelqu'un est assis devant la fenêtre. Il s'approche. C'est elle. Immobile. Les yeux fermés. Il a soudainement très peur. Il avance la main et lui touche le bras :

— Grand-maman.

Elle ouvre les yeux, tourne lentement la tête :

— Ah, c'est toi.

Sourire. Elle tire Jérôme P vers elle. L'enfant se love tout contre sa grand-mère.

— Je pensais que t'étais partie. Comme grand-papa.

Elle secoue la tête.

— Non. Je reste avec toi.

L'enfant est soulagé.

— Ta maman s'en va à Carleton. Dans un « Centre d'Hébergement et de Soins de Longue Durée ».

— Est-ce qu'elle va revenir ?

— On le sait pas. Elle est trop malade. Nous, on n'est plus capables de s'en occuper.

— L'as-tu dit à grand-papa ?

— Oui. Je pense qu'il était triste de l'apprendre.

— Moi aussi.

— On va pouvoir la visiter.

L'enfant hoche la tête.

— Quand tu voudras.

Mary se ragaillardit, se redresse, éloigne Jérôme P au bout de ses bras pour mieux le regarder.

— J'ai une question très importante à te poser : est-ce que t'aimerais ça qu'on déménage au village ?

— Oh oui !

*Avant-hier, Petit Chef m'a dit : « Soldat Cabot, si tu veux man-
ger, dis à ta petite sœur au village de venir dans ma tente. Avec
son bol, le tien et celui de ton frère aussi. Je lui donnerai du riz
pour vous trois pour la récompenser. » Je ne voulais pas.*

*Quand j'ai commencé comme soldat, un soir il m'avait dit la
même chose et je l'ai cru. Cette fois, je ne voulais pas que Petit
Chef fasse à Belle ce qu'il m'a fait cette nuit-là. Alors je ne l'ai
pas dit à la petite. Mais elle est quand même disparue. J'étais
inquiet et je ne dormais pas. Belle est entrée dans la tente au
milieu de la nuit, en souris, zombie, silencieuse, sur la pointe
des pieds. Elle tenait trois bols de riz. J'ai tout de suite compris.
Elle en a posé un à côté du brasero. Sa main tremblait.
Beaucoup. Puis, elle s'est tournée pour partir. J'ai dit « Belle… »,
elle s'est arrêtée, tête baissée, « d'où tu viens ? » Elle s'est tournée
vers moi, je la voyais dans l'éclairage rouge-orange du feu. Pas
juste la main, elle tremblait de partout. Elle était blême et sombre. « Il t'a fait mal ? » Elle a baissé encore plus les yeux. Le bas
de sa robe et ses jambes étaient tout tachés. Elle avait saigné.
Elle a marmonné en montrant le riz. Je me suis levé. Je l'ai
tenue. Comme j'aurais voulu que quelqu'un me tienne quand
cela m'est arrivé !*

*À un moment donné, elle tremblait moins. J'ai cessé de la tenir.
Ensuite, je ne me rappelle pas très bien. Je crois que j'ai pris
mon fusil et mes trois chargeurs. Je suis sorti de la tente. J'ai
poussé Belle en direction du village, ça, je m'en souviens. Plus
j'approchais de la tente de Petit Chef, plus je me souvenais de
ce qu'il m'avait fait, et plus moi aussi je tremblais. Pas parce
que j'avais peur. Parce que j'avais été en colère trop longtemps,
je crois. Et tout me revenait en même temps.*

Pour Mary, la question est réglée. Il faut cesser de ressasser
l'inévitable, tourner la page, entamer une nouvelle vie. Dès le
lendemain, elle visite des logements avec le petit. Ils trouvent un
quatre et demie fraîchement rénové. La belle affaire. La fenêtre
de la cuisine donne sur le cimetière. Petit balcon, salon-cuisine,

deux chambres à coucher. Rue Louis-Bourg, derrière le cimetière. Près de l'école et de l'aréna. De l'épicerie, de l'église et de
la pharmacie. Le petit aura sa chambre et sera proche de ses amis.
Plus proche de Fanfan, aussi. Le soir même, Mary appelle
Maurice.

— On déménage.

— Euh, qui parle? Maman!

— Bonjour, mon grand.

— Qu'est-ce que t'as dis? Où ça? Qui?

— Assis-toi, je vais t'expliquer.

D'abord, première nouvelle: sa sœur, la grande, a été
placée.

— Placée? À l'asile?

Dans un CHSLD: un Centre; d'Hébergement; et de Soins;
de Longue Durée.

— À l'asile, j'ai compris. Qui a fait ça?

L'infirmière… euh, non; c'est Mary qui a signé. Il faut ce
qu'il faut; les médecins l'ont gardée deux mois à l'hôpital sans
réussir à la dompter.

— Dompter! C'est ta fille, maman.

Non. C'est quelqu'un d'autre dans le corps de sa fille. Mais
ce n'est plus elle. Un jour, peut-être que sa grande reviendra.
Mais la mère n'ose pas y croire. Maurice est sidéré.

— Maman! T'as jamais dit des choses comme celles-là.

— Je prends ma retraite de la famille.

Le choc.

— C'est une farce. Ça se peut pas.

Puis, la supplique:

— Tu peux pas nous faire ça.

— Oh, oui!

Tout le monde est occupé à vivre sa vie, à hue et à dia.

— Dorénavant, moi aussi. Pis ta sœur est placée; ça, c'est
fait, je ne le déferai pas.

Ce qui l'amène à sa deuxième nouvelle: elle déménage avec
le petit. Au village. Elle a trouvé le logement. Refait à neuf, pas

de courants d'air, pas de poussière, pas de souris. Visité, choisi, signé. Ne reste qu'à emménager. Bientôt.

— Saint simonaque! T'aurais pu nous en parler.

À la fête du Travail.

— La fin de semaine de ma fête! Dans quinze jours, m'man!

— Oui, le dimanche.

Et Mary a besoin d'aide.

— Le samedi, je vous invite à souper.

— Tout un cadeau!

Last call, dernière fois pour l'éternité. Maurice en reste abasourdi.

— Avec une surprise au dessert. Il y a des framboises plein le potager.

— Tu vas faire de la tarte. Wow! Ici, à Montréal, il y en a pas de vraie. Je les ai toutes essayées.

— *Last call…* T'es mieux d'en profiter.

Siméon, le garde, a dit quelque chose comme: «Cabot, où tu vas?» Moi, j'ai foncé dans la tente de P.C. Siméon n'a rien fait. C'est l'effet de surprise. C'est Chef qui m'a enseigné ça. Je tremblais toujours. C'est peut-être pour ça que je l'ai eu seulement à l'épaule. Parce que j'étais trop en colère.

La détonation a réveillé tout le monde. Les cris et gémissements de Petit Chef aussi. Le chien jappait comme un fou et tournait autour du lit. P.C. saignait. Le chien lapait le sang. Là, je me suis enfui. C'est à cause de tout cela que je suis assiégé ici dans le bosquet au milieu du champ de mines. Tout s'est passé trop vite. J'ai oublié ma porte de sortie. Je n'ai pas, non plus, pensé à ce qui arriverait à Belle et Sauté au village par la suite. J'ai été un mauvais chef et un mauvais soldat. Il n'y a qu'une façon de réparer une cruche cassée comme celle-là; pour de bon, au complet et pas à moitié.

Qu'adviendra-t-il de la maison? se demande Mo. Mary va-t-elle la garder? La vendre? La donner? Qu'en dirait son père?

La question est impertinente, Maurice le sait. L'homme est mort. Il aurait été contre, mais ce n'est plus de ses affaires. Ni de celles des enfants. La vie de sa mère lui appartient. La maison aussi. Mais Théo est quand même toujours présent. Mary, par exemple, lui donne régulièrement des nouvelles de la famille. Souvent embellies pour éviter de troubler sa paix. Jérôme P, de son côté, s'échappe de la cour d'école ou s'arrête en passant pour lui apporter des dessins et lui tenir compagnie, tandis que Fanfan reste toujours à distance. Il a vu son père pour la dernière fois il y a plus de six ans. Dommage, songe Mary. Mystère. Le ménestrel est loin d'avoir clos son dossier avec lui. À preuve, l'assiduité qu'il met à l'éviter. Quant à Pio, il est de plus en plus seul à Rimouski. Sa fracture à la cheville est enfin guérie. En instance de divorce. Son emploi précaire. Il imagine, désespéré, combine sur combine pour remettre le compteur de sa vie à zéro : vendre la maison, déménager, changer de ville, changer de métier, gagner le gros lot ; plonger très soûl au bout du quai une nuit en auto. Partir pour Montréal, ou Bonaventure, d'où l'image de Jackie la barmaid revient sans cesse le hanter. Trouver quelqu'un pour partager sa vie, les repas, le lavage. Pour lui rappeler de sortir les vidanges le jeudi. Il a perdu son père mais cherche une mère dont il sera le héros. Une femme avec qui se présenter devant la mémoire de Théo. Mary réussit finalement à le joindre chez Feller's.

— Maman, je suis au travail, là.

— Moi, je déménage.

— Quoi !

— Au village. Avec Jérôme P.

— Pis la maison ? Pis la grande ?

Jeanne vient de passer deux mois à l'hôpital pour rien. Depuis avant-hier, elle est dans un centre à Carleton. Pour de bon.

— Ah…

Pio trouve que sa sœur prend les grands moyens pour échapper à sa vie.

— Elle est malade.

— Je devrais peut-être me taper une grosse dépression, moi aussi.

— Que je te voie!

— Sérieusement, la maison paternelle?

Pour l'instant, Mary déménage. Après, elle verra.

— Décide rien avant de m'en parler.

L'objet de son appel : Mary invite ses enfants à souper. C'est le *last call,* la dernière fois. Pour l'éternité. Elle prend sa retraite de la famille ; peut-être finira-t-elle par s'en convaincre elle-même à force de le répéter. Elle coupe vraiment le cordon et les laisse aller. Samedi dans deux semaines. Pio sera-t-il de la partie?

— Euh…

Flottement au bout de ligne. Puis :

— Oui, si tu fais de la tarte.

Il en veut une au complet. Pour lui tout seul puisque ce sera la dernière, sa première en fait, pour l'éternité. De toute son enfance, c'est la chose au monde qu'il a le plus aimée. La requête pourrait être drôle ; elle a une résonance désespérée. Mary ne s'attendait pas à un tel débordement.

— Je vais y penser.

Même histoire avec Flo à Gaspé : Jeanne est placée, Mary déménage et elle invite tout le monde à souper.

— Maman! Tu vends pas la maison.

Pour l'instant, elle déménage. Après, c'est après.

— Qu'est-ce qui nous arrive si tu le fais?

— Viens-tu souper?

Au tour de Fanfan. Mary le joint après avoir laissé trois messages à la maison et deux au travail. Le revenant prend très mal la nouvelle du déménagement. Sacrilège.

— T'as pas le droit de nous faire ça.

— Ah, non? Pourquoi?

— Euh… parce que…

214

Comme si la terre cédait sous ses pieds, vertige, comme si on allait l'amputer, comme si le garnement qui a fait le tour de la terre voyait s'engloutir le phare qui donne un sens, une direction, à ses pérégrinations. Il boude au téléphone. Mary insiste pour qu'il voie sa sœur et ses frères. Finalement, oui, il viendra et l'aidera à déménager.

Ne reste plus que Jeanne. Mary lui rend visite à Carleton avec Jérôme P. Officiellement pour rassurer le petit, lui montrer que sa mère est entre bonnes mains. Mieux qu'entre celles de sa grand-mère, du moins.

— Paraît que c'est très beau, le Centre. Tu vas voir. C'est neuf.

Premier choc, l'accès au département est verrouillé. «Un milieu de vie adapté à ses besoins.» La majorité des patients sont difformes, infirmes ou grimaçants. Pleins de tics et inquiétants. Traînant les pieds. Se déplaçant comme des robots. Assis au fumoir, attendant la prochaine cigarette. Ou le prochain repas. Installés, bavoir au cou, une heure d'avance pour le souper qu'on sert à quatre heures et demie, à cause des quarts de travail des préposés. Jérôme P se colle aux jupes de sa grand-mère.

— Pourquoi la porte est barrée ?

— C'est pour la protection des malades. Ils doivent rester ici où l'on peut s'occuper d'eux.

— Nous, est-ce qu'on va pouvoir sortir ?

— Oui.

28

Montréal.

Maurice traverse une période de gros temps. Il roule sur son erre d'aller depuis plusieurs années : *cruise control,* pilote automatique. Danger. Somnolence au volant. Puis, l'accident. La mort de Théo. Il en sort plus amoché qu'il n'ose se l'avouer.

J'ai raté Petit Chef une fois, mais, là, il faut absolument l'achever. Sinon il va recommencer. Il faut le viser pendant qu'il dort. Cette nuit, aux petites heures. Juste avant que les oiseaux se mettent à chanter. C'est à ce moment-là que mon ami Zoba devrait s'assoupir, et l'autre sentinelle aussi qui est là pour me piéger. Et Siméon aussi, sur sa chaise devant la tente de P.C. Avec un peu de chance, j'aurai juste assez de temps pour le tuer comme il faut avant que les autres se réveillent, se rendent compte de ce qui se passe et me partent après. Je vais tirer P.C. dans ses parties d'homme en premier. Comme ça, si je le rate encore, il ne sera plus en état de faire mal à Belle, ni à Sauté, ni à moi.

Mo rumine. Presque trente-neuf ans. Bientôt quarante. Plus tout à fait jeune, ni encore vraiment vieux. Il le sent dans ses os, quelque chose a changé.

Le médecin dit que c'est le plateau de la vie. La suite est facile : « Il s'agit de se laisser aller… », en descendant. Maurice ne le trouve pas drôle. Il entame le dernier tiers de son match. Pressé par le temps. Convaincu d'entendre la sirène avant ses coéquipiers. Déprimant.

Et la famille qui se disloque de toutes parts — son refuge au cas où, sa réserve, sa carte cachée face à l'adversité. La grande a disjoncté. Elle n'arrive même plus à s'occuper d'elle-même. Déjà depuis toujours, Mo trouvait qu'elle ne savait pas prendre soin du petit. Il l'avait vue à l'œuvre, pendant six semaines, du temps où elle habitait chez Picasso.

— Instinct maternel, mon œil!

— Un désastre, avait confirmé l'artiste qui hébergeait la mère et l'enfant. Mais elle va quand même s'en tirer.

Maurice en doutait : ou l'instinct maternel existe vraiment chez l'espèce humaine et Jeanne est une tarée ; ou il n'existe pas et chacun doit tout apprendre à propos de l'art d'être parent. Si tel est le cas, personne n'a enseigné à la grande les gestes de la maternité. Du moins ne les a-t-elle pas appris. Ni dans le temps, ni après. Mary n'a pas réussi à les lui inculquer. Et le bébé a été livré sans mode d'emploi. Alors que faire de tout ce barda : biberons, bains, couches, rots, dodo l'enfant do? Que faire du petit corps qui s'agite, braille, chie? Comment s'acquitter de tout ce qui fait qu'une mère est une mère? Et qu'il faut savoir. Jeanne s'était relevée de couches seule. Sans guide. Sans expérience. Et aussi, eût-on dit, sans sagesse accumulée dans ses gènes. Rien. Comme Ève, chassée du Paradis terrestre, mettant au monde Caïn, qui avait dû se sentir... très, très seule. Mo allait dire : «loin de sa mère». Ève, qui fut non seulement la première femme, mais la *prima mamma* aussi. Pas question, pour elle, en se cassant un ongle de crier «maman!» Jeanne s'était donc retrouvée seule comme Ève, mais avec, semble-t-il, beaucoup moins de talent. Et puis, elle avait disparu.

«Tout ça était trop beau avec le petit», avait soupiré Maurice dans le temps, contredisant tout ce qu'il avait pu en dire auparavant, «je savais que ça ne pouvait pas durer». Et si ce n'était que de Jeanne, Mo ne se sentirait peut-être pas si démuni. Mais il y a tout le restant de la famille aussi. Rien de glorieux là non plus.

J'ai froid. C'est à cause de la pleine lune et du ciel dégagé. J'ai moins faim qu'avant. J'ai trouvé une igname en sondant la

terre autour de moi avec une branche. Elle était enfouie tout
près. Je croyais que j'avais touché une mine. J'ai eu peur. Juste
à côté de mon chemin secret. Mais je n'étais pas certain. Alors
j'ai quand même farfouillé autour en faisant très attention.
Puis, je me suis rendu compte que c'était une patate. Ouf! Je l'ai
mangée et cela m'a fait du bien. En mastiquant longtemps
chaque bouchée parce que c'était cru. Pas question de faire du
feu à cause de la fumée. Et maintenant, il est temps d'aller
régler son compte à Petit Chef pour de bon. On est, comme on
dit, entre hyène et chien. Même si j'en ai jamais vu. Il paraît
qu'une hyène, c'est pire qu'un chien. Ça mange de tout sans
regarder. Très bientôt, il y aura assez de lumière, je vais pouvoir
y aller.

Le Rocket désespère de sa famille. De un: autant Théo
manque à Maurice autant le fils est en colère d'avoir été berné
par lui.

De deux: Fanfan est revenu de corps, mais reste en marge.
Flo lui a parlé de la lettre déposée dans la tombe.

— Nous faire ça, à nous, lui, notre père.

— C'est pas le premier hypocrite que la terre ait porté. La
lettre, c'est rien.

— Ah oui? Quoi?

— Je me comprends. Point à la ligne.

Il lui a tourné le dos. Changement de sujet.

De trois: Pio à Rimouski divorce. De quatre: Flo se cache à
Gaspé comme une fleur séchée dans un livre fermé. Puis, après
tout ça, de cinq — le vase qu'on lance à la suite du bouquet —:
Mary démissionne de la famille. Mo trouve que ça fait beaucoup: son père, ses frères, ses sœurs, sa mère. Alors il se serait
bien passé du téléphone de Picasso.

— Hé, Zamboni *man*!

— Hé, Pic mon ami!

Enfin une voix qui rit.

— Je t'ai cherché plusieurs fois à la brasserie, dit l'artiste.

— Je suis très occupé.

L'excuse sent le mensonge, mais Pic laisse passer.

— J'arrête pas de penser à Mona pis à P Junior. J'aimerais ça les revoir.

Maurice est pris au dépourvu.

— T'es sûr ?

— J'ai un projet.

— Je suis pas certain que ce soit une bonne idée.

— Qu'est-ce qui se passe, Mo ?

— C'est que… Jeanne a sauté une coche.

— Non.

— Une grosse. Placée dans un centre de soins de « Longue Durée ».

Et Maurice de raconter la détérioration de l'état de sa sœur depuis la mort de Théo.

— Même avant, ça filait pas bien.

L'artiste est catastrophé.

— Saint cibole carré ! Depuis que tu m'as raconté, pour le prénom de Junior, je me disais…

Pic s'étrangle d'émotion. Grande inspiration.

— C'était une longue, longue *shot* mon affaire, mais…

Son débit redevient hésitant.

— … j'me disais qu'il était peut-être pas trop tard ; qu'en se mettant ensemble, elle pis moi, on aurait pu encore se sauver.

— Hein ?

Encore des théories.

— Vous sauver de quoi ?

— Du néant, innocent !

Pic change de ton. Semble se calmer.

— T'es un peu jeune pour comprendre, mais je vais t'expliquer : toi pis moi, on n'a pas de femmes, pas d'enfants ; après nous, le néant, rien. C'est grave. Les fins de race comme nous commettent, ont commis le plus grand des péchés contre l'humanité. C'est très, très grave. Depuis Adam — rien de moins —, des siècles et des siècles, penses-y, quelqu'un a toujours dit qu'il fallait que ça continue. Et s'en est occupé. Sinon, c'est simple, on n'y serait pas.

Maurice n'a jamais pensé à ça. «Et nous, Ti-Cul Maurice, Ti-Jos Picasso, on se croit autorisés d'arrêter tout ça?» Serait-ce qu'ils se prennent pour le sommet de la pyramide, l'aboutissement voulu, absolu de tout?

— Ça se peut pas. Si on arrête la roue, à quoi on a servi? À rien, néant, fini.

— Parle pour toi.

— Si tu veux. Mais penses-y.

Maurice y pense. De plus en plus. Mais n'en parle pas. Il a toujours cru qu'il ferait comme tout le monde: char, femme, maison, enfants; peut-être un chien; grosse piscine hors terre pour faire chier les voisins. Ces choses-là arriveraient. En attendant, ses jours étaient réglés par le calendrier des Fabuleux. Pas du tout malheureux de s'en remettre à plus grand que lui pour la gouverne de sa vie. Mais la mort de Théo a sonné l'alarme. Le temps presse. Ni char, ni femme, ni maison, ni enfant: rien à l'horizon. Néant! Ce mot-là l'a écorché. Et Picasso continue:

— Il est peut-être jamais absolument trop tard, si un gars est chanceux...

Lui-même, malgré son âge, aurait peut-être pu se racheter.

— Mais sans Mona, c'est *no go* absolu.

À l'entendre, on croirait qu'il a raté Jeanne d'une semaine ou deux, d'un mois peut-être, avant qu'elle ne sombre, et qu'il aurait pu l'en empêcher: «Saint cibole!» Mais pour lui, sans la mère pas de petit; et pas de petit, pas de salut.

— Je suis coupable d'avoir trop zigonné. On est toujours coupable.

— Wow! Si tu veux assumer le sort de l'humanité...

— Non juste le mien pis celui du petit.

Long silence.

— Trop zigonné.

Picasso semble presque résigné.

— Ta sœur est une artiste, Maurice. Elle a volé trop près du soleil, elle en a payé le prix. Trop près. C'est ça qui est arrivé.

Mais Maurice n'a pas le cœur aux poésies de Pic.

— Tu me fais chier avec ton néant ; vraiment chier, ben gros, mon ami.

Je suis prêt. J'ai décidé que ma porte de sortie, c'est mon ami Zoba. C'est un pari que je fais. De toute façon, si je reste ici, je perds, c'est certain. Je perds pour moi et pour Belle et Sauté aussi. Alors, à la place, je joue quitte ou double, comme on dit. Et dans ce cas-ci, je ne sais pas vraiment pourquoi je dis ça. Si je le dis vite, cela a l'air de fonctionner comme idée. Mais si je le dis en pensant aux mots, je ne sais plus au juste quoi est quoi. Quitte ou double. Double, oui, si je gagne, pour moi et pour les deux autres, triple en fait : moi, Sauté et Belle. Mais si je perds, ce n'est pas quitte. Il n'y a pas de quitte dans mon affaire ; si je perds, c'est double encore, un double qui est triple lui aussi, mais dans le malheur cette fois. Je me demande pourquoi j'ai dit ça. En fait, c'est bonheur d'un côté, malheur de l'autre, en triple et certain. Alors quitte ou double ça ne marche pas ; ni pour « quitte », ni pour « ou », ni pour « double ». Pourtant, je l'ai dit et je me comprends. Drôle d'affaire que les mots.

Tout ça pour expliquer que c'est une sorte de pari que je fais avec le sort, et avec mon ami Zoba.

Maurice n'a pas dit à son ami Pic que sa mère a invité la famille à souper. Ni surtout qu'ils vont manger de la fameuse tarte aux framboises de la montagne à Pépé. Pour la dernière fois. Pour l'éternité. Parce que, si l'artiste l'avait appris, il aurait insisté pour être de la partie. Et Maurice trouve les choses assez compliquées sans la présence d'un étranger, fût-il son meilleur ami et l'ancien logeur de sa sœur Jeanne et du pctit.

Mo ne lui a pas expliqué non plus que sa mère prend sa retraite de la famille et déménage avec le petit. L'enfant sauve sa grand-mère qui le sauve en retour, aurait dit Picasso, mais ça ne le regarde pas. Et peut-être n'aurait-il pas compris. Maurice préfère ne pas insister.

Par contre, il appelle Pio à Rimouski et lui suggère de faire route avec lui jusqu'à Bonaventure, le samedi.

— Bien sûr, répond l'autre, étonné et content de l'appel de son frère, sauf que… j'ai vendu mon auto.

— Ah, ha… La finance t'a finalement trouvé!

Pio ne rit pas.

— Bon. À samedi, mon petit frère. Je passe te chercher.

L'heure est grave pour Maurice. Sa mère déménage. Théo en mourant a déclenché un vaste effet domino aux embranchements imprévisibles pour Mo. Il lui semble que tout s'effondre autour de lui, tantôt au ralenti, tantôt en accéléré. Vertige. Il n'en voit pas la fin.

Le Rocket annonce à son patron qu'il va manger de la tarte aux framboises chez sa mère. Et l'aider à déménager. Présenté de cette façon, le voyage semble joyeux. Léger. Festif. Mais quand même pas du tout à prendre à la légère. Il informe Laporte de son absence plutôt que de demander un congé. Du jamais vu. Puis, il quitte Montréal en train, le vendredi soir. Il a hâte de retrouver son clan. De revoir enfin Fanfan. Et son neveu aussi, dont, se dit-il, il devrait s'occuper.

J'ai déjà franchi, aussi silencieusement que possible, les trois quarts de mon chemin secret jusqu'à la clôture. Il fait presque jour et la lune s'en va. Il faut que j'y aille maintenant. Zoba est passé deux fois en faisant sa ronde. J'ai figé à chacune. Je ne crois pas qu'il m'ait repéré. Je parie sur le fait qu'il est mon ami et qu'il est jeune comme moi. Mais j'aimerais mieux ne pas avoir à vérifier ma gageure. J'aimerais mieux que mon plan fonctionne sans ça.

29

Maurice arrive chez Pio, à Rimouski. Une pancarte «à vendre» décore le devant de la maison. «Décidément, tout le monde déménage.» Après sa mère, son frère.

— Euh… oui, balbutie Pio, c'est rendu un peu grand ici.

— Ah, je croyais que c'était peut-être comme l'auto.

Pio semble très gêné.

— On le dira pas à maman, je voudrais pas l'inquiéter.

— Qu'est-ce qui se passe?

— Je vais me refaire, je le sens, je te le dis; le vent est en train de tourner.

— Les enfants?

— Je m'en occupe.

— Ah oui?

— Wo, la morale! Toi, t'as jamais marché dans mes souliers.

Le Rimouskois en a assez des jugements de sa femme, de son patron, de la banque et du huissier. Pas besoin de sa famille pour en rajouter. «Bon…» Le Rocket laisse tomber. Il a loué une auto. Plus petite et moins belle que celle qu'aurait choisie Pio.

— On a vraiment l'air de tout-nus.

— Peut-être. Décide-toi, embarques-tu?

Les retrouvailles entre frères sont mal engagées. Gros malaise. Ils font route en silence. Ou presque, ne parlant ni de maison, ni d'auto; ni des presque trente-neuf ans de Mo; ni des trente-cinq de Pio; ni de célibat, ni de divorce, ni de fin de race, ni d'enfants. À Causapscal, Maurice marmonne:

— Dire que j'étais content de te voir.

— Moi aussi.

Et de continuer leur route sans s'arrêter, ne discutant pas non plus d'avocat, ni d'huissier, ni de tordage de bras ; ni de finance, ni de patron, ni de tournage en rond. Ni de mère retraitée, ni de sœur à l'asile. Carleton.

— Il paraît que c'est ici.

— Il paraît que c'est beau.

— Il paraît.

Toujours sans s'arrêter. Ni de courage, ni de tombe, ni de charnier ; ni de Zorro ni de Théo. Ni de mensonge ni de gros lot. Ni d'auto qui plonge au bout du quai. Ni d'Ève ni d'Adam. Ni de rien. Néant.

Mon chemin secret longe la lisière intérieure du bosquet. Il y a beaucoup de broussailles. C'est cela qui fait que c'est un bon chemin pour éviter les mines. Mais c'est aussi beaucoup, souvent, très difficile d'avancer parce que j'essaie de ne pas faire de bruit. Cela m'oblige à vraiment regarder à chaque fois où je mets le pied pour ne pas casser de branchages. Et à tout faire lentement. Et le fusil et les chargeurs, c'est encombrant.

Je fais très attention ; je sonde à chaque pas l'endroit où je vais poser le pied. Et je suis accroupi pendant tout ce temps, parce que, debout, je suis certain que Zoba me verrait.

Maurice revient à Bonaventure en été pour la première fois depuis presque vingt ans. Les villages lui paraissent plus prospères, plus coquets, mieux entretenus qu'avant. Ce qui accentue l'aspect fatigué de la maison paternelle qui le frappe en arrivant. Il est étonné aussi par le carré de fraises de son enfance, qui n'est plus que ça, un carré, loin d'être un champ. Et par la montagne à Pépé, un gros tas de pierres envahi par les framboisiers.

J'ai eu raison de penser comme Petit Chef à propos du piège qu'il me tend avec Zoba. J'ai vu la silhouette d'une autre sentinelle qui fait la même ronde, mais plus loin, sur le côté derrière mon ami. Je crois que c'est Tibo, le vieux. Il a une façon bien à

lui, un peu penchée, de marcher. Et si je peux parier sur Zoba
pour ma porte de sortie, je ne peux pas parier sur Tibo. Il n'aime
pas les jeunes soldats. Il passe son temps à nous dire de retour-
ner chez notre mère, que notre façon de nous battre met sa vie
en danger. Cette nuit, c'est lui, le vieux, qui menace la mienne.
Il serait temps qu'il aille rejoindre les Anciens du village pour
placoter au coin du feu.

Mary apparaît sur le perron. Pomponnée. Souriante. Légère presque. Pas du tout ce que Maurice attendait.

— Maman! Mais t'as rajeuni.

Bise et rebise.

— Bon voyage?

Elle embrasse maintenant Pio.

— Excellent le voyage. Vraiment…

Il hoche la tête avec emphase. Il en met trop.

— Tranquille, en fait, le voyage, rectifie Mo.

— Oui, c'est ça.

La mère ne semble pas convaincue. Pio lève le museau.

— Qu'est-ce que ça sent?

— Oups!

Elle vire sur ses talons et se dirige vers la porte de la cuisine.

— Ça va brûler.

— La tarte! s'exclame Maurice.

Pio passe devant son frère.

— J'espère que c'est pas la mienne.

Mary disparaît en lançant:

— Suivez votre nez. Je vous prépare un bon thé.

Mo prend son sac dans la voiture et pénètre dans la maison.

— Hmmm! Oui, ça sent vraiment bon ici!

Mary est penchée devant le four ouvert. Les deux frères s'approchent pour voir. Presque sur la pointe des pieds. Comme devant un coffre aux trésors, le saint sacrement ou un nouveau-né. Mary ferme la porte du four, se redresse.

— Encore cinq minutes.

— Attends! Je voulais voir ma tarte.

Pio tend la main vers le poêle.

— Pas touche ! Ce soir.

Maurice se campe devant son frère.

— On dit *la* tarte. Moi aussi, ma mère m'a invité.

— Moi, elle m'en a promis une…

— Wo !

La rivalité n'a pas diminué entre ces deux-là.

— Je n'ai rien promis à personne ; tout le monde va être bien servi.

Elle allume le feu sous la bouilloire. «Mais…» Pio bat en retraite. Maurice va poser son sac au pied de l'escalier.

— Je suis vraiment content d'être venu de Montréal, m'man.

Quelque chose le chipote. Il jette un coup d'œil au salon. Il revient.

— Où sont les autres ?

— Chacun est à son affaire.

Fanfan travaille. Il va manquer le souper, mais il sera là pour le dessert. Et demain aussi, avec une camionnette pour déménager. Flo va arriver bientôt de Gaspé. Quelqu'un pourra aller la chercher. Jérôme P est parti au village voir ses amis. Il rentre d'habitude vers six heures et demie. Maurice est perplexe.

— T'as pas dit que tu déménageais ?

— Oui.

Comme si elle aurait pu l'oublier.

— Mais t'es pas prête, insiste Mo.

Il s'attendait à voir plus de barda. Des boîtes partout. Des armoires vides. Tout est encore à sa place.

— Je croyais que le monde serait là pour aider.

— Ça, c'est demain ; aujourd'hui, je reçois à souper.

Maurice revient vers sa mère.

— Assis-toi.

Il fait aussi signe à Pio d'approcher.

— Ça n'a pas d'allure ce que tu dis là.

— Voyons donc, je suis prête. Le jambon est cuit. Dans trois minutes, les tartes aussi.

— Ça n'a pas d'allure. Demande à Pio.

— Mo a raison. On est inquiets, m'man.

— T'as pas l'air de te rendre compte.

— C'est vous autres qui comprenez pas ; je déménage, mais le moins possible, c'est simple, c'est comme ça.

L'essentiel seulement : son lit et celui du petit ; sa commode ; le linge de maison, le contenu du frigo ; la machine à laver, la sécheuse, le poêle, le frigo. Et une grosse valise, qu'elle fera demain.

— Pis le restant ? demande Pio, incrédule.

— De trop, répond Mary comme une évidence, je mets une maison de dix pièces dans un quatre et demie. Et au prochain arrêt, j'aurai plus besoin de rien.

Ne pas oublier la table de la cuisine, le sofa, la télé et deux chaises.

— Deux ? s'indigne Mo, on sera pas souvent invités !

La batterie de cuisine. Deux assiettes, deux couverts aussi.

— Oups, l'eau bout.

La mère se lève et remplit la théière.

— La bouilloire…

Sourire de petite fille qui a fait une bêtise.

— Oui, c'est vrai, j'allais l'oublier. Et puis après ?

Oui, puis après, pense Mo ; soit que sa mère devient sénile, soit qu'elle a tout, tout, tout compris de la vie. Mais ni l'une ni l'autre explication ne le satisfait. Il verra. Il n'y peut rien, de toute façon.

Je suis plus proche, maintenant. À dix pas de la clôture. Zoba s'en vient pour une troisième fois. Il fait plus de bruit que nécessaire en marchant. Comme s'il voulait que je sache qu'il est là. Je fige. L'autre, le Piège, apparaît à un jet de pierre environ, plus loin derrière lui, marchant dans la même direction. Jusqu'ici, tout se déroule bien. Puis, brusquement, deux pies-grièches s'envolent tout près de mon pied en battant très fort des ailes et en lançant des cris. Je sursaute. Elles m'ont fait peur. Une branche craque avec un son sec sous mon pas. Zoba s'arrête, aux aguets. Le cœur me bat. Je retiens mon souffle. Puis mon ami se détourne et envoie la main en direction de l'autre sentinelle. « C'est moi, lui chuchote-t-il, fort, j'ai réveillé la nichée. » Tibo le Piège lui renvoie la main. Zoba reprend sa ronde. Le vieux aussi.

Pio a avalé le thé et les biscuits de Mary. Il regarde sa montre et se lève.

— Il faut que je passe à la caisse. Me prêtes-tu l'auto?

Mary n'a même pas l'air étonnée. Son fils s'invente depuis toujours des raisons pour s'échapper de la maison. Elle lui tend les clefs.

— Merci.

— Le souper est à sept heures.

— J'en ai pas pour longtemps.

— À sept heures, j'ai dit.

La barmaid de la Conque reconnaît le visiteur.

— Ho! De la visite rare.

— Jackie, Beauté.

Elle est plus belle encore que l'hiver dernier, la veille des funérailles de Théo. Il choisit un tabouret. Elle vient vers lui:

— Toi c'est Tremblay, c'est ça?

Il hoche la tête, un peu benoît et sourit.

— C'est ça. Pio, pour les amis.

Elle s'arrête devant lui.

— Pis tu t'étais cassé une cheville.

Il se remet debout. Avance le pied, extension, rotation, sourire, conclusion:

— Comme neuve, dit-il fièrement en se rassoyant. Pis au fond, ça valait quasiment la peine de me la casser; de ma vie, j'me suis jamais senti aussi près de mon père qu'en déboulant avec lui.

Il secoue la tête, ému. Pris à son propre jeu.

— Toute une débarque…

Il n'en revient toujours pas. Jackie s'approche, sourit.

— Bière?

Pio se secoue.

— Euh, oui.

Il sourit à son tour et explique:

— Là, je suis venu voir ma mère.

Il raconte aussi qu'il songe à revenir s'installer dans le coin.

— Ah oui! Drôle d'idée, dit-elle. Mon nouveau *chum* pis moi, on pense à s'en aller.

— Ton nouveau *chum*… t'en aller…

Double coup. Dur.

— Euh… Moi, en fait, je suis pas encore tout à fait décidé.

— Nous autres, oui.

Elle repart vers l'autre extrémité du comptoir.

— Si jamais tu te cherches une maison…

Il branle la tête.

— Je prends note. Merci… Donne-moi donc deux bières plutôt qu'une, s'il te plaît.

On jurerait qu'il a changé d'idée.

30

Maurice est resté à la cuisine avec Mary.

— On met six places ?

— Oui.

Mary, Mo, Jérôme, Pio, Fanfan, Flo. En laissant la place de Théo libre au bout. Sans même avoir à se le dire.

La mère et le fils se rendent ensuite au village dans l'auto louée de Maurice pour visiter le nouveau logement.

Mon ami sait maintenant que je suis caché à la lisière du bosquet. Il avance de quelques pas le long de la clôture, s'arrête et se tourne brusquement vers le village en relevant son arme. Il vient d'entendre un bruit de ce côté-là. Il tend l'oreille. Se tourne vers le Piège. Fait signe qu'il y a quelque chose devant lui, qu'il va essayer de le débusquer. Il repart dans la direction indiquée. Il s'éloigne de moi. L'autre aussi. Ils sont assez loin maintenant. Puis, je ne les vois plus. Je peux y aller. Je franchis les dix derniers pas jusqu'à la clôture. Je passe sous le fil. Ouf ! J'ai eu peur.

Zoba est vraiment mon ami. J'ai fait le bon pari. C'était lui, la bonne porte de sortie.

Mary est très excitée. Le logement est juste assez grand et tout refait. Le petit a sa chambre et sera proche de ses amis.

— Regarde, dit-elle en pointant par la fenêtre de la cuisine en direction du cimetière, je vois le monument de ton père.

Maurice n'avait pas pensé à ça. Il a l'impression tout à coup de mieux comprendre sa mère.

— Je vais moins m'ennuyer.

233

Il est soulagé. Elle organise sa vie autour du petit et du culte de la mémoire de Théo. Elle semble libérée, ni trop triste ni déprimée. Elle dit parfois des choses bizarres, mais tout, à sa façon, se tient.

— T'as raison, m'man, dix pièces dans quatre et demie, c'est pas évident.

Elle sourit.

— Je vais pouvoir surveiller... Je serai pas loin, au cas où il recevrait encore du courrier.

Ce dernier aveu, Maurice ne l'attendait pas. Ni triste ni déprimée, mais... Il lui vient maintenant un autre mot : dérapage. Mo aime mieux ne pas y penser. Il reste une grosse heure avant l'arrivée de l'autobus de Flo.

— Je vais aller voir papa.

— Parlant de ça, j'ai appelé le graveur de monument pour inscrire la date du décès. Je lui ai aussi demandé d'ajouter mon nom.

— Tu réserves ta place ? Déjà ?

— Oui.

Drôle d'idée. Maurice a envie de lui demander si elle craint de se la faire chiper.

— De la place, il y en a pour tout le monde, dit-elle. Les noms, je mets le mien ; si tu veux, le tien aussi, un cadeau pour ta fête.

— Non merci.

Refus réflexe. Immédiat. Quelque chose en Mo se braque.

— C'est pas drôle. Et pis, tu trouves pas que c'est prématuré ?

— Non.

— Je vais mourir. Comme tout le monde. Je le sais, m'man.

Mary ne comprend pas la réticence de son gars. Et lui non plus.

Maurice repère facilement la sépulture de Théo. Le monument est en granit gris.

TREMBLAY, Théophile J.
1928 -

Un seul nom, une seule date. Son père s'était inscrit d'avance, comme sa mère veut le faire. Il savait ce qu'il voulait. Quelqu'un, Mary certainement, a planté des géraniums au pied de la pierre. Le remplissage de la fosse s'est tassé. Le contour forme une cuvette d'herbe, comme si la tombe sous terre s'était effondrée. Désagréable vision. L'attention de Maurice revient au nom. Pourquoi ne pas inscrire le sien? Son père l'a fait. Maintenant sa mère. Elle réserve sa place, tandis que lui... Puis, il comprend. Scandalisé. Sidéré par ses propres pensées. Il n'est plus d'ici. Du moins plus en entier. Plus assez. Alors d'où est-il désormais? Avec qui? Mo songe à la mort de son père, se souvient de ses funérailles entouré des siens: «Que les âmes des fidèles défunts...» Tout le monde avait intercédé pour lui. Et ça continue. Mary en fait un métier. Mais les gens comme Mo, les fins de race et les déracinés — double sentence —, n'ont personne pour s'occuper d'eux. La famille rêvée de Maurice, celle qu'il a portée dans ses souvenirs, entretenue et même inventée pendant toutes ces années, n'existe plus. Déçu, craintif, hargneux peut-être aussi, il n'arrive pas à faire confiance à celle qui lui reste, sa famille vraie. Sauf à Mary. Et à Jérôme P peut-être. Mais à quoi bon sa mère? À moins qu'il ne meure aujourd'hui ou demain, c'est lui qui priera pour l'âme de la veuve. C'est l'ordre ordinaire des choses. Quant au gamin, il faudrait qu'il ait la bonté de s'occuper de son oncle. Ce dont Maurice n'est pas du tout certain. L'enfant intercédera certainement pour sa grand-mère et pour Fanfan aussi. Mais Mo ne voit pas pourquoi le Pasdenom s'intéresserait à lui plus que du bout des lèvres. Au fond, c'était ça l'espoir fou de Picasso: trouver quelqu'un qui aurait vraiment envie de plaider pour lui. Cela que Fanfan possède déjà avec le petit et risque de gaspiller par distraction ou légèreté.

Maurice répète sa sentence «trente-neuf ans, fin de race, déraciné, néant». Il sait qu'il ferait bien de réserver sa place ici, maintenant, malgré sa méfiance. D'en profiter pour mettre tout à fait de son côté le peu de chance dont il a hérité. Mais quelque chose l'en empêche. Il ne le fera pas : c'est décidé. Soulagé. Curieux sentiment que de refuser d'être consolé. À la fois déçu et libéré. Il s'avance en évitant le contour creux de la tombe qui se découpe dans le gazon. Il touche à la pierre polie, sent la rugosité du sillon des lettres du nom. Il a l'impression d'être tout près de Théo : « Excuse-moi, p'pa. C'est pas de ta faute, c'est moi. » Assurément, son père comprend.

Maurice retourne rejoindre Mary.

— Je t'ai vu, dit-elle. T'es resté longtemps. C'est joli avec les géraniums, non ?

Maurice acquiesce de la tête.

— Lui et moi, on avait des choses à régler.

— Ça va ?

— Ça va.

Le jour se lève.

Le campement dort encore, mais pas pour longtemps. Je contourne les tentes afin de m'approcher de celle de Petit Chef sans être vu par son garde. C'est encore Siméon. Il est affalé sur sa chaise, endormi. J'ai déjà armé mon fusil et vérifié mes deux autres chargeurs. Je suis tout près du but. J'arrive derrière Sim.

Pourvu que Grullo ne se mette pas à japper. C'est mon plus gros risque. D'habitude, il se méfie de moi. Je l'ai battu et j'ai blessé son maître, il devrait m'en vouloir. Mais lui aussi en veut à P.C. À ma première tentative, il a lapé le sang. Il s'est régalé. Alors je ne peux pas savoir ce qu'il fera s'il me voit et devine ce que je m'apprête à faire ; s'il entend mon cœur qui cogne ; s'il sent ma sueur qui ruisselle de partout ; s'il voit ma main qui tremble, mais presque pas parce que je fais comme Chef nous l'a montré. J'essaie de penser à bien respirer. Et je retiendrai mon souffle en mettant P.C. en joue et tant que je n'aurai pas tiré.

J'ai pensé à tout. Si Siméon me menace, je le tue. Le chien aussi.
Et je vise d'abord les parties d'homme de P.C. La tête après. Pour
la suite, on verra.

À six heures et demie, Mary et Maurice quittent le nouveau
logement et cueillent Flo à l'arrêt d'autobus.

— Maman ! s'exclame la petite, ravie de l'accueil, t'es pas en
train de faire tes boîtes ?

— Le moins possible.

— T'as changé d'idée ?

La petite semble s'en réjouir.

— Non, notre mère met dix pièces dans quatre et demie.

— Ah. C'est vrai.

Mais Flo est préoccupée. Mary est sûre d'elle.

— C'est vraiment assez grand, et tout rénové.

— Pis les meubles ? La maison ?

Mary ne sait pas et rien ne presse.

— De toute façon, continue Flo, on peut pas vraiment la
vendre : pas avec Pépé qui dort sous sa montagne le nez en premier. Non ?

Mary ne dit rien.

— Ni avec les cailloux.

— Ni avec le branle-bas qui risque à chaque nuit de se pro-
duire au salon.

La mère reste imperturbable. Mo en remet :

— Nous, on est habitués, mais des étrangers…

— Manières de gros vices cachés, tout ça, insiste la petite.

— Qui verra verra, dit Mary.

Changement de sujet.

En arrivant sur le chemin du rang, ils doublent Jérôme P à
bicyclette, pédalant pressé, avec son sac à dos, sa canne à pêche,
sa casquette des Expos. Maurice klaxonne. L'enfant a l'air
perplexe.

— Il reconnaît pas son oncle…

— Il ne te voit jamais.

— Moi non plus, il m'a pas vue, dit Flo.

Mary jette un regard agacé à sa fille :

— Toi, si le chapeau te fait.

— Bon. Ça commence bien, constate la petite.

La mère hausse les épaules. Personne ne va toucher au tout-petit.

Flo épluche les pommes de terre. Sa mère et elle font de leur mieux pour ne pas s'effaroucher. Jérôme arrive quelques minutes après eux.

— Ah, c'est toi, mon oncle Maurice. Tu t'es acheté une auto ?

Mo se dirige vers son neveu. Souriant, la main tendue.

— Salut, Jérôme P. L'auto, je l'ai louée.

Mary l'interrompt :

— Lave tes pattes, Jérôme. On passe à table bientôt.

L'enfant agite deux mains encrassées devant son oncle, puis se rend à l'évier. Il les passe sous l'eau, les secoue et revient vers Mo en les essuyant sur la cuisse de son pantalon.

— Pas comme ça !

La grand-mère indique la serviette à main. Le petit la prend et continue son mouvement.

— Si je vais à Montréal, mon oncle, me fais-tu un tour sur ta machine ?

— Bien sûr.

— Pendant un match ?

Maurice hésite. Le petit semble y tenir.

— Pour qu'on passe à la télé.

— Euh… Oui, on va essayer, Jérôme P.

— Wow ! Cool, mon oncle.

Maurice sourit. L'enfant hoche la tête.

— Vraiment cool.

Il lève la main, paume tournée vers Mo. L'oncle, amusé et surpris, tend la sienne. Les deux mains se frappent paume à paume d'un mouvement bref, avec énergie. « *Deal!* » Maurice ne sait trop quoi penser du petit jeu auquel il vient de s'adonner. Il se dit que les choses se seraient passées de la même façon s'il n'était pas allé voir son père. Mais il ne peut plus en être certain. Et cela l'agace.

Mary s'est assise. Elle contemple la table.

— Bon. Ne manque plus que Pio.

— Je pense que je l'ai vu, près de la Conque, grand-maman. Avec ton auto.

La grand-mère fait une moue contrariée.

— Il était parti à la caisse.

— Le v'là, dit Flo.

La voiture s'arrête à côté de la maison. On entend la portière claquer. La petite va à sa rencontre. Pio apparaît. De bonne humeur. Même un peu trop.

— Ma petite sœur !

Il chantonne :

— A, b, c, d, e, f, g…

— T'as fini par l'apprendre.

Bise et rebise.

— Es-tu venue à pied du village ? J'aurais pu te donner un *lift*.

Mary, plutôt sèche :

— On est allés la chercher.

— Ah… L'important, c'est que tu te sois rendue. Pas vrai ?

— Oui, dit Flo. Le souper est prêt.

— Sept heures pile. Où est la tarte ? Ha ha…

— Assis-toi.

La patronne dévisage le nouvel arrivé. Il adresse un gros clin d'œil à Jérôme P.

— C'est ça, « assis-moi »…

L'enfant hausse les sourcils.

— Bon, O.K., c'est pas drôle. Je peux te faire l'alphabet, si tu veux…

Il s'arrête à la chaise la plus éloignée de Mary.

— Ici ?

Elle fait signe que oui. Il s'assoit. Elle le regarde toujours.

— Et puis? dit-elle, faussement dégagée, la caisse?

Flo, Mo, Jérôme P: tout le monde, tout à coup, attend la réponse.

— Euh…

Il hoche la tête.

— C'était beaucoup, beaucoup plus long que je pensais.

— Ah. Bon.

Mary tend une main ouverte.

— Donne.

— Quoi?

La main du coupable fouille déjà dans sa poche.

— Les clefs.

— C'est que… je pensais peut-être qu'après le souper…

— Donne.

Pio se penche au-dessus de la table et pose les clefs dans la main de Mary.

— J'irai à bicyclette, la rouge est déjà sortie.

— Ça, c'est la mienne, mon oncle.

L'homme semble étonné.

— Fanfan me l'a donnée.

Contrarié aussi.

— *Ma* bicyclette?

L'enfant est certain de son fait.

— Je peux te la prêter.

Alerte! Mary n'aime pas ce qui se passe. Son office d'adieu à la maison familiale risque de dérailler. «Faites ceci en mémoire de moi…» Elle se relève.

— Bon, Pio. Tu parleras de ça à ton frère quand il sera là. Pour l'instant, mangeons.

Elle se dirige vers le poêle. Les autres répètent «mangeons», chacun son tour, en cascade, soulagés.

31

J'avance sur la pointe des pieds. Je suis derrière Siméon maintenant. Entre lui et l'entrée de la tente. Je pousse la moustiquaire. Il fait plus sombre en dedans que dehors, malgré la veilleuse. Je contrôle ma respiration avec difficulté. P.C. dort en ronflant. Maintenant, je vois mieux : il est couché sur le dos, un bandage sur l'épaule, les jambes écartées. Le chien ne semble pas être là. Ma bonne étoile se maintient. Mon cœur cogne. Ce n'est pas tellement qu'il bat vite, mais plutôt à grands coups de pioche durs.

Je soulève mon arme, mets en joue, grande inspiration, comme Chef nous l'a montré. Je vise l'entrejambe. P.C. ouvre l'œil. Je crie : « Tiens, du sang pour ton pantalon et tes jambes aussi ! » Tonnerre. Le bas du ventre lui explose. Un cratère s'ouvre avec des tripes et du sang qui éclaboussent sur le côté.

La déflagration m'a fait mal à l'épaule. P.C. n'a pas eu le temps d'appeler à l'aide. Il a l'air étonné. Je relève mon arme. Je ne tremble plus. Je vise. Appuie sur la gâchette. Le visage de P.C. explose dans un autre tonnerre, comme l'écho du premier. La moitié de sa tête, béante, sanguinolente, l'œil ouvert, pend sur le côté. Le moignon du cou pulse du sang comme une fontaine à piston. Puis, cela s'arrête. Il y a des éclaboussures, os, chair, sang, viscères, partout. J'entends Grullo qui jappe et arrive. Je me tourne vers l'entrée de la tente pour le recevoir. Siméon, le gardien, réveillé d'urgence, apparaît. Il n'a même pas son arme. Il me regarde, hébété : « Ah, c'est toi, Cabot. » J'abaisse mon fusil. Je fais un pas de côté. Le lit est un vrai cauchemar d'abattoir. Sim a un haut-le-cœur. Il sort de la tente en courant et en criant. Je l'entends qui vomit. Grullo arrive en jappant. Il va directement au carnage. Il saute comme un fou. Il va et vient

d'un côté à l'autre de ce qui reste de P.C. Il jappe et gémit en
même temps. Il pose ses pattes d'en avant sur les jambes du
cadavre pour mieux voir et humer. Il lape du sang. Il grimpe sur
le lit. Le haut-le-cœur me prend. Je sors en courant.

On arrive au dessert.

Fanfan apparaît dans la porte de la cuisine. Pio est déjà debout.

— Hé! *Music man!*

Les deux frères se voient pour la première fois en six ans.

— Hé! Le Sieur de Rimouski!

— Pour vous servir, mon ami.

Ils se tombent dans les bras l'un de l'autre. Puis, Pio dirige l'arrivant à table:

— On t'attendait pour le dessert.

— C'est en plein pour ce dessert-là que j'ai arrêté de voyager.

Maurice s'est levé aussi. Il observe la scène. Fanfan ne semble pas avoir changé. Autant il est auréolé et grandi par son tour du monde, autant il semble être resté le même dans sa façon d'aborder la famille. Mo s'approche:

— Il paraît que t'as accroché tes souliers.

Fanfan le voit, s'exclame:

— Le roi de l'Aréna!

Grosse accolade.

— Je t'ai vu partir en voyage, dit Mo, j'aurais aimé ça te voir revenir. Pourquoi t'as pas arrêté à Montréal?

— Trop pressé. Tu sais, quand l'étalon décide qu'il retourne à l'écurie.

Rires. Il se tourne vers sa sœur:

— Flo!

Bises. Bec rapide à Mary.

— Bon, il paraît qu'il y a de la tarte.

Il est presque assis. Pio est derrière lui.

— Il paraît que tu donnes mes affaires au petit.

— Moi?

Il se tourne vers l'enfant :

— De quoi il parle?

— De ma bicyclette, mon oncle.

— Oui. La rouge. La mienne.

— Ah, ça.

Fanfan va vers Pio. Il le dépasse au moins d'une tête.

— Euh…

Le Rimouskois hausse les épaules.

— C'est-y toi qui a grandi ou moi qui ai rapetissé?

Fanfan sourit. Se rassoit. Pio aussi.

— T'as bien fait, pour la bicyclette. Me vois-tu là-dessus, à Rimouski?

— Un choix santé. T'es tellement écolo.

— C'est vrai que ça paraît bien, sur le top d'une auto…

Maurice passe tout près d'ajouter son grain de sel, mais il se tait. Mary dépose une tarte sur la table.

— *Show time!* Il y en a tant qu'on en veut. Presque…

Tout le monde mange à satiété.

— Excellent!

— T'es la championne, maman.

— Oui, je pense qu'on va beaucoup s'ennuyer.

Puis, Maurice dit :

— Euh… Maman a commandé le graveur de monument pour inscrire l'année du décès. Elle réserve sa place aussi; elle inscrit son nom.

— Oui. Avis aux intéressés, dit la veuve.

— Hein! fait Pio qui s'énerve, mettre le nôtre tout de suite? Avec les deux dates peut-être, aussi!

— Juste une… ou les deux; chacun décide ce qu'il veut, dit Mo en souriant.

Mais Pio ne rit pas. Il trouve l'idée macabre.

— Ce serait comme dire que je suis mort vivant. Qu'il reste plus qu'à m'achever. Non merci, *thank you. Not me!*

Mary ne dit rien. Maurice n'est plus du tout certain d'avoir bien fait d'aborder le sujet.

— C'est une offre, c'est tout.

Flo n'a pas d'objection de principe, «Mais non merci». Elle se fera incinérer. Ses cendres seront dispersées dans la mer, à Forillon, à marée haute, au solstice d'été.

— *Jesu!* s'exclame Fanfan, c'est précis. Tu ferais mieux de publier le devis si tu veux pas qu'on l'oublie.

— Soyez sans crainte.

Ses amis savent ce qu'il en est.

— Chanceuse, échappe le voyageur.

Lui, ne sait pas encore.

— La fosse commune…

Mais s'il devait vraiment choisir : sous une pierre, peut-être, dans un champ en été ; sous un temple hindou ; enfoui sous la moraine au pied d'un glacier… Mary l'interrompt :

— Mais ça, ça veut dire que tu pars.

Fanfan n'y avait pas pensé.

— Bien oui… J'imagine.

Puis, il sourit. Il vient de le constater.

— T'as raison. C'est officiel, oui.

— En Patagonie !

Jérôme P triomphe.

— Et moi, j'y vais avec lui.

— Non !

Tout le monde sursaute. Mary est debout. Elle en frémit.

— Non. Parle-lui, Fanfan.

Le voyageur est pris au dépourvu.

— Parle-lui, sinon t'es pus mon fils.

— Il m'a promis.

L'enfant ne comprend pas. Fanfan bafouille, puis :

— Y a rien à dire, m'man.

Il hausse les épaules. Mary se rassoit avec lenteur. Elle secoue la tête. Incrédule. Abasourdie, long soupir, sa colère fond, grande et triste douceur.

— Des monuments, il y en avait des plus petits, vous savez. C'est votre père…

Hébétée. Jérôme P vient se blottir contre elle.

— Tu peux mettre mon nom si tu veux, grand-maman.

— Je sais…

Elle le tient au bout de ses bras, scrute son visage:

— Mais il est beaucoup trop tôt pour ça.

— Moi, quand je vais partir, je vais revenir. Promis.

Personne n'ose le contredire. Mary hoche la tête, sourit.

— Jérôme P, c'est l'heure.

L'enfant sort en direction du salon et revient avec cinq boîtes à tarte.

La veuve officie:

— Un petit souvenir en mémoire de nous, en mémoire de Théo, en mémoire d'ici.

Une pour Flo.

— Maman! Ça s'peut pas. Merci.

Bise et rebise.

— Je vais t'appeler pour la recette. Juré. Promis.

Une pour Fanfan.

— C'est vrai que je suis revenu pour cette tarte-là. Mais astheure que je l'ai…

— Wo!

Une pour Pio.

— Tu peux pas savoir comme je suis content, m'man.

Il suinte de gratitude et de soulagement.

— Ça se peut pas que ce soit la dernière. Dis-le que ça se peut pas…

— Bien… À mon prochain déménagement, peut-être, comme j'irai pas loin…

— Tu nous appelleras.

Pio n'a pas compris.

Ne reste que Maurice.

— Celle-là c'est pour toi. Bonne fête, mon grand.

Tout le monde chante « Mon cher Maurice… »

Mo contemple la tarte. Subjugué. Pris au dépourvu par la vague qui déferle en lui. Il balbutie :

— Je vais la garder… précieusement.

— Hein ? Voyons, c't'une tarte !

— Oui, je…

Il se rend compte de ce qu'il vient de dire.

Un ange passe.

Celui de Théo, peut-être, venu écornifler au profit de son maître.

Mary se racle la gorge :

— Bon, grosse journée demain.

ÉPILOGUE

Trente pour cent de la population urbaine de l'Ouganda serait séropositive.

Le lendemain, les enfants déménagent l'essentiel des affaires de leur mère. À midi, tout est terminé.

Maurice repart pour Rimouski avec son frère. De là, il prend le train à minuit avec son précieux paquet. La meilleure tarte au monde! Au matin, il n'en reste rien. Trente-neuf ans. Content et triste. Les deux à la fois. Petit encore. Et grand aussi pour la première fois.

Il fait chaud. Je suis assis dans la poussière devant la tente de P.C., mon arme sur les genoux. Les soldats du camp m'entourent en silence. Zoba monte la garde à côté de moi. Je crois que c'est pour me protéger. Je ne sais pas depuis combien de temps je suis là. J'ai un goût de vomi dans la bouche. Il y a un bol d'eau et du riz devant moi. J'ai soif. Je bois. Ma main tremble. J'essaie de ne pas penser à ce que j'ai fait. Ni à Grullo ni à ce qu'il fait même si je l'entends. La main de Zoba sur mon épaule :

— Maintenant ?

— Hein ?

— La porte de sortie ?

— Je sais pas… C'est Chef qui va décider.

À Bonaventure, Pasdenom finit ses vacances les pieds ballants au bout du quai.

Mary fait rapport des événements à Théo: «J'ai failli leur dire d'en laisser pour leur père…»

Fanfan termine sa saison d'homme à tout faire au camping Beaubassin : « Patagonie, Patagonie, Pata... », le mantra de sa vie.

Flo prépare un pique-nique à Forillon.

À Rimouski, Pio déjeune devant la télé : bière tablette et tarte aux framboises de la montagne à Pépé. « Quatre-vingts pour cent des réfugiés de la planète sont des femmes... »

— *I'll drink to that.*

Congé statutaire, coma assuré.

À Montréal, Maurice descend du train. Il prend la direction de l'Aréna. Puis, il se souvient : lundi, fête du Travail. Et sa fête. Il rebrousse chemin et se demande ce qu'il fera de sa journée.